AF145113

Anna Matheis wurde 1993 geboren und lebt seitdem in Untersöchering, einem Zweihundert-Einwohner-Dorf in Südbayern. Nach der Schule hat sie die fünfjährige Erzieher-Ausbildung an einer privaten Fachakademie für Sozialpäda-gogik erfolgreich abgeschlossen. Neben ihrem Beruf schreibt und liest sie gern, genießt das Landleben, geht kreativen Hobbys nach, backt Torten und ist verliebt in ihre 1,5 Sizilia-ner.

ANNA MATHEIS

Unter der sizilianischen Sonne

Erstausgabe Mai 2025

Copyright © 2025 dp Verlag, ein Imprint der
dp DIGITAL PUBLISHERS GmbH
Made in Stuttgart with ♥
Alle Rechte vorbehalten

Unter der sizilianischen Sonne

ISBN 978-3-69090-092-8
E-Book-ISBN 978-1-91741-777-8

Covergestaltung: Anne Gebhardt
Umschlaggestaltung: ARTC.ore Design
Unter Verwendung von Abbildungen von
stock.adobe.com: © Azis Stock, © missty, @ Anterovium
Lektorat: Sarah Nierwitzki
Satz: dp DIGITAL PUBLISHERS GmbH
Druck und Bindung: Books on Demand GmbH, Norderstedt

Das Werk darf – auch teilweise – nur mit
Genehmigung des Verlages wiedergegeben werden.

Sämtliche Personen und Ereignisse dieses Werks sind frei erfun-
den. Etwaige Ähnlichkeiten mit real existierenden Personen, ob le-
bend oder tot, wären rein zufällig.

1. Kapitel

Ich fiel aus allen selbst gebastelten Wolken, als mir die Kindergartenleitung mitteilte, dass ich nach dem Wochenende vorübergehend nicht mehr zum Dienst erscheinen musste.

„Wie bitte? Was soll das heißen? Wir müssen die Gruppe schließen?", fragte ich und kletterte von den drei Stufen der himmelblauen Leiter. Susannes Gesichtsausdruck verriet, dass ihr die Entscheidung nicht leichtgefallen war.

„Es gibt leider keine andere Möglichkeit, Lena."

„Wir haben doch alles geklärt. Ich übernehme während deines Ausfalls deine Aufgaben im Büro, leite weiterhin die Gruppe und lerne Franzi ein."

Nach vielen Monaten hatten wir die Kinderpflegerstelle wieder besetzen können. Vor über einem Jahr war die Vorgängerin in Rente gegangen und wir waren auf der Suche nach einer neuen Kollegin gewesen. Diese gestaltete sich als äußerst schwierig, denn der Arbeitsmarkt in der sozialen Branche war wie leergefegt. Umso mehr hatte es uns gefreut, als wir die Bewerbung von Franzi aus dem Nachbarort erhalten hatten. Endlich konnte sich dann auch Susanne wieder voll und ganz auf ihren Posten konzentrieren. Sie unterstützte mich tatkräftig im Gruppendienst, aber die Doppelbelastung machte ihr zu schaffen, was sie natürlich nie zugab.

„Können wir uns setzen?" Susanne deutete auf die Kinderstühle, die ich wie jeden Freitag an der Wand entlang gestapelt hatte, damit unsere Reinigungsfee besser unter und auf den viel genutzten Tischen putzen konnte.

„Selbstverständlich, ich räume dir schnell das Sofa frei."

Bevor die ältere Dame protestieren konnte, befreite ich kurzerhand die Vorlesecouch von den zwei Sitzsäcken, die ich dort verstaut hatte, damit der Boden auch an dieser Stelle zum Kehren und Wischen frei war. Susanne ließ sich auf dem weichen Polster nieder, das mit einem von ihr genähten pastellgrünen Stoff mit weißem Sternenmuster überzogen war. Susannes Hüfte war schon beansprucht genug, auf dem Sofa saß sie eindeutig bequemer als auf den kleinen Holzhockern.

„Franzi hat abgesagt", brach es aus ihr heraus, als ich ihr gegenüber Platz nahm.

Ich starrte sie ungläubig an. „Nein! Warum das denn?"

Susanne berichtete, dass der pädagogischen Fachkraft von einer Murnauer Betreuungseinrichtung mehr Gehalt geboten worden war, eines, bei dem die Zugspitztaler Gemeinde beim besten Willen nicht mithalten konnte, und sie sich deshalb in letzter Minute dafür entschieden hatte. Ich konnte es sogar nachvollziehen, bedauerte es aber, weil ich mir eine Zusammenarbeit mit ihr gut hatte vorstellen können. Abgesehen davon, hatte es offenbar weitreichende Folgen, sogar die Schließung der Gruppe. Beziehungsweise bei unserer eingruppigen Einrichtung bedeutete das direkt die Schließung des ganzen Hauses.

Susanne atmete hörbar aus. „Wie du weißt, schiebe ich meine Hüftoperation schon viel zu lange vor mir her. Ich würde diesem scheußlichen Termin am Montag gern auch ein weiteres Mal ausweichen, aber Dr. Gravenreuth hat mir dringend davon abgeraten. Also habe ich ihn nicht abgesagt." Ich kannte sie gut genug, um zu wissen, dass sie die Operation durch die unerwartete geänderte Personalsituation am liebsten verschoben hätte. Zum einen, weil es ihr davor graute, und zum anderen, weil sie uns nicht im Stich lassen wollte.

Ich versuchte, sie zu bestärken. „Susanne, diese Operation ist wichtig für dich. Du brauchst kein schlechtes Gewissen zu haben. Ein richtiger Zeitpunkt dafür wird nie kommen. Ich werde ..."

... *die Stellung halten.* Ich hielt inne. Dieses Versprechen konnte ich ihr unter diesen Umständen nicht mehr geben. Durch den Wegfall von Franzi und Susanne müsste ich vierundzwanzig Kindergartenkindern wochenlang allein gerecht werden. Unabhängig davon, ob ich es mir zutraute oder nicht, war das gesetzlich nicht erlaubt.

„Ich könnte zum Beispiel eine Notbetreuung anbieten. Mit zwölf Kindern und kürzeren Öffnungszeiten?"

Sie schüttelte den Kopf. „Ich habe lange mit dem Bürgermeister telefoniert. Wir haben sämtliche Optionen erörtert, aber wir sind zu dem Entschluss gekommen, dass der Betrieb bis September eingestellt werden muss."

Auch beim zweiten Mal klang die Mitteilung surreal. Es war immerhin erst Ende Mai und ich hatte somit überraschend drei Monate frei. Die Vorfreude wurde von Existenzängsten im Keim erstickt. Was wurde bis dahin aus meiner Stelle? War meine berufliche Zukunft bei den *Kleinen Gipfelstürmern* hiermit vorübergehend beendet? War das überhaupt rechtens? Oder musste ich gezwungenermaßen unbezahlten Urlaub nehmen? Wie würde ich die lange Zeitspanne finanziell überbrücken können? Bevor sich die Fragen in meinem Kopf weiter in die Höhe türmen konnten wie die Bauklötze auf dem Spieleteppich, präsentierte mir Susanne erste Lösungen.

„Du kannst nichts dafür, dass du nicht arbeiten kannst, deshalb würden wir dir die Zeit mit deinem regulären Gehalt vergüten."

Ich weitete die Augen. „Was? Wirklich?"

Sie nickte und ich traute mich, die Freude zuzulassen. Es fühlte sich wie Geburtstag, Ostern, Weihnachten und ein kleiner Lottogewinn gleichzeitig an. Drei Monate bezahlter Urlaub? Das war eine einmalige Chance. Ich musste sie unbedingt sinnvoll nutzen!

Bevor ich Pläne schmieden konnte, wollte ich mich jedoch erkundigen, welche Betreuungsidee sich meine beiden Vorgesetzten für die Eltern ausgedacht hatten. Schließlich wurde von ihnen verlangt – ohne Vorlaufzeit wohlgemerkt –, eine Beaufsichtigung für die Kinder zu organisieren. Das stellte ich mir problematisch vor, besonders für diejenigen, die berufstätig waren und keine Verwandten in der Kleinstadt hatten.

„Im August würden wir die reguläre Schließzeit unverändert lassen. Das bedeutet, für diese fünf Wochen müssen wir uns nichts überlegen. Für den Juni und Juli haben wir uns folgendes gedacht: Bei Mia, Anton, Heidi, Nele, Gabriel und ..."

Susanne zählte die Kinder den Fingern auf. Als ihr der fünfte Name nicht einfiel, kramte sie umständlich in der Hosentasche ihrer Jeans. „Warte mal kurz, ich habe es mir aufgeschrieben." Sie faltete den hellgelben Notizzettel auseinander. „Ah, hier. Der kleine Korbinian hat noch gefehlt. Die Mamas befinden sich alle in Elternzeit. Für sie sollte es kein Problem darstellen, die Kinder zu Hause zu beaufsichtigen."

„Darf ich mal sehen?", fragte ich und Susanne reichte mir das handbeschriebene Blatt.

Kinder, bei denen eine Betreuung innerhalb der Familie möglich sein sollte:
Mia, Anton, Heidi, Nele, Gabriel, Korbinian
> Eltern befinden sich in Elternzeit
Josef, Johanna, Sebastian, Laura, Emilia, Romy, Luis
> Familie lebt in einem Mehrgenerationenhaus, Oma und/oder Opa leben auf dem Grundstück oder nicht weit entfernt
Hannah und Leon (Geschwister)
> Papa ist Hausmann
Ida
> Familie hat aktuell Au-Pair zur Unterstützung
Info: Alle Beiträge werden den Eltern, die ihre Kinder zu Hause betreuen, erstattet

Kinder, die mit hoher Wahrscheinlichkeit nicht im familiären Umfeld betreut werden können:
Sophia, Leopold, Amelie, Antonia, Jonas

> *Ab Montag Aufnahme bei den* Wurzelzwergen
(Waldkindergarten in Garmisch-Partenkirchen)
Theresa, Matthias, Felix (alle drei Vorschulkinder)
> *Sie wechseln nach den Ferien in einen Hort nach*
Garmisch-Partenkirchen. Aufnahme ab sofort möglich
Info: Gemeinde bezahlt Differenz, sollte bei den ande-
ren Einrichtungen ein höherer Monatsbeitrag anfal-
len

Ich überflog die Zeilen und war beeindruckt, als ich
zu Ende gelesen hatte.

„Wie schön, dass mehrere Kinder jeweils zusammen-
bleiben können, dann fällt ihnen die Umstellung bestimmt leichter."

Susanne stimmte mir zwinkernd zu. „Wie gut, wenn
man zufälligerweise die ein oder andere Erzieherfreun-
din hat. Außerdem sollen die Kinder nicht die Leidtra-
genden sein. Sie können am allerwenigsten etwas für
die Misere."

„Wissen die Eltern schon Bescheid?"

Die Kindergartenleitung schüttelte den Kopf. Sie warf
einen Blick auf die Wanduhr mit dem Bären-Motiv:
17:35 Uhr.

„Du hast eigentlich schon seit einer halben Stunde
Feierabend. Könntest du mir bitte noch helfen, die Eltern durchzutelefonieren?"

„Natürlich." Was für eine Frage. Ich würde demnächst drei Monate Feierabend haben, da pochte ich gewiss nicht auf diesen einen Dienstschluss.

Sie warf mir einen dankbaren Blick zu. Bevor ich
mich an die Arbeit machte, schrieb ich meinem Freund

Alex eine Nachricht, damit er sich keine Sorgen machte, wenn ich nicht nach Hause kam.

Es gibt unfassbare Neuigkeiten! Unser Filmabend muss heute leider ausfallen, weil ich länger arbeiten muss. Ich erzähle dir später alles. Bussi Lena

***

Die nächsten Stunden vergingen wie im Flug. Zu unserer Erleichterung erreichten wir alle Familien. Im Großen und Ganzen waren alle mit Susannes Plan einverstanden. Zwei Eltern waren verständlicherweise auch verärgert über die spontane Schließung des Kindergartens, weil sie ihren Alltag neu regeln mussten. Während meine Chefin das Büro für die lange Schließung vorbereitete, machte ich mich an die Arbeit in den Räumlichkeiten und im Garten. Ich hing die Gemälde der Kinder von den Wänden ab und sortierte sie in ihre Bastelmappen ein, zog die Betten ab, räumte die Garderobe aus und vieles mehr. Am Ende hatte ich für jedes Kind eine Tüte vorbereitet. Darin verstaut waren unter anderem ihre Hausschuhe, Kleidungsstücke und weiterer persönlicher Besitz. Den Brief, den ich jedem Kind schrieb, befestigte ich an der Tüte. Für die Vorschulkinder bastelte ich zusätzlich Schultüten, die ich mit Bleistiften und bunten Radiergummis in Buchstabenform füllte. Anschließend schleppte ich alle vierundzwanzig Tüten in den Eingangsbereich. Als ich den letzten zu den anderen stellte, klopfte ich mir die Hände ab.

„So, jetzt ist alles erledigt."

„Unglaublich, was du dir für eine Arbeit gemacht hast", lobte mich Susanne. Sie trat in diesem Moment mit zwei vollen Körben und einer Umhängetasche beladen aus dem Büro.

„Soll ich den Eltern anbieten, dass sie am Montag die Sachen hier bei mir abholen können?"

Susanne schüttelte den Kopf. „Danke für das Angebot. Ich treffe mich doch morgen mit den zwei Mamas vom Elternbeirat. Wir wollen vor meiner Operation den Erlös vom Frühlingsbasar auswerten. Ich werde sie bitten, die Tüten zu verteilen. Die Familien kennen sich ja alle untereinander persönlich. Außerdem würde ich mich nicht wohl dabei fühlen, wenn ich wüsste, dass du den Eltern am Montag allein gegenüberstehst. Bei den Eltern von Ida und Anton könnte ich mir vorstellen, dass sie ordentlich Dampf ablassen würden."

„Sie waren ganz schön wütend am Telefon", pflichtete ich ihr bei.

„Ich hätte es mir auch anders gewünscht, aber leider ist es jetzt, wie es ist."

Susanne schielte auf ihre Armbanduhr, soweit es mit ihrem Gepäck möglich war. Draußen war es längst dunkel geworden.

„Wie spät ist es denn?", erkundigte ich mich. Ich war so in meine Arbeit vertieft gewesen, dass ich jegliches Zeitgefühl verloren hatte.

„Viertel nach elf."

„So spät?"

Ich hoffte, dass Alex noch wach war. Wie er wohl auf meinen spontanen Urlaub reagieren würde? Als selbstständiger Zweiradmechatroniker konnte er sich seine

Arbeit frei einteilen, gewiss war es möglich, die Aufträge so zu legen, dass wir ein paar Tage verreisen könnten.

Mein Herz machte einen Hüpfer. Vielleicht nach Sizilien? Wir träumten schon lange von einem Urlaub dort, aber durch meine festgelegten Schließtage im August war das bisher nicht möglich gewesen. Der Monat war bei ihm immer besonders auftragsstark, denn durch die Urlaubssaison und geplante Langstreckenausflüge ließen viele Kunden bei ihren Motorrädern eine Inspektion durchführen. Und durch die Schulferienzeit auch entsprechend teurer als davor oder danach. Mein Jahresurlaub war nach dieser Zeit fast vollständig aufgebraucht und ich konnte nur noch einzelne Tage flexibel nehmen. Für ein verlängertes Wochenende rentierte sich eine Flugreise an den Zehenspitzenbereich des berühmten italienischen Stiefels unserer Meinung nach nicht. In den letzten zwei Jahren waren wir stattdessen mit dem Auto an den vier Stunden entfernten malerischen Gardasee gefahren. Vielleicht konnte sich Alex nun eine ganze Woche freischaufeln, oder sogar zwei?

Aufgeregt stellte ich mir vor, wie wir im kristallklaren Wasser schnorchelten, lachend mit einem Eis über eine Piazza flanierten, gemeinsam einen Sonnenuntergang am Meer beobachten, eine …

„Wir sollten jetzt wirklich Schluss machen."

Susanne riss mich aus meinen Urlaubsgedanken. Ich brauchte einen Augenblick, um von dem gedanklichen Flug nach Sizilien zurück in die Realität zu kommen. Worum ging es gerade? Mein Blick fiel ihre Armbanduhr. Ach ja, richtig, ich wollte wissen, wie spät es ist.

Wir prüften noch, ob alle Fenster im Haus geschlossen waren, knipsten die Lichter aus und sperrten die Eingangstür zu.

„Lass dich drücken", sagte Susanne fast schon melancholisch. Wir umarmten uns zum Abschied.

„Falls wir uns nicht mehr über den Weg laufen, wünsche ich dir alles Gute für die Operation."

„Und ich wünsche dir eine schöne Zeit. Du machst so viel für andere, denk auch mal an dich", ermahnte sie mich liebevoll und stieg in ihr neongrünes Auto. Ich winkte ihr und entriegelte den daneben geparkten alten Opel Astra, den ich von meinem Opa geerbt hatte. Die metallic-braune Farbe konnte man inzwischen nur noch erahnen, aber ansonsten war das Fahrzeug bis auf kleine Macken in einem gut erhaltenen Zustand.

Ich öffnete die Tür und ließ mich auf den abgewetzten schwarzen Ledersitz fallen. Als Erstes griff ich nach der Handtasche auf dem Beifahrersitz und zog mein Smartphone hervor. Ich stellte fest, dass Alex lediglich mit einem Daumen nach oben auf meine Nachricht reagiert hatte.

Ich startete den Motor. Es brauchte zwei Anläufe, bis er ansprang. Danach lenkte ich den Wagen aus der Parklücke. Mir wurde bewusst, dass es das letzte Mal für die nächsten Wochen sein würde, und mit jedem zurückgelegte Kilometer wuchs die Vorfreude ein Stück mehr. Nach einer kurzen Fahrt bog ich in die gepflasterte Einfahrt vor unserem Haus. In der Werkstatt im Erdgeschoss brannte Licht. Arbeitete Alex?

Als ich die Autotür öffnete, drangen gedämpfte Stimmen durch das gekippte Fenster, gefolgt von schallendem Gelächter. Eines, bei dem ich mir sicher war, dass eine Kiste Bier für den Lautstärkepegel gesorgt hatte. Das hier machte einen privaten und keinen beruflichen Eindruck. Waren das Alex' Kumpels?

Normalerweise verabredeten sich die vier Freunde immer samstags. Sie schraubten von früh bis spät an ihren Enduros, fuhren selbst stundenlang auf entsprechenden Rennstrecken oder kauften sich Tickets für Shows, bei denen sie anderen staunend bei spektakulären Darbietungen zuschauen konnten. Um den Tag Revue passieren zu lassen und andere Dinge, die sie beschäftigen, zu besprechen, stand am Abend Alkohol parat. Meistens endeten diese Treffen erst im Morgengrauen. Der Sonntag war für Alex seit Jugendzeiten zum Ausnüchtern da. Er verbrachte den Tag im Wechsel im Bett oder auf dem Sofa. Bei sommerlichen Temperaturen alternativ auf der Liege im Garten.

Der Freitagabend war deshalb eigentlich immer für Alex und mich als Paar reserviert. Ich verstand, dass er ihn dieses Mal mit seinen Freunden verbrachte, weil ich hatte länger arbeiten müssen. Andererseits machte sich Enttäuschung in mir breit, weil ich ihm nicht direkt von meinem spontanen Urlaub erzählen konnte.

Ich schlich mich an der Werkstatt vorbei. Glücklicherweise war das Garagentor geschlossen, sodass ich unbemerkt zur wendelförmigen Außentreppe gelang, die in den ersten Stock führte. Ich versuchte, möglichst leise die Stufen aus silbernem Gitterrost hochzugehen. Mit jedem Schritt merkte ich, wie ich müder wurde.

2. Kapitel

Am nächsten Morgen präsentierte sich mir ein wolken-
verhangener Himmel und eine unberührte zweite Betthälfte. Alex war also die ganze Nacht in der Werkstatt
gewesen. Ein Blick auf den weißen Doppelglocken-We-
cker verriet mir, dass es bereits neun Uhr war. Samstags war ich um zehn Uhr traditionell mit meinen beiden Freundinnen Valentina und Julia verabredet. Ich
musste mich beeilen, wenn ich noch duschen und nicht
zu spät kommen wollte. Ich schlüpfte aus der geblüm-
ten Bettdecke. Barfuß ging ich über den flauschigen
Schlafzimmerteppich hinaus auf den Flur. Als ich dort
den kühlen Fliesenboden berührte, hörte ich, wie jemand von außen am Schlüsselloch herumnestelte. Ich
vernahm ein leises Fluchen.

„Alex?", fragte ich durch die geschlossene Eingangstür.

„Kannst du bitte aufmachen? Ich habe den falschen
Schlüssel mitgenommen."

Ich öffnete ihm.

„Guten Morgen."

Er fuhr sich durch sein blondes Haar, das leicht zer-
zaust war, was ich als Zeichen einer kurzen Nacht deutete. In der anderen hielt er einen Einweg-Pappbecher
mit Deckel.

„Danke."

Ohne eine Begrüßung rauschte er an mir vorbei. Kaffeeduft strömte mir in die Nase.

„Warst du schon bei Michi an der Tankstelle?", fragte ich.

Michi war einer seiner engen Freunde, der an der örtlichen Tankstelle arbeitete. Er war gestern Abend garantiert auch unten in der Werkstatt mit dabei gewesen.

„Ja", antwortete Alex knapp. Ich ließ die Tür ins Schloss fallen und folgte ihm in die Küche.

„Warst du gar nicht im Bett?"

Nach der zweiten forschenden Frage kam ich mir allmählich vor wie seine Mama Barbara und nicht wie seine Freundin. Er öffnete den Kühlschrank und nahm sich Butter und die Metzgertüte mit Schinkenaufschnitt heraus.

„Ich habe mich aufs Sofa gesetzt, als ich hochgekommen bin, und konnte mich dann nicht mehr aufraffen, rüber ins Bett zu gehen. Haben wir noch Brot?"

„Schau doch nach", schlug ich vor.

Er verdrehte die Augen und öffnete die Aufbewahrungsbox. „Na toll. Es ist nichts mehr da."

Okay, dieses Gespräch hätte eindeutig zwischen Barbara und ihm stattfinden können.

„Die Tankstelle hat frische Backwaren im Angebot, du hättest dir was kaufen können, wenn du vorher nachgesehen hättest."

... und mir hättest du etwas mitbringen können, um gemeinsam mit mir zu frühstücken. Warum kam er nicht auf solche Ideen? Zumindest ab und zu eine kleine Aufmerksamkeit?

Alex ließ sich auf der Eckbank mit dem rot-weiß karierten Polster nieder und holte sein Handy aus der Arbeitshosentasche hervor. Er tippte kurz darauf herum und nahm eine Sprachnotiz auf. „Servus Michi, bist du schon unterwegs? Wenn nicht, bring mir bitte zwei Brezen und eine Semmel mit."

Ich verkniff mir ein beleidigtes *Danke, ich brauche nichts*. Alex war weiter in sein Smartphone vertieft.

„Kommt Michi vorbei?", begann ich erneut das Gespräch und setzte mich neben ihn auf die Bank.

Er antwortete, ohne aufzusehen. „Ja, wir machen gleich weiter."

Wobei?, lag mir auf den Lippen.

„Ist alles in Ordnung? Ich habe das Gefühl, ich muss dir heute alles aus der Nase ziehen."

Endlich legte er das Smartphone zur Seite und sah mich aus seinen schilfgrünen Augen an.

„Ja, sorry, alles okay." Alex zog mich an sich und drückte mir einen Schmatzer auf die Wange, legte dann den Arm um mich. „Ich bin nur müde vom Feiern. Du wirst nicht glauben, was passiert ist: Wir konnten noch vier Platin-Tickets fürs Erzbergrodeo nächste Woche ergattern."

Das war also der Grund für das gestrige Beisammensein. Für Alex und seine Freunde war das jährliche Enduro-Motorradrennen ein absolutes Jahreshighlight. Es fand seit 1995 am Erzberg bei Eisenherz in Österreich statt und galt als härtestes der Welt. Normalerweise sahen sie sich die Übertragung im TV an.

„Was heißt das?"

Alex strahlte. „Dass wir bei dem viertägigen Event live dabei sein werden, mit exklusiven Leistungen. Zum

Beispiel ist ein Hubschrauberrundflug während des Rennens im Preis enthalten."

„Wow! Das freut mich für dich. Wann findet die Veranstaltung noch mal statt, demnächst, oder?"

Er nickte. „Nächste Woche von Donnerstag bis Sonntag. Wir werden schon am Mittwochabend losfahren und erst am Montag zurück sein. Wir haben beschlossen, dass wir ein letztes Mal als Zuschauer dabei sein werden, und nächstes Jahr wollen wir an der Qualifizierung fürs Hauptrennen teilnehmen."

Soweit ich mich erinnerte, gab es einen sogenannten Prolog. An zwei Tagen mussten alle angemeldeten Fahrer die fünfunddreißig Kilometer lange Schotterstraße auf den Berg bewältigen. Nur die fünfhundert schnellsten Rider durften letztendlich am Hauptrennen teilnehmen. Ich war froh, dass sich Alex das bisher nur aus sicherer Entfernung angesehen hatte. Trotzdem wollte ich ihn unterstützen, denn ich wusste, dass es sein großer Traum war, einmal selbst mit seiner Maschine die extremen Herausforderungen bis zum Ziel zu bestreiten. Apropos Träume.

„Ich habe auch Neuigkeiten zu verkünden", sagte ich in verheißungsvollem Ton. Ich wollte noch mehr Spannung aufbauen, aber ich hielt es nicht aus und erzählte ihm von dem spontanen Urlaub und meiner Reiseidee. „Was hältst du davon, endlich nach Sizilien zu fliegen?"

Voll freudiger Erwartung suchte ich eine Regung in seinem Gesicht. Ich fand keine.

„Hm ..." Mehr kam nicht aus seinem Mund. Vielleicht dachte er über seinen Auftragskalender nach und überlegte, wann es zeitlich am besten passen würde?

„Es müssen auch keine zwei Wochen sein, eine würde völlig reichen, um ...“

Alex unterbrach mich. „Lena, es geht diesen Sommer nicht. Es tut mir leid.“

Es geht diesen Sommer nicht, hallte es in mir nach. Ich löste mich aus seinem Arm, der noch immer über meinen Schultern lag. Nächsten Sommer würde sich die Möglichkeit nicht mehr bieten.

„Und was, wenn wir nicht sofort fliegen? Wir können auch erst in ein paar Wochen los. Im Juli, zum Beispiel.“

Entschieden schüttelte er den Kopf.

„Und warum nicht? Für Erzberg konntest du die Tage offensichtlich auch kurzfristig freischaufeln.“

Sehr kurzfristig sogar.

„Darum geht es nicht“, wiegelte er ab. Fragend sah ich ihn an. „Dieses Platin-Ticket hat fast tausend Euro gekostet, hinzu kommt das Hotel und alles, was wir sonst noch brauchen. Außerdem planen wir gerade noch einen weiteren Trip, da ist ein dritter finanziell echt nicht drin.“

„Wir? Was meinst du damit?“

Ich erfuhr, dass Alex mit seinen Freunden in der Nacht beschlossen hatte, eine zehntägige Enduro-Tour in Kroatien zu buchen. Sie wollten sich auf das kommende Jahr mit der Teilnahme am Erzbergrodeo vorbereiten. Es klang nach einer beschlossenen Sache.

„Du hast das ausgemacht, ohne mit mir vorher darüber zu sprechen?“

In diesem Moment klingelte es an der Haustür.

„Das sind bestimmt Michi und vielleicht auch schon Lukas und Andi. Mit der Wartung von einer Maschine sind wir fertig geworden. Jetzt ist die nächste dran.“

20

Alex sprang förmlich auf. Er wirkte erleichtert, dass er einen Grund hatte, unsere Unterhaltung zu beenden. „Sizilien läuft nicht weg. Irgendwann kriegen wir es schon hin", versprach er und eilte zur Tür. Ich vernahm ein Stimmengemurmel und dann ging die Tür auch schon wieder zu. Ungläubig starrte ich ihm nach. War das Thema für Alex damit erledigt?

***

„Er hat es nicht einmal in Betracht gezogen, das mit Kroatien zu verschieben?", hakte Julia ungläubig nach und servierte die üppig gefüllten Kuchenteller. „Einmal Erdbeer-Pistazien-Torte für dich", erläuterte sie und platzierte den Teller vor mir auf dem gedeckten Tisch. Sie nahm den nächsten und reichte ihn Valentina. „Du bekommst eine Maracuja-Torte mit weißer Schokoladenmousse. Und für mich einen Himbeer-Käsekuchen."

Julia setze sich zu uns. Bevor ich ihre Frage beantwortete, bewunderte ich ihre neuesten Backkreationen, die sie uns mit perfektem Anschnitt und aufwendiger Dekoration präsentierte.

„Du hast dich wieder einmal selbst übertroffen!"

Valentina pflichtete mir bei. „Die sind fast zu schön, um sie zu essen."

Julias Miene erhellte sich, wurde aber gleich wieder ernst. „Sagt das mal meinem Vater."

Ich warf ihr einen mitfühlenden Blick zu. „Darfst du deine Experimente immer noch nicht zum Verkauf anbieten?"

Ich benutzte den Wortlaut von Wolfgang Neuhaus und deutete mit den Fingern Anführungszeichen an. Das Café *Kaffee & Törtchen* war seit vielen Generationen im Besitz der Familie Neuhaus. In ein paar Jahren wollte Julias Vater in den wohlverdienten Ruhestand gehen, dann war sie die Nächste in der langen Reihe, der es übergeben wurde. Weit über Zugspitztal hinaus war das Café bekannt für die schmackhaften Gebäcke. Die Familienrezepte, die der Kundschaft seit jeher in bester Erinnerung blieben, schätzte auch Julia. Sie war seit Kindertagen an den Backprozessen beteiligt. Schon früh hatte sie jedoch begonnen, auch eigene Kreationen zu entwickeln, und war in diesem Gebiet ein absolutes Ausnahmetalent. Leider hielt ihr Vater an den bestehenden Angeboten fest und war Neuem gegenüber nicht aufgeschlossen.

Unsere Freundin begann, ihren Vater nachzuahmen: „Nein, so was kannst du doch nicht in die Theke stellen. Wir haben immer schon ..." Sie winkte ab. „Lassen wir das leidige Thema."

Sie nahm ihre Gabel und schnitt sich ein Stück von ihrem Kuchen ab. Valentina und ich betrachteten es als Einladung, ebenfalls anzufangen. Wir probierten die Torte und waren ganz aus dem Zuckerhäuschen.

„Mmm."

„Oh, lecker!"

Der Pistazienbiskuit und die frischen Erdbeeren kombiniert mit einer leichten Cremeschicht machten meinen Frust ein kleines bisschen erträglicher. Zumindest bei dem ersten Biss.

„Kommen wir zurück zu Alex und dir. Dass er mit seinen Freunden zum Erzbergrodeo fahren möchte, finde ich völlig legitim", sagte Julia. Sie machte eine bedeutungsvolle Pause. „Aber dass er an einem zweiten Trip festhält, obwohl ihr die einmalige Chance hättet, nach Sizilien zu fliegen, verstehe ich überhaupt nicht."

Ich legte die Kuchengabel auf die Holztischplatte. „Einerseits kann ich es verstehen, dass Alex seine Pläne nicht über den Erdhaufen werfen möchte. Immerhin kamen die drei freien Monate auch für ihn überraschend. Andererseits bin ich echt enttäuscht, dass er es nicht mal in Erwägung gezogen hat."

Valentina unterstützte besonders den letzten Satz mit einem kräftigen Nicken. „Kann ich verstehen. Was hat er gesagt? Sizilien läuft nicht weg? Kroatien ist doch nächstes Jahr auch noch ein Teil von diesem Planeten!"

Ich lächelte sie dankbar an.

Julia nahm die Karaffe mit stillem Wasser, dem frisch geschnittene Zitronenschreiben hinzugefügt waren, und schenkte uns ein. „Und was machst du jetzt?"

„Wie es aussieht, nicht in den Urlaub fahren."

Ich meinte es als Scherz, aber es fühlte sich bei Weitem nicht wie einer an. Kurz grübelte ich. Was konnte ich in den drei Monaten Sinnvolles tun? Meine beiden Freundinnen waren um diese Jahreszeit zu Hause in den Betrieben eingespannt, deshalb konnten wir für uns Mädels nichts Entsprechendes organisieren, aber ...

In diesem Moment kam mir eine Idee. Meine Stimmung hellte sich augenblicklich auf.

„Ihr beide könnt doch jede helfende Hand gebrauchen. Was haltet ihr davon, wenn ich bei dir im Café oder bei euch auf dem Hof mit anpacke?"

Im *Kaffee & Törtchen* waren die Sommermonate besonders herausfordernd. Sie verzeichneten durch die

Touristen deutlich mehr Gäste als davor und danach. Valentinas Familie hingegen gehörte eine Landwirtschaft, die sich auf den Anbau und die Verarbeitung von Getreide spezialisiert hatte. Besonders während der bevorstehenden Erntezeit gab es eine Menge zu tun.

„Du hast frei und willst für uns arbeiten?", fasste Valentina zusammen und war sichtlich gerührt. Julia ebenso. Die beiden warfen sich einen einvernehmlichen Blick zu und schüttelten dann entschieden die Köpfe. Sie lehnten mein Angebot ab?

Julia reichte mir ein Wasserglas. „Das können wir nicht zulassen."

„Warum nicht? Ich habe schon öfter ..."

Meine beste Freundin unterbrach mich. „Darum geht es nicht. Wir wissen, dass du uns tatkräftig unterstützen würdest, aber so eine Zeit wie jetzt bekommst du so schnell nicht wieder. Vielleicht sogar nie wieder. Du sollst nicht Gäste bedienen oder auf dem Mähdrescher sitzen, sondern ein Abenteuer erleben."

„Genau", pflichtete ihr Valentina bei und streckte einen Arm mit dem Glas in der Hand aus. Wir prosteten uns alle zu.

„Auf eine unvergessliche Zeit, die dir bevorsteht!", rief sie aus, als die Gläser klirrten.

Nun war ich diejenige, die lachend den Kopf schüttelte. Ein Abenteuer? Ich konnte mir beim besten Willen nicht vorstellen, was ich in Zugspitztal Unvergessliches erleben konnte. Abgesehen davon, waren die Zeiten dafür nicht irgendwie vorbei? Jeder von uns war nach der Schulzeit und der Ausbildung im Alltag angekommen.

Ich stellte das Glas auf dem Tisch ab. „Was würdet ihr machen, wenn ihr spontan drei Monate frei hättet?"

Valentina sah in die Ferne. „Hm ... Lass mich mal überlegen."

„Ich glaube, ich würde auch verreisen", sagte Julia.

„Einen zweiwöchigen Urlaub kann ich mir leisten, aber einen längeren Auslandsaufenthalt kann ich finanziell leider nicht stemmen."

Sie grübelte. „Hm. Was ist mit deinen Eltern? Vielleicht könnten sie dir gute Konditionen mit einem ihrer ehemaligen Partner-Hotels heraus handeln?"

Meine Eltern hatten jahrelang das *Traumreisen* geführt, ein Reisebüro in Zugspitztal. Durch die Option der Online-Buchungen war ihr Kundenstamm so stark geschrumpft, dass sie es schließen mussten. Kurz vor meiner Einschulung starteten sie mit einem neuen Konzept in München durch. Sie stellten seitdem erfolgreich exklusive Gruppen-Exkursionen in fernen Ländern zusammen und begleiteten diese auch vor Ort. Ich durfte damals in Zugspitztal bleiben und bin bei meinem Opa aufgewachsen, der sich um mich gekümmert hat, während sie auf der ganzen Welt Geld verdienten. Bei dem Gedanken an meinen Opa wurde mir kurz schwer ums Herz. Er war kurz nach meinem achtzehnten Geburtstag an einem Herzinfarkt verstorben. *Ach Opa, ich vermisse dich sehr ...*

„Sie wandern doch gerade durch die Wüste von Chile", sagte ich. „Da haben sie keinen Handy-Empfang. Abgesehen davon kann ich mir nicht vorstellen, dass sie etwas Bezahlbares finden. Bei meinem kleinen Budget wäre es besser, ich biete von vorne herein an, in einem Hotel zu arbeiten, statt darin zu wohnen."

Valentina riss die Augen auf. „Ja, das ist es! Du arbeitest, um dir die Reise zu ermöglichen. Wisst ihr noch, was wir nach dem Abschluss vorhatten? Wir wollten ein Jahr gemeinsam als Au-pairs im Ausland verbringen."

Fast schon melancholisch reiste ich in Gedanken acht Jahre zurück. Wir hatten dem beschaulichen Zugspitztal den Rücken kehren wollen. Zumindest für eine Weile. Hatten uns danach gesehnt, jenseits der bayerischen Gebirgskette unvergessliche Erinnerungen zu sammeln, bevor der Ernst des Lebens losging. Dieser kam jedoch schneller als gedacht und durchkreuzte unsere Pläne. Julia bekam die einzigartige Chance, bei einer Spitzenkonditorin in Wien eine Ausbildung zu absolvieren, das konnte sie unmöglich sausen lassen. Valentinas Mutter hatte damals einen Arbeitsunfall auf dem Hof gehabt und sie fühlte sich verständlicherweise verpflichtet, den Ausfall zu kompensieren. Und bei mir? Nach langjähriger Freundschaft, die in Sandkastenspielzeiten entstanden war, wurde aus Alex und mir offiziell ein Liebespaar. Ich flog mit ihm einen Kurzstreckenflug auf der berühmten Wolke 7 und konnte mir nicht vorstellen, abzusteigen. Deshalb hatte ich die fünfjährige Ausbildung zur Erzieherin direkt nach dem Schulabschluss begonnen. Ob unser aller Leben anders ausgesehen hätte, wenn wir es damals durchgezogen hätten? Auf welche Erfahrungen würden wir zurückblicken?

„Du könntest es jetzt nachholen", schlug Valentina vor.

Ich verschluckte mich fast an einem Stück Kuchen. „Ich? Jetzt? Allein? Niemals!"

Julia klopfte mir auf die Schultern. „Warum nicht?"

Der Gedanke war absurd. „Abgesehen von allem: Ohne Begleitung fehlt mir der Mut", gab ich zu. Die Vorstellung, ohne ein bekanntes Gesicht in ein Flugzeug zu steigen und mich an einem fremden Ort zurechtzufinden, löste ein beklemmendes Gefühl in mir aus.

„Wir wollten doch damals als Au-pairs unsere Zeit in Italien verbringen", warf Julia ein. „Die Agentur hätte uns in der gleichen Stadt vermittelt, aber genau genommen wären wir jeweils allein einer Familie zugeteilt worden."

„Das ist was anderes. Trotzdem hätten wir auf unsere gegenseitige Unterstützung zählen können."

„Du hast recht, wenn du es jetzt machst, sind wir zwar nicht vor Ort, trotzdem hast du eine Gastfamilie an deiner Seite."

„Hm ..." Ich dachte darüber nach. „Ihr meint das ernst, oder? Ich soll jetzt als Au-pair durchstarten? Machen das nicht alle anderen mit sechzehn Jahren? Darf man sich mit vierundzwanzig Jahren überhaupt noch bewerben?"

„Na klar, warum nicht? Außerdem werden dich die Leute mit Kusshand engagieren wollen, denn du kannst sogar eine berufliche Expertise vorweisen", argumentierte Valentina.

„Selbst wenn, so kurzfristig sucht doch bestimmt niemand eine Betreuung für seine Kinder, oder? Hinzu kommt die zeitliche Begrenzung, die meistens Au-pairs werden für ein Jahr eingestellt."

„Wer weiß. Vielleicht ist irgendwo auf der Welt jemand froh darüber, dass du ab morgen bis September Zeit hast."

Ich lachte. Julias war schon immer die optimistischste von uns dreien gewesen.

„Nehmen wir mal an, es wäre so. "Valentina griff die These auf. „Könntest du es dir vorstellen?"

Ich schob mir einen letzten Bissen von der geschmackvollen Torte in den Mund und nahm mir eine kurze Kau-Bedenk-Pause. Schließlich nickte ich. „Ja, die Zeit wäre auf alle Fälle sinnvoll genutzt. Ich würde in einem anderen Land wohnen und gleichzeitig einer Familie helfen."

... und wäre nicht allein im Ausland, fügte ich in Gedanken hinzu.

3. Kapitel

Als eine Weile später die Glocke über der Ladentür von *Kaffee & Törtchen* bimmelte, blickte Julia erschrocken auf ihre silberne Armbanduhr.

„O nein! Es ist schon halb zwei."

Wir hatten völlig die Zeit vergessen und auch nicht die Tür abgesperrt. Normalerweise planten wir unsere wöchentlichen Treffen so, dass sie beendet waren, bevor das Café öffnete. Julia sprang auf und begrüßte die ältere Dame, die den Verkaufsraum betrat.

„Guten Tag, Frau Gravenreuth. Ich bin gleich für Sie da."

„Hallo, ihr drei." Die Ehefrau unseres Landarztes hob die Hand mit den rot lackierten Nägeln und schweren goldenen Klunkern. Ihr Blick blieb an Valentina hängen und sie zwinkerte ihr zu. „Wie schön, dich zu sehen, meine Liebe. Ich habe dich gestern beim Abendessen vermisst."

Von Valentinas Berichten über ihre Schwiegermutter in spe wussten wir alle, dass die Seniorin das nur so dahinsagte. Meine Freundin war ihrem einzigen Sohn nach dem Unfall ihrer Mutter nähergekommen. Maximilian hatte damals seinen Vater häufig bei den Hausbesuchen begleitet, und so lernten sie sich besser kennen. Frau Gravenreuth war es von Anfang an missfallen, dass ihr geliebtes sechsundzwanzigjähriges Kind die Aufmerksamkeit einer jungen Frau schenkte.

„Ich habe es leider nicht geschafft. Wir haben eine neue Nudellieferung bekommen, und ich war im Hofladen eingespannt."

„Ein anderes Mal klappt es wieder."

Beide lächelten, aber es erreichte ihre Augen nicht. Julia erlöste uns von der angespannten Stimmung. Sie hatte die Jeans und das weiße Langarmshirt gegen ein Dirndl getauscht. Das rosafarbene Trachtenkleid mit der grau-weiß gepunkteten Schürze, mit dem sie aus dem Nebenzimmer erschien, stand ihr gut.

„Darf es wie immer sein? Zwei Stücke von dem Zwetschgendatschi und eines von dem Bienenstich zum Mitnehmen?"

„Richtig. Ich finde es ausgezeichnet, dass Sie sich das merken können."

Julia bedankte sich höflich und Valentina verdrehte die Augen. Sie hatte sich in der Vergangenheit oft gefragt, ob Frau Gravenreuth unsere Freundin lieber an der Seite ihres Sohnes gesehen hätte. Wir versicherten Valentina, dass die Abneigung persönlicher Natur war und nichts mit ihr zu tun hatte. Jede weibliche Person, die ihr ihren geliebten Sohn wegnahm, war der Dame ein Dorn im Auge.

„Das macht dann bitte zwölf Euro dreißig. Soll ich es Ihnen einpacken?"

„Ja, gern."

Während Julia das Gebäck verpackte, wandte sich Frau Gravenreuth an mich. „Ach Fräulein Sentlinger, ich habe von meinem Mann gehört, dass die Susanne am Montag an der Hüfte operiert wird und die Einrichtung vorübergehend schließen muss. Ich kann mich noch erinnern, als unser Maximilian in den Kindergarten gekommen ist, hatte auch sie ihren ersten Tag dort. Für mich wäre es damals kein Problem gewesen, ihn daheim zu betreuen, wenn eine solche Situation eingetreten wäre. Darf ich fragen, wie die Eltern die Zeit überbrücken? Heutzutage sind ja oft beide Elternteile berufstätig."

Ohne die Namen meiner Schützlinge zu nennen, fasste ich grob zusammen, welche Lösungen gefunden worden waren. Da in unserer Kleinstadt jeder jeden kannte, wusste sie jedoch gleich, wer jeweils gemeint war.

„Sie würde ihren Maximilian auch heute noch den ganzen Tag zu Hause betreuen, wenn sie könnte", flüsterte Valentina, sodass nur ich es hören konnte. Bei der Vorstellung musste ich mir ein Grinsen verkneifen.

„Und was machen Sie in dem freigestellten Zeitraum?", erkundigte sie sich anschließend bei mir. Ich zuckte mit den Schultern und antwortete ehrlich.

„Eigentlich wollte ich mit meinem Freund verreisen, aber es ist bei ihm so kurzfristig nicht möglich."

Und er wollte auch nicht, aber das brauchte die alte Dame nicht wissen. Trotzdem versetze mir der Gedanke einen kurzen Stich.

Sie sah mich verständnisvoll an. „Lassen Sie sich davon ja nicht aufhalten. Als mein Mann die Praxis übernommen hat, sind wir kaum noch gemeinsam in den Urlaub gefahren. Er ist in seine Arbeit ein kleines bisschen mehr verliebt als in mich, aber wissen Sie was?

Ich habe das akzeptiert und bin einfach ohne ihn losgezogen."

Ich warf ihr einen dankbaren Blick zu. Vielleicht waren wir Freundinnen in unseren Gesprächen in manchen Punkten zu streng mit ihr gewesen. Sie hatte es gewiss auch nicht einfach mit ihrem Mann, für den sie offenbar zweitrangig war. Es erklärte zumindest, weshalb sie so fixiert auf Maximilian war.

Julia stellte die Tüte auf der Glasvitrine ab und Frau Gravenreuth zog eine rote Geldbörse aus ihrer teuer aussehenden Handtasche. Sie öffnete den Reißverschluss und reichte Julia einen Zwanzigeuroschein.

„Stimmt so."

„Das ist sehr großzügig von Ihnen", sagte sie und verstaute ihn in der Kasse.

Als die Dame den Laden verließ, atmete Valentina auf. „Endlich ist sie weg."

„Jetzt wissen wir immerhin, warum sie sich so an ihren Sohn klammert." Julia teilte meine Gedanken. Valentina wollte davon nichts wissen.

„Hat sie es geschafft und euch eingelullt? Nach außen ist sie lieb und nett, aber ihr wollt sie nicht hinter verschlossenen Türen kennenlernen. Das garantiere ich euch!"

„Warte mal", besänftigte ich unsere Freundin. „Eine Vermutung, warum sie ihren Sohn für eine Beziehung nicht freigeben kann, rechtfertigt noch lange nicht das Verhalten dir gegenüber." Sie tat mir leid, die Liebe zwischen ihr und Maximilian wurde permanent von den Sticheleien seiner Mutter überschattet.

„Um ehrlich zu sein, war ich gestern nicht bei den Gravenreuths, weil Max und ich gestritten haben. Mal wieder", erzählte sie. Bei der Familie gab es um Punkt achtzehn Uhr dreißig das Abendessen. Valentina hatte angekündigt, dass sie um neunzehn Uhr bei ihm sein konnte, weil tatsächlich noch eine Nudellieferung eingetroffen war, die ins Lager geräumt werden musste. Maximilian teilte ihr daraufhin mit, dass seine Mutter es nicht schätzte, wenn Gäste zu spät zum Essen erschienen.

„Ich bin nicht irgendein Besuch, sondern seine Freundin! Das lasse ich mir in unserem Alter nicht vorschreiben!"

Valentina war den Tränen nahe. Sie war verletzt, weil sich Maximilian nicht für sie einsetzte. Er befand sich in einer Zwickmühle, trotzdem war es meiner Freundin gegenüber unfair, dass sie alle Vorgaben der Mutter hinnehmen musste. Tröstend legte ich ihr den Arm auf den Rücken und Julia bot ein weiteres Stück Torte an, das sie ablehnte.

„Wenn es um seine Mutter geht, kommt er mir wie ein sechsjähriger Junge vor und nicht wie ein Mann.", gestand Valentina.

Ich verkniff mir, zu erzählen, dass ich während des Gesprächs am Morgen zwischen Alex und mir auch das Gefühl hatte, es könnte zwischen ihm und seiner Mutter stattfinden. Bei Alex war das mit der Muttersöhnchen-Sache definitiv nicht so ausgeprägt wie bei Max. Dafür war Max ohne seine Mutter ein absoluter Traumtyp, der Valentina auf Händen trug. Das war auch der Grund, warum sie ihn nicht längst verlassen hatte.

„Sein Verhalten ist wirklich unmöglich! Ich wünsche dir, dass Frau Gravenreuth eure Beziehung endlich akzeptiert", sagte Julia. Sie nahm gerade ein Blech Apfelkuchen mit Streusel aus der Vitrine, um es in verkaufsfertige Stücke zu schneiden, als das Telefon schrillte. Unsere Freundin klemmte sich den Hörer zwischen das Ohr und die Schulter, um die Hände für den Kuchen frei zu haben.

„Kaffee & Törtchen, Sie sprechen mit Julia Neuhaus, was kann ich für Sie tun?" Nach einer kurzen Pause hob sie überrascht den Blick und formte mit den Lippen ein lautloses *Max*. Valentinas Miene hellte sich auf. So war es zwischen den beiden. Auch wenn dieses eine Thema konfliktgeladen war, konnte sie ihm nie lange böse sein.

„Ach, du bist es … Ja, sie ist noch bei mir, wir haben uns verquatscht … Nein, du brauchst dir keine Sorgen zu machen … Warte einen Moment, ich frage sie."

Julia drückte eine Hand auf die Sprechmuschel, damit Max uns nicht hörte.

„Er steht gerade bei euch auf dem Hof und macht sich Sorgen, weil du nicht dort bist. Jetzt möchte er wissen, ob er dich abholen soll, weil es aussieht, als würde es jeden Augenblick regnen?"

Valentina nickte. Sie hatte ein verträumtes Lächeln auf den Lippen. Das war in der Tat sehr aufmerksam von ihm.

„Ich bin ein kleines bisschen neidisch", gab ich zu, als Julia auflegte. Ich berichtete meinen Freundinnen vom Vortag, als Alex es nicht einmal registriert hatte, dass ich erst um kurz vor Mitternacht von der Arbeit nach

Hause gekommen war. Das waren sechs Stunden später als gewöhnlich, bei Valentina handelte es sich um fünfundvierzig Minuten.

„Deinem Max wäre das nicht entgangen", sagte ich.

Valentina gab mir recht. „Das stimmt. Er hätte versucht, mich zu erreichen, so wie jetzt, um sich zu vergewissern, dass es mir gut geht."

Wie auf Kommando hupte es draußen. Durch die bodentiefe Fensterfront sahen wir einen weißen Sportwagen vorfahren.

„Max ist da!", rief Valentina und sprang auf. Sie umarmte mich zum Abschied. „Versprich mir, dass du wenigstens googelst, ob jemand spontan ein Au-pair sucht."

„Werde ich", erwiderte ich lachend, aber machte mir keine Hoffnungen.

„Ich bin mir sicher, dass sich Max als Entschuldigung ein spannendes Ausflugsziel ausgedacht hat", vermutete Julia, als die beiden mit aufheulendem Motor davonfuhren.

„Das glaube ich auch."

Ich räumte unser benutztes Geschirr ab und erkundigte mich, ob ich meiner Freundin noch etwas Gutes tun könnte, denn es wartete niemand auf mich.

„Für fünfzehn Uhr ist eine Seniorengruppe aus einem Garmischer Altenheim angemeldet. Wenn du Lust hättest, die Tische einzudecken, wäre das eine große Hilfe."

Während meine Freundin den Kaffee und Kuchen vorbereitete, verteilte ich zunächst Besteck auf den runden Tischen. Anschließend füllte ich Wasser in Karaffen, das stand nämlich den Gästen im Café kostenlos zur Verfügung. Während ich frisch geschnittene Zitronenscheiben mit einer Zange den sieben Gefäße gleichermaßen hinzufügte, schweifte ich in Gedanken ab und verglich die Beziehung von Valentina und Max mit meiner. Abgesehen von den Problemen, die Frau Gravenreuth auslöste, führten sie eine Bilderbuch-Romanze. In der Gegenüberstellung schnitten Alex und ich wie ein uraltes Ehepaar im mit klischeehafter Rollenverteilung im Alltagstrott ab. Wir trafen jeden Feierabend ungefähr eine halbe Stunde aufeinander. Ich kochte oder wir bestellten ein Gericht vom örtlichen Wirtshaus. Wir aßen gemeinsam. Das war's. Anschließend verbrachte Alex die Zeit bis zum Schlafengehen in der Werkstatt und ich erledigte den Haushalt oder setzte DIY-Projekte um. Diese Woche hatte ich getöpferte Müslischalen bemalt. Die Ausnahme bildete der Freitagabend. Da dehnte sich die unaufgeregte Zweisamkeit auf ein paar Stunden aus. Meistens sahen wir uns einen Film bei Netflix an oder verabredeten uns zwei- bis dreimal im Jahr im Kino. Das war mein Liebesleben?

Ich platzierte die Gefäße neben den Vasen mit den kleinen bunten Blumensträußen. Die Sonnenblumen, die orange- und rosafarbenen Rosenblüten und der Lavendel verströmten einen zarten Duft. Ich erinnerte mich, als Alex mich ein einziges Mal mit Blumen aus dem Beet von seiner Oma überrascht hatte. Damals, als er mich gefragt hatte, ob ich offiziell seine Freundin sein wollte.

Ich war mir bis heute nicht sicher, ob das seine eigene Idee gewesen war oder die seiner Großmutter, denn diese Geste passte nicht zu ihm. Max hingegen hatte sich von Anfang an solche Aufmerksamkeiten einfallen lassen. Er studierte Medizin an der Ludwig-Maximilians-Universität in München, und wenn er Valentina während den Vorlesungen vermisste, schickte er ihr über ein floristisches Unternehmen einen Strauß mit prächtigen Rosen. Unzählige Male hatten wir drei über die hübschen Blumen gestaunt, und auch darüber, dass Max sie ohne einen speziellen Anlass verschenkte. Ging es mir um Geschenke? Nein, dachte ich entschieden. Es ging mir darum, dass er sich Gedanken um seine Partnerin machte.

„Du bist ein Schatz."

Julia balancierte ein Tablett mit Gläsern in meine Richtung und riss mich aus meinen trüben Gedanken. Sie setzte es auf einem der weißen Stühle ab, die rund um die Tische standen und mit den geschwungenen Formen ein optisches Highlight darstellten. Wir verteilten die Gläser, und als wir fertig waren, parkte ein blauer Bus mit der Aufschrift Edelweiß-Reisen vor der Ladentür.

„Perfektes Timing", lobte Julia und wir klatschten unsere Hände ab.

„Jetzt kannst du wirklich nach Hause fahren."

„Sicher? Ich könnte auch ..."

Julia warf mir einen gespielt strengen Blick zu.

Ich lachte und hob abwehrend die Hände. „Schon gut. Ich habe es verstanden, ich soll ein Abenteuer erleben und nicht deine Gäste bedienen."

***

Kurze Zeit später stieg ich auf mein Fahrrad. Erste dicke Regentropfen landeten auf meinen Schultern. Oje, wenn ich einigermaßen trocken zu Hause ankommen wollte, musste ich mich beeilen. Zügig trat ich in die Pedale und lenkte das klapprige Gefährt vom Rathausplatz. Einen offiziellen Fahrradweg gab es in Zugspitztal nicht, was aufgrund des geringen Verkehrsaufkommens auch nicht notwendig war. Ein vertrauter weißer Lieferwagen kam mir entgegen. Als er näher kam, erkannte ich Valentinas Opa hinterm Steuer. Mit einem freundlichen Lächeln grüßte er mich im Vorbeifahren und ich grüßte zurück. Wahrscheinlich fuhr er gerade Mehlbestellungen aus. Die Regentropfen wurden zunehmend mehr und ich bemühte mich, noch schneller voranzukommen.

Einfamilien- und Doppelhäuser mit sauber angelegten Vorgärten zogen an mir vorbei. Dazwischen der Bauernhof von der Familie Huber, auf dem fleißig gearbeitet wurde. Herr Huber manövrierte mit dem Traktor einen Ladewagen voller Heu die Scheuneneinfahrt hinauf. Er musste sich beeilen, damit es trocken gelagert werden konnte. Ich erkannte, dass Johanna, die ich bei mir in der Gruppe betreute, neben ihrem Vater auf dem landwirtschaftlichen Gefährt saß. Sie strahlte, als sie mich entdeckte, und winkte mit beiden Händen. Ich grüßte lächelnd zurück. Ein Stück weiter sah ich noch Johannas Mutter. Sie entfernte eilig Kleidungsstücke von einer quer durch den Garten gespannten Wäscheleine und warf sie in einen Korb.

„Servus, Lena!"

„Hallo, Frau Huber."

Für ein längeres Gespräch blieb keine Zeit, denn in diesem Moment öffnete der Himmel seine Schleusen und der Regen prasselte auf mich nieder. Eine Querstraße weiter kam ich endlich am Ziel an. Ich stellte das Rad unter dem Vordach ab und spurtete die Wendeltreppe hinauf. Triefend nass erreichte ich die Wohnung.

***

Wenige Zeit später setzte ich mich mit trockener Kleidung, noch feuchten Haaren und einer dampfenden Tasse Tee auf das graue gemütliche Sofa. Ich wickelte mich in die kuschelige Decke ein und zappte durchs Fernsehprogramm. Ich ließ eine Telenovela laufen und trank immer wieder einen Schluck von dem wärmenden Getränk.

Als ich schließlich die leere Tasse auf der runden Glasplatte vom Wohnzimmertisch abstellte, sah ich auf dem Handy-Display die Ankündigung einer neuen Nachricht. Valentina. Ich öffnete unseren Mädels-Gruppenchat.

Viele Grüße aus Südtirol! Max hat fürs Wochenende eine Suite in einem schicken Hotel gebucht. Wir haben sogar einen eigenen Whirlpool im Zimmer, stellt euch das mal vor!

Sie fügte den Smiley mit den herzförmigen Augen hinzu. Anschließend ploppte ein Selfie auf. Es zeigte das Paar im sprudelnden Wasser, das durch die Beleuchtung violett schimmerte. Im Hintergrund zeichnete sich ein imposantes Bergpanorama ab, über dem dunkle Regenwolken hingen. Das schlechte Wetter verlieh dem Ganzen ein gemütliches Ambiente. Spiegelte sich in der Fensterfront ein offenes Kaminfeuer? Die beiden stießen mit halb gefüllten Sektgläsern an. Max küsste Valentina liebevoll auf die Wange und sie strahlte in die Kamera. Meine Freundin sah glücklich aus und ich gönnte es ihr von ganzem Herzen.

P.S. Ich habe ihm verziehen.

Wow! Es sieht traumhaft aus, genießt es. Ich hätte die Entschuldigung auch angenommen.

Ich setzte einen zwinkernden Smiley nach und sendete die Nachricht ab. Von Julia kam ein Daumen-hoch-Emoji, wahrscheinlich hatte sie alle Hände voll zu tun, deshalb fiel ihre Reaktion knapper aus. Ich betrachtete noch eine Weile das Foto. Mir fiel auf, wie bewundernd Max seine Freundin Valentina ansah. Ich wünschte mir in diesem Moment nichts sehnlicher, als dass Alex mir so einen bedeutungsvollen Blick zuwarf, der mir zeigte, wie sehr er mich liebte. Plötzlich wurden Gedanken, die bisher leise gewesen waren, immer lauter. Diese verliebte Phase gab es bei Alex und mir bedauerlicherweise deutlich weniger intensiv. Die sprichwörtlichen Schmetterlinge im Bauch waren einen Sommer lang geflattert und dann in einen Dornröschen-Schlaf gefallen. Oder sie waren wieder zur Basisstation unserer Beziehung zurückgekehrt: unserer

Freundschaft. Die letzte Erkenntnis ließ mich senkrecht auf dem Sofa hochfahren. Nein, das konnte nicht sein! Die Schmetterlinge waren noch da. Ganz sicher. Ich musste sie nur aufwecken. Bloß wie?

4. Kapitel

Fieberhaft überlegte ich, wie ich unsere Beziehung zurück in die richtige Richtung lotsen konnte. Einen gemeinsamen Urlaub strich ich auf meiner gedanklichen Liste durch. Ein romantisches Abendessen in einem Lokal? Eine gemeinsame Bergtour? Zum Beispiel eine Fahrt auf die nahegelegene Zugspitze? Ein Ausflug zum Schloss Neuschwanstein mit anschließendem Besuch in der königlichen Kristall-Therme Schwangau? All das schien mir nicht ausreichend genug, um das gewünschte Ziel zu erreichen. Mit jedem Einfall, den ich auf ein imaginäres Blatt Papier schrieb, zerknüllte und in einem hohen Bogen in den Mülleimer warf, schrumpfte meine Zuversicht.

In diesem Augenblick ploppte eine Nachricht von Valentina auf.

Hast du eine passende Au-pair-Stelle gefunden?

Plötzlich hatte ich die zündende Idee. Wenn ich tatsächlich etwas fand, könnte ich mir einerseits einen Traum erfüllen und mit der Trennung auf Zeit Alex' und meine Beziehung retten. In Gedanken malte ich mir aus, wie Alex und ich uns wie in vergangenen Zeiten täglich Nachrichten schreiben und aufgeregt auf die Antwort des anderen warten würden, wie wir auf

Telefonate hin fieberten, um die Stimme des anderen zu hören und uns mit jedem Tag mehr vermissen würden. Nach meiner Rückkehr würden wir dadurch die Gefühle im Alltag wieder deutlich spüren, da war ich mir ganz sicher.

Ich warf euphorisch die Decke zurück und öffnete die Suchmaschine im Internet. *Suche Gastfamilie in Sizilien*, tippte ich in das leere Feld. In der ersten Zeile erschien die Website von *Au-pair Welt*. Der Name weckte Erinnerungen. Damals hatten Valentina, Julia und ich über diesen Anbieter doch eine passende Stelle gesucht, oder? Ich klicke die Seite an. Eine vertraute Grafik von einem Globus erschien. Eine Flugzeugzeichnung flog quer über den Bildschirm und zog ein wehendes Banner mit einem weiteren Suchfeld hinter sich her. Eine Überschrift forderte dazu auf, das gewünschte Ziel erneut einzugeben, deshalb buchstabierte ich Sizilien noch einmal. Das Flugzeug drehte eine Runde um die Weltkugel. Anschließend landete es auf dem berühmten stiefelförmigen Land. Statt des Flugzeugs erschien nun eine Stecknadel am Fuße Italiens, und nach einem kurzen Ladevorgang erschienen vierundzwanzig Annoncen.

Von Donnergrollen und Herzklopfen begleitet, durchforstete ich jede einzelne Anzeige. Angefangen von einer sechsköpfigen Patchworkfamilie, die allerdings erst ab Weihnachten und dann für mindestens acht Monate Unterstützung brauchte, über ein Ehepaar, das ein Hotel eröffnet hatte und für ihre zwei Kleinkinder eine liebevolle Betreuung suchte. Ich scrollte zum gewünschten Zeitraum. *Zwölf bis vierundzwanzig Monate*, stand dort. Wieder nichts. Ich wollte weiter nach unten scrollen, aber es ging nicht mehr. Enttäuscht stellte ich fest, dass ich bereits bei der letzten Anzeige angelangt war.

Du hast deine passende Gastfamilie nicht gefunden? Hinterlasse deine E-Mail-Adresse und erfahre sofort, wenn es für Sizilien ein neues Angebot gibt.

Lohnte sich das überhaupt? Wie hoch war die Wahrscheinlichkeit, dass innerhalb der nächsten Stunden eine neue und vor allem passende Anzeige veröffentlicht wurde? In Gedanken hörte ich bereits, wie Julia mich ermahnte, nichts unversucht zu lassen. Also hinterließ ich meine E-Mail-Adresse und legte das Smartphone zur Seite.

Da meine Freundinnen und mein Freund keine Zeit hatten, lenkte ich mich mit dem Haushalt ab. Während ich im Schafzimmer den Fußboden wischte, fiel mein Blick auf den metallicblauen Koffer, der auf dem Spiegelschrank verstaut war. Seufzend tunkte ich den Wischmopp in den roten Wassereimer. Meine bisherigen Reisen hatte ich lange im Voraus geplant. Ich gehöre zu jenen, die Packlisten schrieben, Buchungsbestätigungen zur Sicherheit digital speicherten und ausgedruckt in einer Folie in der Handtasche verstauten, die vor der Abreise das Bett frisch bezogen, neue Handtücher im Bad bereitstellten und die ganze Wohnung so blitzblank hinterließen, dass man sie im Möbelhaus für Ausstellungszwecke nutzen konnte.

Ich schüttelte den Kopf. Es wäre verrückt gewesen, von heute auf morgen ohne Vorbereitungszeit zu verreisen. Noch dazu für drei Monate …

***

Pünktlich als sich mein Magen beschwerte, dass er seit dem Tortenstück nichts mehr zu essen bekommen hatte, war ich mit dem Putzen fertig. Ich warf einen Blick auf den magnetischen Essensplan auf dem Kühlschrank. Samstag: Pizza. Siedend heiß fiel mir ein, dass ich den Ordner mit meinen gesammelten Rezepten im Kindergarten-Teamraum vergessen hatte. Einmal im Monat kochte ich mit den Kindern gemeinsam das Mittagessen und nutzte ihn als Inspirationsquelle. Ich warf einen Blick auf die Wanduhr in Kaffeetassenoptik. Es war schon fünf Minuten vor sieben. Ich beschloss, ein Rezept aus mit Trockenhefe, statt mit frischer Hefe zu verwenden, damit ich den Teig schneller verarbeiten konnte. Zusammen mit den restlichen Zutaten füllte ich sie in die Schüssel von dem türkisfarbenen Rührgerät. Ich steckte den Stecker in die Steckdose und dachte plötzlich daran, wie Alex in den frühen Morgenstunden betrunken und müde in die Wohnung zurückkehren würde. Wie er nach ein paar Bissen von der kalten Pizza in einen komatösen Zustand verfiel und frühestens in den Abendstunden halbwegs ansprechbar war. Ertrug ich es, mein Leben lang die Wochenenden allein zu verbringen? Würde es sich womöglich einschleichen, dass die Zeit fortan ab Freitagabend schon seinen Freunden gehörte? Wir entfernten uns immer weiter voneinander, und Alex störte es nicht einmal.

Ein Signalton riss mich aus den trüben Gedanken. Ich erschrak dermaßen, dass ich versehentlich den Schalter von der Küchenmaschine auf höchste Stufe drehte. Ich schrie auf und schaltete das Gerät sofort aus, aber

es war zu spät. Die Zutaten wurden mit Höchstge-
schwindigkeit aus dem Behälter geschleudert. Die
frisch geputzte Küche inklusive mir selbst war mit
Teigklumpen besprenkelt und einer Ladung Mehl ein-
gestaubt.

„O nein!"

Ich schloss einen Moment die Augen und öffnete sie
wieder, in der Hoffnung, dass die Sauerei durch Zau-
berhand verschwunden war. Vergeblich. Es war alles
noch da. Frustriert betrachte ich das Chaos und überlegte, an welcher Stelle ich mit dem Wegwischen beginnen sollte. Ein erneuter Signalton erinnerte mich an die
Ursache der Misere. Es kam von meinem Smartphone,
das auf dem Couchtisch lag. Wahrscheinlich handelte
es sich um eine neue Nachricht von Valentina oder Julia. Ich hatte ganz vergessen, auf die Frage zu antwor-
ten, ob ich einen passenden Job gefunden hatte. Die Tatsache, dass ich es verneinen musste, ließ endgültig den
Damm brechen. Ich blinzelte vergeblich gegen die aufsteigenden Tränen an. Sie liefen einzeln über meine
Wangen und vermehrten sich zügig. Während ich meinen Gefühlen über die unglückliche Beziehung und
den verpassten Sizilien-Traum freien Lauf ließ,
schruppte ich zum zweiten Mal an diesem Tag die Küche und zog mich um.

***

Mit brennenden Augen und einer Salami-Tiefkühl-
pizza ließ ich mich eine Weile später auf dem Sofa nieder.

Draußen war es dunkel geworden. Die kleine Rosenquarzlampe auf der Kommode spendete ein gemütliches Licht. Als zusätzliche Lichtquelle diente der Bildschirm des Fernsehers, auf dem die Telenovela von vorhin weiterlief. Ich nahm mir ein Pizzastück und biss hinein. Leise stöhnte ich. Das tat gut. Nachdem ich mich halbwegs von dem Nervenzusammenbruch erholt hatte, war ich bereit, um meine Freundinnen auf den aktuellen Stand zu bringen.

Ich griff nach meinem Smartphone. Erstaunt stellte ich fest, dass auf dem Display keine Nachrichten von Valentina oder Julia angezeigt wurden, sondern zwei E-Mails von *Au-Pair Welt*. Aus den Überschriften konnte ich entnehmen, dass eine der beiden mich über ein neues Inserat informierte und mit der anderen der passende Link versendet wurde. Ich seufzte. Würde ich eine weitere Enttäuschung an diesem Abend überstehen?

Ich entschied, das Handy zur Seite zu legen, und nahm ein weiteres Pizzastück. Während in der Serie die angehende Braut ihren Verlobten beim Fremdgehen erwischte, kreisten meine Gedanken um die neue Anzeige. Schließlich gab ich es auf gegen die Neugier zu kämpfen und öffnete den Link der E-Mail.

Wir brauchen dringend Hilfe! Ab sofort!

Ich setzte ich mich aufrecht hin und las den vollständigen Text.

Buona sera, liebe Au-pairs,
ich suche im Auftrag von meinem alleinerziehenden
Bruder Leonardo eine liebevolle Betreuung für seine

fünfjährige Tochter Isabella (sie wird demnächst sechs Jahre alt, soll ich in ihrem Namen ergänzen).

Der eingeklammerte Satz ließ mich schmunzeln. Ich konnte mir lebhaft vorstellen, wie das kleine Mädchen darauf bestand, den bevorstehenden Geburtstag zu erwähnen.

Geplant war, dass ich mich um meine süße Nichte bis zum Schulanfang kümmere, aber ich habe mir gestern unglücklicherweise ein Bein gebrochen und liege seitdem im Krankenhaus. Es ist kurzfristig und wir haben wenig Hoffnung, dass da draußen jemand ist, der spontan einspringen kann, aber wir wollen nichts unversucht lassen. Deshalb dieser (verzweifelte) Aufruf: Du sprichst deutsch? (Italienisch-Kenntnisse sind nicht erforderlich)

Ja.

Du kannst in den nächsten Flieger steigen und bis Anfang September bei uns in Taormina (Sizilien) bleiben?

Ja. Mein Herz klopfte schneller.

Du kannst dir vorstellen von Montag bis Samstag den halben Tag (nachmittags) auf Isabella aufzupassen? Finanzielle Mittel für Aktivitäten oder sonstige Ausgaben stehen ausreichend zur Verfügung. Die Vormittage, Abende, Nächte und Sonntage gehören dir.

JA. Das klang traumhaft!

Dein eigenes geräumiges Reich befindet sich in der Villa von Leonardo mit traumhafter Aussicht auf das Meer und den Ätna. Du bekommst täglich eine Vielfalt an frisch zubereiteten Speisen. Getränke sind selbstverständlich auch inklusive. Außerdem bezahlen wir ein monatliches Taschengeld in Höhe von 600 Euro.

Konnte mich mal jemand zwicken?

Wenn du dich angesprochen fühlst, melde dich unter der unten genannten Telefonnummer. Wir sind für jeden Anruf dankbar.

Tanti Saluti
Paola

Wie angekündigt war eine Telefonnummer mit der italienischen Ländervorwahl 0039 hinterlegt. Ich blinzelte. Mehrmals. Die Stelle war wie für mich geschaffen!

Mit zittrigen Händen sendete ich den Link an meine Freundinnen.

Habe ich gerade entdeckt. Was sagt ihr dazu?

Danach scrollte ich zu dem Chat mit Alex. Ich leitete die Anzeige ebenfalls an ihn weiter. Plötzlich kam es mir nicht richtig vor. Er befand sich schließlich nur ein paar Meter Luftlinie von mir entfernt. Ich sollte persönlich mit ihm sprechen. Schließlich wusste er im Vergleich zu Valentina und Julia noch nichts von meinen

Plänen und war überrumpelt. Entschlossen löschte ich die Nachricht und eilte aus der Wohnung. Vor der Haustür ließ mich der Regen auf meiner Haut frösteln, aber das machte mir in der Aufregung nichts aus. Polternd rannte ich die Stufen der Wendeltreppe hinunter und stieß mit Alex zusammen.

„Hey, was machst du denn hier draußen?"

Ich rieb mir die pochende Stirn. „Ich würde gerne kurz mit dir sprechen, geht das?"

Selbst in der Dunkelheit erkannte ich, dass er die Augen verdrehte.

„Worüber denn? Sag mir bitte nicht, dass es wieder um den blöden Sizilien-Urlaub geht. Ich habe keine Lust schon wieder zu erklären, warum ich nicht ..."

Mein Blick verfinsterte sich. Der blöde Sizilien-Urlaub? Das war es für ihn? Wenn ich auf seine Ausdrucksweise reagieren würde, war ein Streit vorprogrammiert. Ich schnitt ihn das Wort ab und beschloss, es zu ignorieren.

„Nein, darum geht es nicht. Zumindest nicht direkt."

Die Scheinwerfer von einem vorbeifahrenden Auto erhellten die Einfahrt. Angestautes Pfützenwasser spritzte hoch, als der Wagen vorbeirauschte. Glücklicherweise traf es uns nicht, aber auch ohne die zusätzliche Regendusche spürte ich, wie die Nässe durch meine Kleidung drang.

„Wir werden beide krank, wenn wir länger hier draußen stehen. Kommst du bitte kurz mit rein?"

Er stöhnte genervt. „Muss das sein? Die Jungs warten auf mich. Ich wollte nur schnell Biernachschub aus dem Keller holen. Wir können morgen reden, okay?"

Dieses Mal ließ ich mich nicht abwimmeln. „Nein, es ist wirklich dringend."

Ich wollte mich unbedingt an diesem Abend bei Paola melden, wenn Alex keinen Einwand hatte. Morgen konnte es zu spät sein. Umso mehr User diese vielversprechende Anzeige entdeckten, umso höher war die Gefahr, dass sich viele für die Stelle interessierten.

**

Alex zuckte mit den Schultern als wir wenige Zeit später auf dem Sofa saßen und ich ihm von meinem Vorhaben erzählte. Das mit der Rettung unserer Beziehung erwähnte ich natürlich nicht.

„Von mir aus."

Ich hatte schon geahnt, dass ich keine Überzeugungsarbeit leisten musste, aber mit einer solch schnellen Zustimmung hätte ich nicht gerechnet. Er klopfte sich auf die Schenkel und ich spürte seine Aufbruchstimmung.

„Ich gehe jetzt zurück zu den Jungs. Meldest du dich, wenn es mit der Stelle klappt?"

Meine Miene hellte sich bei dem Interesse auf, aber so schnell der Funke gekommen war, erlosch er auch wieder.

„Schließlich hätten wir einen weiteren Grund zum Anstoßen, wenn ich drei Monate sturmfrei habe."

Darum ging es ihm. Ich boxte ihm in die Seite.

„Hey! Macht es dir gar nichts aus, mich so lange nicht zu sehen?"

Alex erhob sich lachend. „Mein Gott. Es sind drei Monate und nicht drei Jahre. Außerdem kommt es gerade zum richtigen Zeitpunkt. Das nennt man Win-win-Situation, oder? Du erfüllst dir einen Traum und ich mir meinen, indem sich den ganzen Sommer alles um Motorräder dreht."

Mit diesen Worten und einem Stück meiner Pizza verschwand er. *Na gut, dann starte ich mein Projekt.*

Ich griff nach meinem Handy und Valentina und Julia ermutigten mich ebenfalls, Paola zu kontaktieren. Entschlossen kopierte ich die Telefonnummer und fügte sie in das Anruf-Feld ein. Ich atmete tief durch und drücke auf das grüne Hörer-Symbol. Mit klopfenden Herzen hielt ich mir den Hörer ans Ohr. Ein Freizeichen ertönte ...

5. Kapitel

„Pronto?"

Die weibliche Stimme klang freundlich. Ich räusperte mich.

„Guten Abend, hier spricht Lena Sentlinger. Ich habe Ihre Anzeige bei *Au-pair Welt* gesehen und ..."

Ein Kreischen kam durch die Leitung. Lachend hielt ich den Hörer ein Stück vom Ohr entfernt.

„Mamma Mia! Ich hätte niemals gedacht, dass sich heute noch jemand meldet. Das ist unglaublich! Ciao Lena, danke für deinen Anruf! Können wir über Video telefonieren?"

Mit den verquollenen Augen, nassen Haaren und dem durchtränkten weißen Langarm-Shirt machte ich keinen vorzeigbaren Bewerbungseindruck.

„Entweder jetzt oder in zehn Minuten, dann könnte ich mir kurz die Haare föhnen und mich frisch machen", sagte ich.

„Wie du möchtest, aber bitte mach dir wegen mir keine Umstände. Bei uns punkten die inneren Werte."

Sie hatte recht. Es handelte sich schließlich um kein Casting, wer die Schönste im ganzen Land war, sondern es ging um eine geeignete Person für Isabella. Da war das Aussehen zweitrangig. Ich zupfte mir trotzdem die Haare zurecht, zog ein frisches Oberteil an und tuschte die Wimpern. Kurze Zeit später strahlte mich eine hübsche Italienerin durch die Kamera an. Paola war mir auf Anhieb sympathisch. Ich schätze sie auf Ende zwanzig. Ihr schwarzes Haar fiel ihr in breiten Locken weit über die Schultern. Das knallrote Top stach in im sterilen Krankenhaushintergrund hervor. Nach einer herzlichen Begrüßung erkundigte ich mich zunächst nach ihrem Bein. Da sie mich duzte, tat ich es auch.

„Darf ich fragen, was passiert ist?"

Sie winkte ab. „Ausgerechnet jetzt ... Ich werde wochenlang ausfallen, bloß weil ich schnell eine Kiste mit frisch geernteten Tomaten im Keller verstauen wollte. Ich bin gestolpert und die ganzen Stufen runtergefallen."

Ich verzog das Gesicht. „Autsch."

Paola drehte kurz den Bildschirm. Ein eingegipstes Bein erschien. Der weiße Verband war vom Fuß bis zum Oberschenkel gewickelt, nur die Zehen waren zu sehen, die im typischen orangefarbenen OP-Desinfektionsmittel bemalt waren.

„Aber scheinbar habe ich Glück im Unglück und du bist meine Rettung"?

Paola strahlte wieder als das Objektiv auf sie gerichtet war. Ich betrachtete ihre Frage als Einladung, mich vorzustellen.

„Das wäre ich sehr gerne."

Ich erzählte ihr von mir, meinem Beruf und dem spontanen Urlaub. Sie hörte mir aufmerksam zu und kommentierte hin und wieder meine Aussagen: *Oh, wirklich? Du arbeitest mit Kindern? Das ist ein Volltreffer ... Der Urlaub kommt zum richtigen Zeitpunkt ...*

*Super, das bedeutet du konntest auf Isabella aufpassen,
bis sie in die Schule kommt ...*

„Und du könntest theoretisch morgen einen Flug nehmen?", erkundigte sie sich abschließend.

Ich nickte. „Wenn ich so schnell einen finde, ja."

„Ich verspreche dir, dass ich einen Flug organisieren
werde."

Überrascht blickte ich zu ihr auf. Womöglich machte
sie beruflich etwas in der Richtung. Vielleicht war sie
eine Stewardess?

„Hast du Kontakte zu einer Fluggesellschaft?"

Sie schüttelte lachend den Kopf. „Nein, aber ich bin
die Managerin von meinem Bruder und so was wie
kurzfristig Flüge buchen gehört zu meinen regelmäßigen Aufgaben."

„Du bist eine Managerin?"

Das klang interessant. Ich wollte nicht direkt fragen,
was genau dieser Leonardo beruflich machte. Aus der
Anzeige ging jedenfalls hervor, dass Geld in der Familie
keine Rolle spielte. Die Villa, die hoffentlich mein Zuhause für die nächsten drei Monate war, deutete ebenfalls auf Wohlstand hin.

„Ja, ich koordiniere zum Beispiel auch seine ganzen
Termine und plane die Kurse. Am Anfang hat er das
noch selbst gemacht, aber mit zunehmendem Erfolg
konnte er das nicht mehr allein stemmen."

Womit er wohl so erfolgreich war? Und welche
Kurse? Paola schmunzelte.

„Du hast wahrscheinlich lauter Fragezeichen im
Kopf, oder?"

„Du hast mich durchschaut."

„Also bin ich an der Reihe mit vorstellen: Meine Familie ist seit mehreren Generationen im Besitz von einem Restaurant. Es befindet sich in Taormina mitten auf der bekannten Piazza IX. Aprile. Du wirst die Aussicht lieben, versprochen!"

Das klang nach einer Zusage. Ich versuchte, die Vorfreude zu verbergen und lauschte weiter ihrer Erzählung. Bisher verlief das Gespräch zwischen Paola und mir im freundschaftlichen Plauderton. Sie gehörte zu jenen Personen, bei denen man das Gefühl hatte, sie schon ewig zu kennen. Es nahm mir einen Teil der Sorgen, die ich wegen des Alleinreisens hatte.

„Zusammengefasst hat sich Leonardo nach der Übernahme auf Pizza spezialisiert. Er nahm an Wettbewerben teil und wurde mehrfach in Italien und weltweit für den besten Pizzateig ausgezeichnet. Vor drei Jahren hat er das Restaurant in eine Pizzaschule umgebaut und bietet dort unter anderem Kurse für Touristen an."

„Wow, das klingt toll."

Und lecker. Ich schob unauffällig die Tiefkühlpizza weiter von mir weg, die mir in Anbetracht meines vorübergehenden Chefs peinlich war.

„Die Hauptsaison beginnt und wir sind jetzt schon fast komplett ausgebucht, deshalb ist es der denkbar ungünstigste Zeitpunkt für meinen Ausfall. Viele Dinge kann ich vom Krankenbett aus erledigen, aber leider nicht die Beaufsichtigung meiner Nichte Isabella. Im Notfall hätte das arme Mädchen ihren Sommer hier im ospedale verbringen müssen, aber wenn es sich vermeiden lässt, wären wir alle glücklich."

„Das kann ich verstehen. Von meiner Seite steht dem nichts im Wege."

Nach einem erneuten Freudenschrei bat sie mich um einen Moment Geduld.

„Ich rufe kurz meinen Bruder an und melde mich gleich wieder."

Wir verabschiedeten uns voneinander und ich konnte nicht fassen, dass ich sich mein Sizilien-Traum erfüllte.

***

Wenige Minuten später, die sich wie eine Ewigkeit anfühlten, erhielt ich den angekündigten Rückruf von Paola. Dieses Mal über die normale Anruf-Funktion.

„Ciao Lena! Mein Bruder würde dich gerne einstellen."

Nun war ich diejenige, die vor Freude einen Schrei ausstieß.

„Danke für euer Vertrauen. Ich freue mich sehr darauf, Isabella kennenzulernen und die Aufgaben zu übernehmen."

Paola informierte mich, dass sie parallel im Internet nach passenden Flügen gesucht hat. Die Anrufverbindung wurde zunehmend schlechter.

„Das liegt ... Krankenhaus ... gestern Abend ... auch schon ..."

„Paola, ich verstehe dich kaum noch."

„Moment."

Sie tippte etwas auf ihrem Gerät.

„Okay, kurz müsste die Verbindung wieder halten."

Sie berichtete mir von ihren Ergebnissen. Zunächst hat sie nach Flügen von München nach Catania geschaut, denn Catania ist ungefähr eine Stunde Autofahrt von Taormina entfernt. Erst am Dienstag wäre ein Flug dorthin möglich. Es gäbe noch die Option, in Palermo zu landen. Die Hauptstadt der italienischen Insel wäre zwar über drei Stunden Autofahrt vom Ziel entfernt, dafür könnte ich am nächsten Tag anreisen.

„Wäre das möglich?"

„Ja", antwortete ich entschieden.

„Super. Um halb fünf am Nachmittag ist der Hinflug. Allerdings von Memmingen aus, aber ich habe gesehen, dass du von deinem Standort im Vergleich zu München nur ein paar Minuten länger hinfahren brauchst. Es würde außerdem ganz gut passen, weil Leonardo ..."

Die letzten Worte wurden von einem Rauschen in der Leitung verschluckt.

„Ich höre dich leider nicht mehr."

Vermutlich wollte sie mir mitteilen, dass ihr Bruder mich abholen konnte. Ich wartete noch einen Augenblick in der Leitung und legte dann auf. Kurz erschien auf dem Smartphone-Display eine Mitteilung von Paola.

Scusa, die Verbindung ist abends eine Katastrophe! Ich drehe hier in den nächsten Wochen bestimmt noch durch. Wenn du damit einverstanden bist, dann buche ich jetzt? Der Flug geht selbstverständlich auf uns.

Wow, ich wurde eingeladen?

Ja, du kannst den Flug buchen. Danke für die Kosten-
übernahme. Das ist sehr großzügig von euch.

Paola benötigte meine E-Mail-Adresse und übermittelte mir über Paola. *Visconti@messagio.it* das Ticket.

Visconti?, dachte ich verwundert. Der Nachname kam mir bekannt vor, aber ich wusste nicht, woher. Vielleicht von einem ehemaligen Kindergartenkind? Wir texteten noch ein paar Mal hin und her und wünschten uns schließlich eine Gute Nacht.

„Ich fliege morgen nach Sizilien", flüsterte ich, als ich das Handy zur Seite legte. Ich ließ den Satz kurz nachwirken und rief ihn dann ganz laut. Von der Vorfreude gepackt tanzte ich jubelnd durch die Wohnung. Ich teilte Valentina und Julia die Nachricht mit und sie freuten sich übers Telefon mit mir. Anschließend lief ich zu Alex und bat ihn ausnahmsweise weniger zu trinken und früher ins Bett zu gehen, damit er am nächsten Tag nüchtern und fit war, um mich am späten Vormittag nach Memmingen zu fahren.

***

In der Nacht konnte ich vor Aufregung kaum schlafen. Ich malte mir den emotionalen Abschied am Flughafen von Alex und mir aus und überlegte mir Beschäftigungsangebote für die kleine Isabella. Um kurz nach Mitternacht schrieb ich eine Packliste, die ich auch direkt abarbeitete. Es war gar nicht so leicht, mich zu entscheiden, was ich in den nächsten drei Monaten benötigte. Noch dazu mit Gewichtslimit von zwanzig Kilo.

Um kurz vor zwei Uhr in der Nacht wog mein Gepäckstück nach kleineren Nervenzusammenbrüchen genau
ein Gramm unter den vorgegebenen Kilovorschriften.
Erleichtert sank ich auf die weiche Matratze meines
Bettes. Plötzlich übermannte mich die Müdigkeit. Mein
letzter Gedanke war, dass Alex noch in der Werkstatt
war, aber ich hatte keine Kraft mehr, aufzustehen …

***

Am nächsten Morgen wurde ich um acht Uhr von meinem Wecker geweckt. Ich war schlagartig hellwach, als
ich bemerkte, dass die Betthälfte neben mir wieder un-
berührt war. *Alex hat sich doch an unsere Abmachung
gehalten, oder?*

Im langen Nachthemd tapste ich durch die Wohnung.
Die Couch war so wie ich sie am Abend zuvor verlassen
hatte, das Bad unbesetzt und auf der Küchenbank saß
niemand. Alex war nicht da. Zweifel machten sich in
mir breit. Ich versuchte, sie mit aller Gefühlsgewalt
klein zu halten. *Nein, er würde mich nicht hängen lassen. Es ist so wie gestern.* Ich redete mir ein, dass er bei
Michi an der Tankstelle einen Kaffee besorgte. *Vielleicht denkt er heute an Brötchen und ein gemeinsames
Abschiedsfrühstück.*

Ich beschloss, mich im Bad fertig zu machen, damit
wir anschließend noch Zeit zu zweit verbringen konnten. Nachdem ich geduscht hatte, meine Haare geföhnt
waren und ich angezogen neben dem Koffer auf einem
Küchenstuhl saß, wurde ich nervös. Es war kurz nach
neun und von Alex fehlte jede Spur. *Hat er sich verquatscht?* Ich atmete tief durch. *Keine Panik.* Ich wollte

ohnehin erst in zwei Stunden losfahren. Um zehn Uhr hielt ich es nicht mehr aus und rief ihn an. Mehrmals. Er nahm den Anruf nicht an. *Nicht, dass etwas passiert ist?* Von der Sorge und aufkommenden Zeitdruck getrieben zog ich mir rasch eine Jacke über und schlüpfte in die nächstbesten Schlappen. Ich schnappte mir den Schlüsselbund mit dem geschwungenen L am Anhänger. Im vergangenen Jahr hatte ich mit den Vorschulkindern ihren Anfangsbuchstaben aus Epoxidharz gegossen und mir selbst auch einen in der Farbe Aquamarin und silbernem Glitzer hergestellt. Als ich die Haustür öffnete, strömte kühle Luft herein und ich vernahm Stimmen.

„Boah, ich habe solche Kopfschmerzen."

Das kam von Alex. Ich schlussfolgerte, dass die Nacht so verlaufen war wie immer: mit viel Alkohol und wenig Schlaf. Enttäuschung breitete sich in mir aus wie Feuer auf trockenem Stroh. Es war zerstörerischer als jemals zuvor.

„Frag mich mal. Meine Oma wird heute fünfundachtzig Jahre alt. Ich weiß nicht, wie ich die Familienfeier überstehen soll. Du kannst dich wenigstens den ganzen Tag ausruhen."

Ich trat einen Schritt nach vorne und Michi und Alex blickten im selben Moment zu mir empor.

„Das ist nicht dein Ernst? Du wolltest mich zum Flughafen fahren!", sagte ich.

Michi klopfte seinem Kumpel auf die Schulter. „Oh, oh. Ich geh mal lieber." Er hob die Hand zum Gruß und eilte schwankend davon.

„Musste die Szene vor Michi sein?", fragte Alex vorwurfsvoll. Ich schnaubte. „Am liebsten würde ich dir eine *Szene* vor ganz Zugspitztal machen!"

Ich setzte seinen Wortlaut mit den Fingern in Anführungszeichen. Alex hielt sich mit festem Griff am Treppengeländer fest und zog sich langsam nach oben.

„Komm mal wieder runter. Ich habe versucht, nichts zu trinken, aber Michi testet gerade für den Tankstellenverkauf eine neue Brauereimarke und ..."

„Da konntest du natürlich nicht darauf verzichten und musstest die ganze Kiste probieren. Das Bier war dir wichtiger als ich. Alles bedeutet dir mehr als ich."

Er stöhnte. „Bitte leiser! Mir brummt der Schädel."

Ich sollte Rücksicht auf ihn nehmen?

„Ich habe dich einmal um einen Gefallen gebeten. Ein einziges Mal. Und dir ist das einfach egal."

Inzwischen war er oben angekommen.

„Mach doch nicht so ein Drama draus. Es tut mir leid. Valentina oder Julia können dich doch bestimmt auch zum Flughafen fahren."

Seine Kleidung roch nach abgestandenem Zigarettenqualm. Sein Atem nach Alkohol. Nicht nur Bier, sondern zusätzlich auch nach etwas Stärkerem.

„Ich bin jetzt müde. Ich denke, wir sehen uns nicht mehr, wenn ich aufwache. Ich wünsche dir einen schönen Urlaub ... Babysitterzeit ... oder was auch immer."

Er versuchte, mir einen Kuss zu geben, aber ich schubste ihn weg. Dieses Mal ließ ich mich nicht damit abspeisen.

„Ich weiß nicht, ob ich jemals wieder zu dir zurückkommen werde."

6. Kapitel

Natürlich konnten Valentina oder Julia nicht einspringen. Selbst wenn Valentina und Max sofort ihren Trip abgebrochen hätten, hätte es viel zu lange gedauert, bis sie bei mir waren. Julia hatte zu dem Zeitpunkt mehrere Gebäckstücke im Ofen und konnte den Backvorgang nicht unterbrechen. Nachdem ich meinen Tränen kurz freien Lauf gelassen hatte, schleppte ich den Koffer in meinen Wagen und fuhr selbst los. Das Navigationssystem zeigte hunderteinunddreißig Kilometer und eine Dauer von einer Stunde und einundvierzig Minuten an.

„Ich habe einen Parkplatz gefunden", informierte mich Valentina über die Freisprechanlage. „Allgäu Airpark. Leider kann ich dort keinen Stellplatz buchen, aber über Satellit sieht es momentan so aus, als wären noch ungefähr fünf Plätze frei."

„Danke für deine Mühe. Schickst du mir den genauen Standort?"

„Ist erledigt."

„Den Kreisverkehr an der vierten Ausfahrt verlassen und auf A96 Richtung Lindau fahren", dirigierte die weibliche Navigationsstimme und ich folgte den Anweisungen. „Dem Straßenverlauf fünfzig Kilometer folgen."

„Wie viele Kilometer hast du noch vor dir?", erkundigte sich Valentina.

Ich warf einen Blick auf das Display. „Zweiundsechzig Kilometer."

Ein zweiter kurzer Blick verriet mir, dass sich demnächst die Strecke orange färbte, die einen Abschnitt lang ins Rot überging.

„O nein, auch das noch. Es staut sich gleich."

Schon bald blinkten bei den Fahrzeugen vor mir die Warnblink-Lichter als Ankündigung für den bevorstehenden Stau. Ich drosselte die Geschwindigkeit und drückte ebenfalls auf den roten Dreiecks-Knopf auf dem Armaturenbrett. Ich warf einen Blick in den Rückspiegel und sah, dass ein schwarzer Sportwagen auf meine Spur wechselte.

„Oh. Mein. Gott. Der Fahrer hinter mir sieht aus wie Michele Morrone", erzählte ich Valentina und zwang mich wieder auf die Autobahn-Straße zu schauen.

„Was? Der überaus gut aussehende Mafiaboss Massimo Torricelli fährt hinter dir?"

„Wer fährt hinter Lena?", hörte ich im Hintergrund Max fragen und wir beide lachten. Sie erklärte ihm, dass Michele Morrone ein Schauspieler war und in der Film-Reihe 365 Tage als Hauptrolle einen Mafiaboss spielte.

„Ach so."

Max klang beruhigter. Ohne es zu wollen, schweifte mein Blick immer wieder in den Rückspiegel. Selbst von hier aus sah das Auto mit der hellen Lederausstattung unbezahlbar aus. Der Fahrer, den ich auf Ende zwanzig schätzte, trug eine dunkle Sonnenbrille. Mit dem dichten schwarzen Haar, das in dem angesagten

Wet-Look gestylt war, dem maßgeschneiderten schwarzen Hemd, dem perfekt gestutzten Drei-Tage-Bart, der Hand, die mit festem Griff das Lenkrad umfasste, und der Armbanduhr aus schwarzem Band, dessen goldenes Gehäuse hervorblitze, sah er aus, als würde er für eine entsprechende Serie gefilmt werden. Er sah wirklich unverschämt gut aus …

„Hat sich der Stau inzwischen gelöst?", fragte Valentina.

Ertappt lenkte ich meinen Blick auf die Straße. Was war los mit mir? Es war doch sonst nicht meine Art, fremde Männer anzustarren.

„Es geht zumindest zähflüssig weiter", erwiderte ich.

„Ich sieht übrigens aus, als wären jetzt nur noch drei Parkplätze im *Allgäu Airpark* frei", informierte mich Valentina. Schnell rückten die Gedanken über den Fahrer mit der magischen Anziehungskraft in Hintergrund.

„O nein! Hoffentlich erwische ich noch einen."

Ich bedankte mich bei Valentina für ihren Beistand und wir verabschieden uns voneinander. Ich konzentriere mich auf den langsam ins Rollen kommenden Verkehr.

„In einem Kilometer die Ausfahrt Richtung Memmingerberg, Benningen nehmen."

Der Sportwagen blieb dicht hinter meinem, als ich von der Autobahn fuhr. Die nächsten Kilometer versuchte der Typ, mich mehrmals zu überholen, aber es gab keine Gelegenheit, weil der Gegenverkehr es nicht zuließ. Zunächst durch ein landwirtschaftliches Gefährt, das eine unendlich lange Kolonne hinter sich

herzog, und danach wegen eines LKWs mit langem Anhänger, der ein Überholen unmöglich machte.

„Tja, da nützt dir dein schnelles Auto auch nichts",
kommentierte ich, obwohl ich wusste, dass der Unbekannte mich nicht hörte.

Der Verkehr lichtete sich erst am letzten Kreisverkehr vorm Flughafen. Die passende Ausfahrt mündete
direkt an einer roten Ampel. Ich stoppte den Wagen.
Ein Flugzeug überquerte über mir die Fahrbahn und
hob mit steigender Geschwindigkeit Richtung Himmel
ab. In wenigen Stunden würde ich selbst dort sitzen
und für drei Monate meinem Leben in Bayern den Rücken kehren. Meine Gedanken flogen kurz zu Alex. Unter meinen bunt ausgemalten Abschiedsszenarien kam
dieser nicht vor: Ein Streit mit meinem letzten an ihn
gerichteten Satz: Ich weiß nicht, ob ich jemals zu dir zurückkommen werde. Es war mir im Affekt rausge-
rutscht, aber ich spürte, wie sich die Worte festigten.
Ich wusste es tatsächlich nicht, aber was wurde dann
aus uns? Aus mir? Der Abstand würde mir hoffentlich
Klarheit verschaffen, denn eines war gewiss: So wollte
und konnte ich die Beziehung nicht weiterführen.

Ein aufheulender Motor holte mich zurück in die Realität. Der Michele-Morrone-Verschnitt befand sich immer noch hinter mir. Die Ampel schaltete auf orange.
In diesem Moment sah ich eine große weiße Hinweis-
tafel, auf der der *Allgäu Airpark* ausgeschildert war.
Auf der digitalen Anzeige leuchtete eine 1 in grün. *Nein
bitte nicht, nur noch ein freier Parkplatz!* Als die Ampel
auf grün wechselte, rückte der Typ die Sonnenbrille zurecht. Der Motor heulte auf und er rauschte in einem

riskanten Überholmanöver an mir vorbei. Ich erkannte gerade noch ein italienisches Kennzeichen. Mir war sofort klar, dass er sich den Parkplatz schnappen wollte.

„Na warte.“

Obwohl mir bewusst war, dass mein klappriges Gefährt nicht den Hauch einer Chance hatte, mit dem Antrieb des Sportwagens mitzuhalten, drückte ich das Gaspedal durch und versuchte, ihn einzuholen. Nach ein paar hundert Metern erreichte ich die entsprechende Einfahrt. Der Typ überreichte dem Mann vom Schalter durch das Fenster Geld. Die Schranke öffnete sich und er passierte den Weg. In diesem Moment sprang die digitale Anzeige auf 0 freie Plätze.

„Das darf doch nicht wahr sein.“

Ich ließ den Kopf gegen das Lenkrad sinken und hupte dabei versehentlich. Der Mann im Häuschen warf mir einen fragenden Blick zu. O Gott, war das peinlich. Mit hochrotem Kopf lenkte ich den Wagen vor die Schranke und kurbelte die Scheibe runter.

„Guten Tag, junge Dame, was kann ich für Sie tun?“

„Einen Parkplatz für drei Monate herbeizaubern?“

Er nahm einen tiefen Zug von seiner Zigarette. Nach einem kurzen Raucherhustenanfall winkte er mich zu sich und ich stieg aus dem Wagen. Ich musste ihm die genauen Daten mitteilen. Während der Mann in seinem Auftragsbuch blätterte, wandere mein Blick zu dem schwarzen Auto, dessen Rücklichter erloschen. Kurz darauf stieg der Typ aus dem Wagen. Er richtete kurz sein Hemd und rückte lässig seine Sonnenbrille zurecht.

„Leider hat der Herr vor Ihnen gerade den letzten freien Parkplatz gebucht", informierte mich der Mitarbeiter vom Allgäu Airpark. Der Italiener, der inzwischen ungefähr auf unserer Höhe war, nahm die Sonnenbrille ab und sagte an mich gewandt: „Mi scusi."

„Die Entschuldigung nützt mir auch nichts", erwiderte ich patziger als ich wollte. Aber darüber machte ich mir keinen Kopf, denn er verstand meine Landessprache ohnehin nicht. Was sollte ich jetzt tun? Wenn Alex mich wie ausgemacht zum Flughafen gefahren hätte, hätte ich dieses Problem überhaupt nicht.

Ich schnaubte. „Mit Männern reicht es mir jetzt wirklich. Einer ist unverschämter als der andere!"

Der Mitarbeiter wusste überhaupt nicht, wie ihm geschah, und fühlte sich offenbar angesprochen.

„Es hat nichts damit zu tun, dass Sie eine Frau sind. Ich würde Ihnen gerne einen Parkplatz anbieten, wenn ich einen zur Verfügung hätte, aber ..."

Ich klärte das sofort auf. „Verzeihen Sie bitte, damit meine ich selbstverständlich nicht Sie, sondern unter anderem diesen Vordrängler."

Ich deutete mit dem Kopf in die Richtung des Typen. Plötzlich drehte er sich im Vorbeigehen zu mir um.

„Es ist normalerweise nicht meine Art, aber ich muss dringend nach Italien", erklärte er in fast akzentfreiem Deutsch. Er zwinkerte mir zu und setzte die Sonnenbrille wieder auf. Ich schluckte. Also hatte er jedes Wort verstanden? Einerseits war mir die Situation unangenehm, andererseits war ich so verärgert, dass es mir nichts ausmachte, ob und wie viel er verstanden hatte.

„Ich auch!"

„Es tut mir leid ...", begann der Parkplatz-Wächter abermals und Tränen sammelten sich in meinen Augen.

„Dann war's das jetzt wohl", sagte ich mehr zu mir selbst als zu den anderen. Ich konnte das Auto schließlich nicht einfach so am Straßenrand stehen lassen. Ich erwartete Gleichgültigkeit. Besonders von dem Italiener. Wider Erwarten blickte er auf seine wertvolle Armbanduhr und kam zurück.

„Es gibt wirklich keine Möglichkeit, das Auto unterzubringen?", erkundige er sich bei dem Angestellten. Es klang, als ob er eine Lösung erwartete. Und auch, als ob sie sich kannten. Während der Mann sein Auftragsbuch studierte, versuchte ich, mir unauffällig Tränen aus den Augenwinkeln zu wischen.

„Na ja, ab übermorgen wäre ein Außenstellplatz frei."

Der Italiener hob eine Braue. Und weiter?, schien er mit der Mimik zu fragen.

„Ich könnte ausnahmsweise das Auto bis dahin auf dem Personal-Parkplatz unterstellen.", bot der Pförtner an.

Ungläubig starrte ich ihn an. „Wirklich? Das wäre großartig!"

Vor Erleichterung wäre ich beiden beinahe um den Hals gefallen.

„Danke."

„Nehmen Sie meine Entschuldigung jetzt an?", fragte der Unbekannte.

Seine Frage an mich klang deutlich freundlicher als die dem Parkplatz-Mitarbeiter gegenüber. Sie klang auch aufrichtig.

Ich nickte. „Sie haben meinen Sizilien-Urlaub gerettet."

„Sie fliegen nach Sizilien? Wohin genau?

„Nach Taormina."

Der Pförtner kam gemächlich mit einer Warnweste aus dem Häuschen und drückte mir einen Bon in die Hand, auf dem die Buchungsdaten standen.

„Hier bitte, Fräulein Sentlinger. Das macht dann fünfundneunzig Euro, den Rest können Sie bei der Abholung bezahlen."

„Sentlinger?", wiederholte der Typ und musterte mich, als fiele ihm bei dem Namen jemand ein. Gewiss verwechselte er mich mit jemandem, denn ich war weder eine Film- oder Fernsehenberühmtheit, noch anderweitig über Zugspitztal hinaus bekannt.

Ich lief zum Auto und kramte in der Handtasche, die am Beifahrersitz lag nach dem Geldbeutel. Ich holte den genannten Betrag hervor und überreichte ihn dem Pförtner, der eine Quittung für mich druckte.

„Laden Sie Ihr Gepäck aus und werfen Sie den Schlüssel dann in den Kasten. Ich kümmere mich nach meiner Pause darum."

Gemächlich trottete er mit einer Warnweste aus dem Häuschen und deutete auf einen silbernen Briefkasten. Er zog einen üppig bestückten Schlüsselanhänger aus der neonorangen Arbeitshose und sperrte die Tür zu.

„Ich wünsche Ihnen beiden eine gute Reise. Auf Wiedersehen."

Nach wenigen Schritten wandte sich der Mitarbeiter noch einmal um.

„Ach, Herr Visconti, bevor ich es vergesse. Ich habe ..."

Den Rest hörte ich nicht mehr. Visconti? Paolas E-Mail-Adresse, mit der sie mir das Flugticket übermittelt hatte, kam mir in den Sinn. *Paola.Visconti@messaggio.it*. Das konnte kein Zufall sein. Was hatte sie gesagt, bevor die Verbindung abbrach?

Um halb fünf am Nachmittag ist der Hinflug. Allerdings von Memmingen aus, aber ich habe gesehen, dass du von deinem Standort im Vergleich zu München nur ein paar Minuten länger hinfahren brauchst. Es würde außerdem ganz gut passen, weil Leonardo ...

... den gleichen Flug nahm? Mit hoher Wahrscheinlichkeit war das die Ergänzung des verschluckten Satzes gewesen. Mit dieser Erkenntnis war der nächste Looping in der Gefühlsachterbahn an der Reihe.

„Leonardo Visconti? Sie sind mein Chef?", krächzte ich, als sich der Pförtner entfernte.

„Lena Sentlinger, richtig? Und Sie sollen sich um meine Tochter kümmern?"

Nachdem ich ihn als *unverschämt* betitelt hatte, wollte er das gewiss nicht mehr. Ich wollte irgendetwas sagen, um ihn von mir noch zu überzeugen, aber mir fehlte plötzlich die Kraft. Es ging alles schief, was schiefgehen konnte, und auf der Zielgeraden auch noch das erste Treffen mit dem Papa von Isabella.

„Ich habe es vermasselt, oder?", fragte er, worauf ich überrascht die Augen weitete. Er hatte es vermasselt?

„Ich auch."

Er streckte mir seine Hand entgegen. „Sind Sie damit einverstanden, dass wir von vorne beginnen?"

Ich strahlte und erwiderte seinen festen Händedruck. „Ja, gerne. Ich heiße Lena."

„Und ich Leonardo. Ist es in Ordnung, wenn wir uns duzen?"

„Selbstverständlich."

„Wir haben noch zwei Stunden Zeit, bis das Boarding beginnt, darf ich dich auf einen Kaffee einladen?"

7. Kapitel

Nachdem ich mein Gepäck am Check-In-Schalter abgegeben hatte, kam mir Leonardo in der überschaubaren Abflughalle mit zwei unterschiedlich großen Coffee-to-go-Bechern und einer gefüllten Papiertüte entgegen. Seine anziehende Ausstrahlung zog nicht nur mich in den Bann. Ich bemerkte, wie eine Gruppe junger Frauen ihm schmachtend nachblickte. Alle sieben Frauen trugen pinkfarbene Oberteile, eine von ihnen hatte einen weißen Blumenkranz im Haar mit einem schulterlangen Schleier. Außerdem hatte sie eine Schärpe mit der goldenen Aufschrift *bride to be* umhängen. Ob ich jemals einen Junggesellen-Abschied feiern würde? Wenn ja, weil ich Alex heiraten würde? Vor einer Weile wäre ein lautes *Ja* von Herzen gekommen, aber an diesem Tag, nachdem er mich im Stich gelassen hatte, blieben meine Lippen stumm. Ich schob die trüben Gedanken beiseite und setzte ein Lächeln auf. Ich nahm Leonardo, der mich erreicht hatte, einen Becher aus der Hand.

„Danke für den Latte Macchiato."

„War klar, dass er vergeben ist", murmelte eine weibliche Stimme hinter mir, die vermutlich dachte, ich wäre seine Freundin. Meine Wangen wurden heiß.

„Alles andere hätte mich auch gewundert", erwiderte ihre Begleitperson. Wenn Leonardo das gehört hatte, ließ er es sich zumindest nicht anmerken.

„Setzen wir uns draußen hin?", fragte er.

„Ja, gerne."

Wir schlenderten zu einem Spielplatz, der sich direkt neben der Abflughalle vom Memminger Flughafen befand. Neben einem Klettergerüst und einem senfgelben Foodtruck befanden sich unter Laubbäumen zwei Reihen mit jeweils drei Picknickbänken und -tischen. Zwei der Garnituren aus anthrazitfarbenem Holz waren besetzt. Auf einer saß sich ein älteres Ehepaar essend gegenüber. In der Mitte lagen belegte Brötchen verteilt, die teilweise noch in Alufolie gewickelt waren. Auf dem Tisch dahinter saß ein Mann in einem blauen enganliegenden Anzug, vor einem aufgeklappten Laptop. Wir ließen uns dahinter nieder. Leonardo öffnete die Tüte. Zum Vorschein kamen verschiedene kleine Gebäck-Teilchen.

„Ich dachte mir, dass du vielleicht was Süßes dazu magst."

„Oh, danke."

Ich dachte an die Frühstücks-Situation vom Vortag. Automatisch verglich ich Alex mit Leonardo. Alex kam auf solche Ideen nicht, ihn musste ich vorher aktiv darum bitten. Ich nahm einen Donut mit einer pinken Glasur und bunten Streuseln.

„Wo ist eigentlich dein Gepäck?", wollte ich wissen, nachdem ich einen Bissen gegessen hatte.

„Ich habe keines dabei."

Während Leonardo seinen Espresso trank, erzählte er mir, dass er in der Nacht hergeflogen war für ein Foto-

Shooting und Interview für ein renommiertes Reise-
magazin. Es fand am Vormittag statt, deshalb konnte er
am selben Tag wieder zurück nach Italien fliegen.

„Klingt nach einem aufregenden Leben."

Er nickte. So wie ich es von Paola verstand, hatte er
sich das auch selbst hart erarbeitet.

„Das ist es, aber es hat auch seinen Preis."

Er ging nicht näher darauf ein und ich wollte nicht
nachbohren, auf was er diese Aussage konkret bezog.
Ich beschloss, das Thema zu wechseln.

„Wie kommt es, dass du und deine Schwester ein-
wandfrei deutsch sprecht?"

„Daran ist eine Jugendliebe unserer Mamma schuld.
Sie verliebte sich damals in einen deutschen Touristen
und lernte für ihn die Sprache."

Ich erfuhr, dass aus den beiden kein Paar wurde, aber
sie bis heute in Kontakt standen. Trotzdem erwiesen
sich die Sprachkenntnisse im Umgang mit den deutschen Gästen als nützlich. Deshalb brachte die Dame es
ihren Kindern und ihrer Enkelin von klein auf bei.

„Das ist auch ein Grund, warum wir ein deutsches
Au-pair gesucht haben", erklärte Leonardo abschließend. Isabella konnte mit jemandem, dessen Mutter-
sprache Deutsch war, ihre Kenntnisse ausbauen und
festigen. Es war nachvollziehbar, aber ich wurde das
Gefühl nicht los, dass noch mehr dahintersteckte.

„Und weil Isabella auch deutsche Wurzeln hat. Ihre
Mutter stammt aus Berlin", ergänzte er. Ah, daher kam
der zusätzliche Bezug.

Leonardo nahm sich ein Croissant. „Um ehrlich zu
sein, kam der Wunsch von Isabella selbst, dass ihr
Au-pair deutsch spricht. Das kam mir ehrlich gesagt

ganz gelegen, weil Paola und ich auch jemanden außerhalb von Sizilien im Sinn hatten ..."

Weil? Er fügte keine weitere Erklärung hinzu, sondern biss von seinem Gebäckstück, deshalb fügte ich eine Frage hinzu, um mir einen Überblick von der familiären Situation zu verschaffen.

„Verständlich. Sie möchte sich mit ihrer Mama verständigen. Haben die beiden häufig Kontakt?"

Erschrocken stellte ich seinen sich verdunkelnden Blick fest. War ich ihm zu nahegetreten? War sie womöglich tot? Nein. Leonardo sah nicht traurig aus, vielmehr blitzte Wut in seinen dunkelbraunen Augen auf.

„Ich wollte nicht zu neugierig sein ..."

Er legte das Croissant zurück zur Tüte. „Am besten, du erfährst es von mir und bevor du auf Isabella triffst. Das Thema *Mamma* ist nämlich ..."

Er machte eine kurze Pause und suchte nach dem passenden Wort.

„Schwierig", meinte er schließlich.

Ich trank einen Schluck von dem Heißgetränk, das inzwischen nur noch lauwarm war.

„Die Kurzfassung: Sarah hat meine Bekanntheit in Italien als Sprungbrett für ihre Karriere genutzt und ist ungeplant schwanger geworden. Sie hat mir Isabella nach der Geburt noch im Krankenhaus übergeben und gesagt, dass sie mit ihr nichts zu tun haben möchte."

Gespannt lauschte ich seiner Erzählung und schüttelte am Ende den Kopf. Die arme Isabella. Für Leonardo stellte ich es mir auch nicht einfach vor.

„Das war für dich gewiss auch nicht einfach, von heute auf morgen mit einem Baby allein zu sein."

„Nein, an eine Familienplanung habe ich zu diesem Zeitpunkt nicht gedacht. Ich war auch erst dreiundzwanzig Jahre alt und karrieremäßig gerade auf dem Weg nach oben. Trotzdem habe ich von Anfang an für Isabella gesorgt. Meine Familie, besonders meine Mamma und Paola, unterstützen mich tatkräftig, aber wir alle können die Rolle von Sarah nicht ersetzen. Manchmal fehlt ihr einfach eine Mama."

„Meldet sie sich denn wirklich gar nicht? Möchte sie nie wissen, wie es ihrer Tochter geht, was sie beschäftigt, wie sie aussieht?"

Er schüttelte den Kopf.

Ich atmete hörbar aus. „Puh. Das tut mir leid. Besonders für Isabella."

„Sie tut sich mit neuen Bezugspersonen erst einmal schwer, das solltest du vorab vielleicht noch wissen."

Es war absolut verständlich, dass sie Schwierigkeiten hatte, sich auf fremde Menschen einzulassen. Dazu gehört eine Menge Vertrauen und sie wurde von der Person, die eigentlich eine wichtigste in ihrem Leben sein sollte, im Stich gelassen. Ich versuchte, die Stimmung wieder aufzulockern.

„Kannst du mir noch mehr über Isabella erzählen? Womit beschäftigt sie sich beispielsweise gerne?"

Während ein weiteres Flugzeug über uns Richtung Himmel abhob, erzählte mir Leonardo stolz, dass sich seine Tochter für das Pizzabacken interessierte und für alle kreativen Dinge zu begeistern war. Ich hörte aus seinen Worten heraus, wie sehr er seine Tochter vergötterte.

„Außerdem liebt sie es, wenn ich ihr etwas vorlese. Vor Kurzem haben wir ein Buch über eine Meerjungfrau gelesen. Seitdem ist das Thema Unterwasserwelt für sie angesagt."

Mir kamen auch direkt ein paar Ideen, die ich mit Isabella umsetzen konnte. Vorausgesetzt natürlich, das kleine Mädchen wollte es.

***

Die verbleibende Zeit bis zum Boarding verging schnell. Leonardo erhielt einen dringenden geschäftlichen Anruf und entschuldigte sich. Ich meldete mich in der Zwischenzeit bei meinen Freundinnen. Außerdem erhielt ich eine Nachricht von Paola, die mir einen guten Flug wünschte. Von Alex war keine Mitteilung dabei. Ob ich mich umgekehrt melden sollte? Ich entschied mich dagegen. Gewiss nüchterte er sowieso noch aus und bekam es erst mal nicht mit.

„Hast du es dir anders überlegt?", wollte Leonardo wissen, der mir durch die Sicherheitsschranke folgte.

„Das mit Sizilien? Wie kommst du darauf?"

Ich holte meine Handtasche aus der Wanne, während auf dem Fließband schon die nächste angerollt kam. Leonardo nahm sein Handy und den Geldbeutel raus und verstaute beides in seiner Hosentasche.

„Du hast plötzlich einen ernsten Gesichtsausdruck bekommen."

Vermutlich hat sich bei dem Gedanken an Alex meine Miene verfinstert. Dass er das wahrgenommen hatte, war äußerst aufmerksam von ihm.

„Ach so, das meinst du. Nein ... Ich ... äh ... ich habe nur an etwas gedacht."

An jemanden ...

„Hat es etwas mit der Sache zu tun, dass du von Männern genug hast?"

Ich dachte an meinen Ausbruch auf dem Parkplatz. Meine Wangen glühten. „Erraten."

Wir verließen den Kontrollbereich und marschierten in den Wartebereich des Gates. Stimmengewirr empfing uns in dem überschaubaren Abteil, in dem sich Menschen unterschiedlichen Alters tummelten. Der Bereich war mit mehreren Stuhlreihen ausgestattet, die alle besetzt waren. Auch drum herum wuselte es von Passagieren. Eine Frau wiegte ihr Baby im Arm, zwei Mädchen im Teenageralter posierten für ein Selfie und versuchten, das Flugzeug mit aufs Bild zu bekommen, das man durch die Glasfront sehen konnte, Paare unterhielten sich oder beobachteten schweigend die anderen Menschen. Leonardo und ich ergatterten einen freien Stehtisch und stellten uns nebeneinander.

„Willst du mir verraten, was deine Laune verdorben hat?"

Ich winkte ab. „Ach, das ist nicht der Rede wert."

Er hob eine Braue, als wüsste er, dass das die Untertreibung des Jahres war. „Ich habe dir meine Geschichte erzählt. Jetzt bist du dran."

„Deine Infos waren ja auch relevant, um dein Kind bestmöglich zu betreuen", erwiderte ich mit einem Zwinkern. Nicht auszumalen, was ich in dem Mädchen ausgelöst hätte, wenn ich es unwissend mit dem Thema Mutter konfrontiert hätte.

Ein Gong, der das Boarding eröffnete, beendete das Thema. Wir reihten uns in der Schlange ein, die sich zügig verkleinerte. Das Personal kontrollierte die Bordkarten und Pässe. Schnell wurde ein Absperrband geöffnet, durch das sich die Fluggäste drängten. Wir verließen das Gebäude und wurden von den Mitarbeitern in zu dem nahe platzierten Flugzeug gelotst. Zum vorderen und hinteren Eingang der Maschine führten jeweils Treppen. Dort trennte sich vorerst auch Leonardos und meine Wege, denn sein Sitzplatz befand sich im vorderen Bereich und meiner im hinteren. Ich stieg die Stufen empor und bevor ich durch die Tür ging, wandte ich mich noch einmal um.

Auf Wiedersehen, Bayern. Ich bin gespannt, was mich in Sizilien erwartet. Wenn ich zurückkomme, hoffe ich, bin ich glücklicher als jetzt, was meine Beziehung betrifft.

8. Kapitel

Die nächsten zwei Stunden vergingen buchstäblich wie im Flug. Paola hat erfreulicherweise einen Fensterplatz für mich ausgewählt. Ich blickte so lange aus dem Fenster, bis die immer kleiner werdende Erde hinter der Watte ähnlichen Wolkendecke verschwand. Danach setzte ich Kopfhörer auf hörte Musik. Zwischendurch schweiften meine Gedanken zu Alex und irritierenderweise auch immer wieder zu Leonardo. Wie hilfsbereit er sich für den Auto-Stellplatz eingesetzt hatte ... Die Art, wie er mir in die Augen sah und aufmerksam meinen Worten lauschte, wenn ich sprach ... Jedes Mal, wenn ich spürte, dass es mir gefallen hatte, fühlte ich mich ertappt, als könnte das ältere Ehepaar neben mir, das wir auch schon beim Picknickplatz angetroffen hatten, meine Gedanken lesen.

Ich setzte mich aufrecht in den Sitz. Vermutlich ein bisschen zu ruckartig, denn die beiden Senioren warfen mir einen fragenden Blick durch ihre Lesebrillen hindurch zu. Ich winkte ab und beide nickten mir lächelnd zu, ehe ihre Köpfe wieder hinter der aufgeschlagenen Zeitung verschwanden. Irgendwann lichtete sich die Wolkendecke. Satt einer Sicht auf weitläufige grüne Wiesen und braungetönte Felder, großräumige Waldgebiete und der vertrauten Gebirgskette erstreckte sich das Meer unter uns. Auf der welligen Wasseroberfläche spiegelte sich das Licht der Abendsonne. Am Horizont zeichneten sich bereits die Umrisse die Insel ab. Wenige Augenblicke später ertönte ein Gong, der die bevorstehende Landung ankündigte.

Während die Maschine tiefer sank und sich die Landschaft vergrößerte, machte sich ein aufgeregtes Kribbeln in mir breit. Wenige Augenblicke später war es dann soweit. Die Passagiere klatschten, als das Flugzeug mit einem Ruckeln auf Landebahn aufkam. Ich half dem Ehepaar, ihr Handgepäck unter dem Vordersitz herauszuziehen und bahnte mir gemeinsam mit ihnen und den anderen Fluggästen einen Weg durch den schmalen Flugzeuggang nach draußen.

Angenehme Wärme strömte mir entgegen. Während ich die Treppen nach unten ging, zog ich meine Jacke aus, die nicht mehr nötig war. Mehrere Busse warteten bereits, die die Fluggäste zum Gebäude chauffierten. Ich hielt nach Leonardo Ausschau, aber in der Menschenmenge konnte ich ihn nicht ausfindig machen.

„Lena." Gerade, als ich in den vollen Shuttle vor mir steigen wollte, vernahm ich die inzwischen bekannte Stimme, die meinen Namen rief. Ich wandte mich um.

Leonardo eilte auf mich zu. „Du kannst bei mir mitfahren."

Ich war verwirrt. „In einem anderen Bus? Fahren die nicht alle zur gleichen Haltestelle?"

„Doch." Er lächelte. „Aber wir fahren nicht mit dem Bus."

Obwohl es bereits dämmerte, setzte Leonardo die Sonnenbrille auf. Ich bemerkte auch schnell den Grund dahinter: Er versuchte, unerkannt zu bleiben. Während ich ihm folgte, wurden besonders die italienischen Mitreisenden auf ihn aufmerksam. Obwohl ich das Tuscheln bis auf seinen Namen nicht übersetzen konnte, deutete ich es als: *Das ist doch Leonardo Visconti, oder?*

Viele zückten ihr Smartphone. Blitze der Kameras erhellten kurz die Umgebung. Einige fragten nach einem Foto, denn bis wir es durch die Menschenmenge hindurch schafften, blieb Leonardo mehrmals stehen und posierte mit einem Fan für ein Selfie und hielt kurze Smalltalks. Ich versuchte, mich unauffällig in seinem Schatten zu bewegen, und war überrascht, dass er so eine Berühmtheit war. Nach wenigen Schritten erreichten wir einen schwarzen Wagen mit getönten Scheiben. In diesem Moment stieg ein Mann im schwarzen Anzug aus. Ich schätzte ihn auf Mitte vierzig. Leonardo hatte einen eigenen Abhol-Service? Sein Reichtum und Einfluss waren offenbar höher als gedacht.

„Buona Sera, Signore Visconti. Hatten Sie einen guten Flug?"

Leonardo nickte knapp. „Ciao Franco."

Er stellte mich dem Mann vor, der sogleich zu mir herbeieilte und mir die Hand schüttelte. Ich wäre nicht überrascht gewesen, wenn er auch noch einen weißen Handschuh getragen hätte. Franco teilte mir mit, dass er meinen Koffer bereits entgegengenommen und verstaut hatte.

„Das ist sehr freundlich von Ihnen, danke."

Leonardo hielt mir nach der Begrüßung persönlich die hintere Tür auf. „Darf ich bitten?"

Ich hoffte, dass er mir nicht ansah, dass ich in Gedanken mit geöffnetem Mund dastand. Schnell löste ich mich aus der Starre. „Ja, danke."

Ich ließ mich auf den beigefarbenen Ledersitz fallen, und die Tür fiel ins Schloss. Kurz darauf wurde die Tür auf der anderen Seite geöffnet und Leonardo ließ sich neben mir nieder. Franco stieg ebenfalls ins Fahrzeug und startete den Motor. Die beiden wechselten kurze schnelle Sätze in ihrer Landessprache.

„Franco hat gefragt, ob wir auf der Fahrt nach Taormina noch irgendwo anhalten möchten? Wenn es für dich in Ordnung ist, würde ich direkt nach Hause fahren, um meine Tochter vielleicht noch vor dem Einschlafen zu erwischen?"

Ich nickte. Es war nett von ihm, dass er mich in die Entscheidung einbezog. Während Franco den Wagen zwischen geparkten Flugzeugen entlangfuhr, beschäftigten sich Mitarbeiter in Warnwesten, die sich Funkgeräte ans Ohr hielten, mit den angehangenen Wägen der Koffertransporter.

„Hat es dir die Sprache verschlagen?", fragte Leonardo.

„Ehrlich gesagt, ja. Ich habe nicht damit gerechnet, dass du in Italien so bekannt bist und wir so ..." Ich deutete auf den Wagen.

„... vom Flugplatz gefahren werden?"

Ich nickte. Es war einschüchternd, aber gleichzeitig aufregend.

„Tut mir leid, ich hätte dich vorwarnen sollen. Für mich ist das normal."

„Muss ich dadurch irgendwas im Umgang mit deiner Tochter beachten?"

„Was meinst du damit?"

„Dürfen wir zum Beispiel einfach das Haus verlassen oder sind dann Paparazzi hinter ihr her?"

„Ihr könnt jederzeit raus. Franco wird euch begleiten und notfalls eingreifen. Normalerweise halten sich die Journalisten im Hintergrund. Besonders, wenn Isabella allein unterwegs ist."

„Okay." Ich war immer noch baff, dass ich in einer berühmten Familie gelandet war. „Dann bist du quasi ein Star-Pizza-Bäcker?"

Leonardo lachte. „Ja, aber auf den Titel lege ich nicht so viel wert."

Er erzählte mir, dass er seit den gewonnenen Meisterschaften häufig in Fernsehsendungen eingeladen war, eine eigene Kochsendung in der primetime hat, oft für Magazine abgelichtet wurde oder Gast bei großen Veranstaltungen war. Durch Social Media wurde er letztendlich berühmt. Ich beschloss, sein Profil auf Instagram zu suchen, sobald ich die Gelegenheit dazu hatte.

„Wow! Das klingt aufregend. Ich hoffe, dass ich während meiner Zeit in Sizilien einmal in den Genuss von deiner Pizza komme."

„Wenn du willst, kannst du jeden Tag eine Pizza von mir haben."

„Ist das ein Versprechen?"

Wir lachten beide. Danach wurde unsere Unterhaltung von einem eingehenden Video-Anruf von Paola unterbrochen. Zunächst brach mehrmals die Verbindung ab. Sie kommentierte das schimpfend als Leonardo den Anruf zum vierten Mal annahm. Das Bild war kurz verschwommen, dann klar.

„Oh, ich werde hier noch verrückt!" Sie atmete hörbar aus. „Egal. Ich sehe, ihr habt euch gefunden. Das freut mich."

Ich winkte in die Kamera. „Hallo Paola, ja, wir sind uns zufälligerweise schon am Memminger Flughafen begegnet." Die Details sparte ich aus. „Wie geht es dir?"

„Ach, unverändert. Die Schmerzmittel wirken gerade wieder. Ohne kann ich es überhaupt nicht aushalten."

Ich warf ihr einen mitfühlenden Blick zu und sie unterhielt sich mit ihrem Bruder kurz über geschäftliche Dinge.

„Allora, bevor die Internetverbindung wieder abbricht: Leonardo, ich kann von hier aus all die schriftlichen und organisatorischen Dinge regeln, aber wir waren uns einig, dass du auch vor Ort jemanden zur Unterstützung brauchst."

„Hast du schon jemanden gefunden?"

Paola schüttelte den Kopf. „Ich habe eine Anzeige freigeschaltet und ..." Sie verdrehte die Augen. „Die Leute vom Krankenhaus erlauben mir nicht, dass ich hier im Zimmer ein kleines Bewerbungscasting veranstalte. Ich kann es nachvollziehen, aber dir somit diese Auswahl nicht abnehmen. Ich würde in Kürze einen Termin festlegen und alle Bewerberinnen und Bewerber in dein Büro einladen. Bist du damit einverstanden?"

„Si. Am besten passt es abends."

Paola notierte sich etwas und wir beendeten das Telefonat, weil in diesem Moment eine Krankenschwester den Raum betrat und unter anderem Blutdruck messen wollte. Während Leonardo ein weiteres Telefonat führte, dieses Mal auf Italienisch, warf ich einen Blick aus dem Fenster. Eine von der Nacht gefärbte Landschaft zog an mir vorbei. Inzwischen hatten wir die Hauptstadt Siziliens verlassen und aneinandergereihte hohe Hügel zeichneten sich am Nachthimmel ab. Der sichelförmige Mond thronte über ihnen und einzelne Sterne erhellten die Umgebung. Als wir eine Weile fuhren, kamen Dörfer und Städte in der Dunkelheit zum Vorschein. So weit das Auge reichte, erstreckten sie sich in unregelmäßigen Abständen in Form von kleineren und größeren Lichtinseln. Sie funkelten in Gelb-, Orange- und Rottönen. Auf einem Berg in der Nahe wirkten aneinandergereihte Straßenlaternen wie eine Lichterkette, die zick-zack-förmig den Hang hinauf verlief.

Ich genoss den märchenhaften Anblick, bis mir siedend heiß einfiel, dass ich, seitdem ich sizilianischen Boden betreten hatte, meine Welt in Bayern völlig vergessen hatte.

Ich kramte mein Smartphone aus der Tasche. Auf dem Display zeigte es eingegangene Mitteilung vom Anbieter an, der mich in Italien begrüßte und über die Tarife informierte. Außerdem waren da zwei Nachrichten von Valentina und Julia, auf die ich gleich antwortete. Von Alex war nichts dabei. Die digitale Zeit-Anzeige verriet mir, dass es halb neun war. Ich seufze hörbar.

„Ist alles in Ordnung?"

Leonardo hielt das Handy vom Ohr weg. Ich nickte und er telefonierte weiter. Schlief Alex immer noch seinen Rausch aus? Oder war er wach, aber hielt es nicht für notwendig, sich zu melden? Letzteres würde zu ihm passen. Ganz nach dem Motto, *sie meldet sich schon, wenn es etwas Dringendes gibt.* Aber dieses Mal war es anders, wir waren im Streit auseinander gegangen. War ihm das gleichgültig?

Würdet ihr auf Alex zugehen oder warten bis er sich meldet?

tippte ich in den Chat mit meinen Freundinnen.

Ich finde, er ist jetzt an der Reihe!,

kam es prompt von Julia.
Valentina stimmte ihr zu.
Ich schrieb daraufhin:

Okay. Ein anderes Thema: Sagt euch eigentlich der Name Leonardo Visconti etwas? Ich arbeite die nächsten drei Monate für ihn. Er ist Isabellas Papa und scheinbar ein berühmter Pizza-Bäcker?!

Die erste Antwort kam von Valentina.

Ich habe den Namen auf Instagram gesucht und gleich ein Profil gefunden. Er sieht dem italienischen Schauspieler ähnlich, den wir alle so umwerfend finden. Oh. Mein. Gott. Du hast während der Fahrt zum Flughafen den Fahrer hinter dir beschrieben. Ist er etwa da schon hinter dir hergefahren?

Ja, ist er ...

Ich folge ihm jetzt auch, aber nicht nur wegen den Pizza-Beiträgen

kam von ihr mit einem Smiley, der rote Bäckchen hatte und sich verlegen eine Hand vor den Mund hielt.

Bevor ich reagieren konnte, ploppte eine Mitteilung von Julia auf:

Ich folge ihm auch, aber vor allem wegen den Pizza-Beiträgen!

Ich schmunzelte und las die im Spaß gemeinte Empörung an unsere Freundin heraus.

Meine Ausbilderin hat mir sein erstes veröffentlichtes Pizza-Backbuch zum Abschied geschenkt. Ich habe euch damals das Rezept für den Teig abgetippt. Erinnert ihr euch?

Valentina verneinte mit einer Smiley-Frau, die sich die Hände über den Kopf hielt.

Wir können uns doch nicht jeden Backbuch-Autor merken, der dich für deine Rezepte inspiriert. Ich habe über die Jahre mindestens einen Ordner voll von deinen (immer köstlichen!) Rezepten gesammelt.

Julia reagierte mit einem Smiley, der die Zunge herausstreckte.

Ich verzeihe es euch, aber nur weil schon mindestens fünf Jahre vergangen sind, seitdem ich euch das Rezept gegeben habe. Und, zugegeben, unter der Überschrift Pizza-Teig *habe ich nur in klitzekleiner Schrift* Nach Viscontis Art *hinzugefügt.*

Daher kam mir der Name also bekannt vor. Wenn ich meinen Ordner zu Hause gehabt und mich daran bei der Zubereitung von dem Pizzateig orientiert hätte, wäre ich vielleicht schon früher draufgekommen, wer sich hinter der Gastfamilie verbarg. Leonardo beendete in diesem Moment sein Gespräch und erkundigte sich, ob das meine erste Reise nach Italien war. Ich schüttelte den Kopf und verstaute das Smartphone in der Tasche.

„In Italien war ich schon öfter, aber bisher war am Gardasee die Grenze. Von Sizilien träume ich schon sehr lange, aber es hat sich vorher nicht ergeben."

Wir unterhielten uns sie verbleibende Fahrt über Reisen und andere oberflächliche Themen.

***

Anderthalb Stunden später erreichten wir die Altstadt von Taormina. Leonardo erzählte mir auf der kurvigen Straße den Hügel hinauf, dass sie ungefähr auf zweihundert Meter über dem Meeresspiegel lag. Wir passierten ein steinernes Tor, durch das gerade so das Auto passte, und waren mitten in der Fußgängerzone. Die Menschenmenge stob auseinander als Franco den Wagen in Schritt Geschwindigkeit hindurch lenkte.

„Hier dürfen Autos fahren?", fragte ich überrascht.

Ich erfuhr, dass es nur mit einer Sondergenehmigung möglich war. Hinter den Leuten, die neugierige Blicke in den Wagen warfen, erhoben sich antike Häuser. In den Erdgeschossen reihten sich unter anderem gut besuchte Souvenirläden und Eisdielen aneinander.

Nach kurzer Zeit überquerten wir die Piazza IX. Aprile. Auf der rechten Seite kam die Kirche San Giuseppe zum Vorschein. Nur wenige Meter weiter stoppte Franco den Wagen. Wir hielten vor einem eindrucksvollen Gebäude im mediterranen Stil.

„Siamo arrivati", sagte er. Franco warf einen Blick zu mir in den Rückspiegel. „Wir sind da."

Die Mauer war in einem sanften Apricot gestrichen. Die zweiflüglige Eingangstür war aus dunkelbraunem Holz angefertigt. Ebenso die Rahmen der hohen Rundbogenfenster, die gleichmäßig verteilt waren. An den drei Fensterfronten die sich mittig über dem Eingang befanden sich jeweils breite Balustraden. Offensichtlich dienten sie nur zu Dekorationszwecken. Ich bemerkte außerdem, dass vor jedem Fenster Gitterstäbe befestigt waren, die das Haus vor Einbrechern schützten.

„Hier wohnen wir und direkt daneben ..."

Er zeigte auf das Gebäude links daneben, das wie eine Doppelhaushälfte an der Villa haftete. Es war niedriger als das andere und in einem kräftigen Terrakottaton bemalt. Kleine leuchtende Laternen befanden sich neben dem Eingang, der aus einer Rundbogentür bestand. Die Farbe von dem Holz war im gleichen edlen Dunkelbraun gehalten wie die vom Wohnhaus. Fenster gab es von dieser hinteren Hausansicht keine.

„... befindet sich meine Pizzaschule", endete Leonardo.

„So sieht also der kürzeste Arbeitsweg der Welt aus",
kommentierte ich und Leonardo lachte.

9. Kapitel

Leonardo hielt mir die Wagentür auf. Bevor ich die Eindrücke der Umgebung aufsaugen konnte, wurde die zweiflüglige Holztür vom Wohngebäude aufgerissen und eine alte rundliche Dame trat strahlend heraus. Ich war mir sicher, dass es sich um Leonardos Mutter handelte. Ihre Füße steckten in weißen Sandalen, außerdem trug sie eine hautfarbene Strumpfhose. Ein hellblaues Kleid fiel ihr bis über die Knie kombiniert mit einer Schürze mit Zitronenprint. Sie schob sich die Bille in das silberne Haar, das ihr in leichten Wellen bis zum Kinn reichte.

„Da seid ihr ja endlich!"

Ich bemerkte, dass die umstehenden Leute auf uns aufmerksam geworden waren. Mit ausgebreiteten Armen ging sie auf Leonardo zu. Sie drückte ihn an sich und gab ihm links und rechts ein Küsschen auf die Wange. Ehe ich mich versah, tat sie dasselbe bei mir. Sie war einen Kopf kleiner als ich. Der Duft von Olivenöl und Tomatensoße stieg mir in die Nase und mit einem Mal verspürte ich großen Hunger. Seit dem Gebäckteilchen am Flughafen hatte ich nichts mehr gegessen. Inzwischen war es nach zweiundzwanzig Uhr und ich hielt es für unhöflich, um diese Zeit noch nach einer Mahlzeit zu fragen. Wir zu Hause speisten um 18 Uhr. Spätestens um 19 Uhr. Bis zum nächsten Tag würde ich schon nicht verhungern. Ich löste mich aus der Umarmung.

„Guten Tag. Ich bin Lena."

„Benvenuto. Herzlich Willkommen in Taormina."

„Grazie."

Ein warmherziges Lächeln zeichnete sich auf ihrem Gesicht ab. Diese Familie machte es einem wirklich einfach, dass man sie direkt und unwiderruflich ins Herz schloss. Automatisch wanderte mein Blick zu Leonardo. Er zwinkerte mir zu und ich lächelte ihn an. Franco lud den Koffer aus und er nahm ihn entgegen. Nachdem Leonardo ein paar Autogramme verteilt hatte und für Fan-Fotos poste, winkte er Menschentraube zu, die sich zügig vergrößert hatte.

„Genug für heute. Meine Tochter wartet auf mich. Buona serata!"

Franco verabschiedete sich und ich folge der alten Dame und Leonardo ins Haus. Als die schwere Tür ins Schloss fiel, wandte sich die Seniorin an mich.

„Ich heiße übrigens Camilla, aber du kannst mich gerne Nonna nennen. Das machen alle, seitdem Isabella auf der Welt ist."

Ich blickte um mich und mir stockte der Atem. Der Anblick, der sich mir bot, glich einer Luxus-Immobilien-Anzeige. Die zahlreichen Lichter des mehrarmigen Kronleuchters, der über uns hing, hinterließen ein Glänzen auf dem weißen Marmorboden, der sich durch den Eingangsbereich und den angrenzenden Wohnbereich erstreckte. Rechts neben mir führte eine imposante Treppe mit breiten Stufen in den ersten Stock. Die einzelnen Stufen waren mit Led-Spots polargrün beleuchtet. Links von mir befand sich eine ordentlich sortierte Garderobe. Camilla nahm mir die Jacke aus der Hand und hing sie dort an einen freien Kleiderbügel.

„Lass die Schuhe ruhig an. Das machen wir auch so", meinte sie, als ich dabei war, sie abzustreifen.

„Babbo!"

Durch den hohen Torbogen, der von zwei Marmorsäulen im antiken römischen Stil gehalten und in den Wohnbereich führte, sauste ein Mädchen im kurzen lilafarbenen Pyjama.

Leonardo stellte meinen Koffer ab und wirbelte sie durch die Luft. „Ciao Principessa! Ich habe dich soooo vermisst. Komm her, lass dich umarmen."

Isabella lachte herzhaft und ließ nach ein paar Umdrehungen ihr Kuscheltier fallen. „O nein! Lass mich runter."

Ich hob den flauschigen schwarzen Seestern auf und überreichte ihn Isabella als Leonardo sie absetzte.

„Ich möchte dir jemanden vorstellen: Das ist Lena. Wie besprochen kümmert sie sich in den nächsten Wochen um dich."

Das Mädchen klammerte sich an Leonardos Bein. „Ciao."

Ich ging in die Hocke um auf ihrer Augenhöhe zu ein. „Hallo Isabella. Ich freue mich dich und deinen kleinen Freund kennenzulernen."

Ich deutete auf den schwarzen Seestern in ihrer Hand. Sie betrachtete kurz das Kuscheltier lächelte zaghaft.

„Weißt du, wie viele Augen dein Seestern hat?"

Überrascht blickte sie auf. „Ein Seestern hat Augen?"

Ich nickte. „Ich habe dieses Jahr mit den Kindern aus meinem Kindergarten einen Ausflug zu einer Aquarien-Ausstellung gemacht. Sie waren mit allen möglichen Meeresbewohnern gefüllt. Dort habe ich etwas ganz Interessantes über Seesterne gelernt. Zähl mal nach, wie viele Arme dein Seestern hat."

Wenn sie verwirrt war, was die Arme mit den Augen zu tun hatte, ließ sie es sich nicht anmerken. Sie nahm die einzelnen Arme in die Hand und begann zu zählen.

„Uno, due, tre, quattro, cinque. Fünf, er hat fünf Arme."

„Und genauso viele Augen hat er."

„Wirklich?"

„Ja, der sogenannte Augenfleck befindet sich am Ende von jedem Arm. Seesterne sehen aber nicht so wie wir Menschen. Licht und Dunkelheit können sie damit aber auf jeden Fall unterscheiden."

„Wow. Das wusste ich noch nicht."

„Ich auch nicht", warf Leonardo ein.

„Wir finden in den nächsten Wochen bestimmt noch ganz viele andere spannende Dinge raus. Wenn du magst, fangen wir morgen mit Seesternen an."

„Ja, gerne."

Dass das Eis gebrochen war, wäre zu viel gesagt, aber ich hatte den Eindruck, dass ich sie mit der Neugier zumindest einen winzig kleinen Schritt aus dem sicheren Versteck hinter ihrem Vater locken konnte.

„Kann man Seesterne essen?", trällerte Camilla aus einem angrenzenden Raum.

„Nonna!", rief das Mädchen empört.

Camilla trat in den Türrahmen und wischte sich die Hände an der Schürze ab. „Ich meine ja nur, wenn nicht, hätte ich Pasta alla Norma im Angebot."

„Jetzt noch?", fragte ich überrascht.

„Hast du keinen Hunger?", fragte sie zurück. Bildete ich es mir ein oder wurde ihr Blick kritisch?

„Doch, ich fühle mich halb verhungert, aber ich dachte um diese Uhrzeit ist es zu spät, um zu essen ..."

Camillas Gesichtszüge entspannten sich deutlich. „Um zu essen, ist es nie zu spät."

Sie verschwand in dem Raum, von dem ich annahm, dass es sich um die Küche handelte.

Isabella riss die Augen auf und sah ihren Papa an. „Oh, oh. Hat Lena gesagt, dass sie halb verhungert ist?"

„Ich fürchte, ja."

Sie schlug sich die Hand vor den Mund. Fragend sah ich ihn an.

„Du wirst gleich herausfinden was passiert, wenn du diesen Satz zu einer italienischen Nonna sagst."

***

„Ich dachte, das ist nur im Film so", sagte ich, nachdem ich einen reichlich gefüllten Teller mit Spaghetti mit Tomatensoße, frittierten Auberginen-Scheiben, geriebenem Ricotta und frischen Basilikumblättern aufgegessen hatte. Noch bevor ich meine Gabel auf den Tisch gelegt hatte, eilte sie mit einer Porzellan-Schüssel herbei, um den Teller wieder aufzufüllen. Ich hielt mir die Hand auf den Bauch.

„Ich bin wirklich satt."

Sie musterte mich skeptisch. „Ein bisschen was noch, va bene?"

Ich ließ mich überreden. Ich war zwar pappsatt, aber der Geschmack war zu himmlisch, um zu widerstehen. Als ich aufgegessen hatte, griff sie zu der Schüssel.

Ich winkte ab. „Es hat ausgezeichnet geschmeckt, aber ich kann wirklich nicht mehr."

„Bist du sicher? Es ist noch was da."

„Nein, vielen Dank."

Als Camilla ein weiteres mal fragen wollte, wurde sie von Leonardo ermahnt. „Wie oft soll dir Lena noch sagen, dass sie keinen Hunger mehr hat?"

„Na gut." Sie klatschte in die Hände. „Dann räume ich jetzt ab und hole den Nachtisch."

Wow, es gab auch noch einen Nachtisch? Als sich die Nonna erhob und die Teller einsammelte, formte ich ein lautloses Danke in Leonardos Richtung. Wenige Zeit später saßen wir mit leeren Tiramisu-Schälchen am Tisch. Ich unterdrückte ein Gähnen. Die kurze Nacht und der lange Tag übermannten mich plötzlich.

„Wenn es in Ordnung ist, würde ich mich jetzt verabschieden und ins Bett gehen. Ich bin ziemlich müde."

„Selbstverständlich. Ich bringe dich in dein Zimmer."

Ich bedankte mich bei Camilla für das Essen, wünschte Isabella eine Gute Nacht und folgte Leonardo die Stufen in den ersten Stock. Als wir oben angekommen waren, zeigte er geradeaus auf die Tür, die sich gegenüber der Treppe befand.

„Hier ist es", sagte er. „Danke, dass du uns so spontan aushilfst. Du bist meine Rettung. Es wäre furchtbar gewesen, wenn Isabella den ganzen Sommer im Krankenhaus bei Paola hätte verbringen müssen."

Er gab mir zum Abschied links und rechts einen Kuss auf die Wangen. Ich spürte die Stelle noch als ich mich auf das weiche Himmelbett fallen ließ und nach wenigen Atemzügen in einen tiefen Schlaf fiel.

***

Am nächsten Morgen weckten mich Sonnenstrahlen, die durch die bodentiefe und hohe Fensterfront mit den langen weißen Gardinen fielen. Ich blinzelte. Es dauerte einen Moment, bis die Erinnerungen an den vergangenen Tag mit mir erwachten und ich begriff, dass ich mich nicht in Bayern, sondern in Sizilien befand. Ein Kribbeln machte sich in mir breit und ich sprang förmlich aus dem Bett. Paola hatte in der Annonce untertrieben, das Zimmer wäre nicht geräumig. Es war riesig. Mindestens halb so groß wie unsere sechzig Quadratmeter große Wohnung in Bayern.

Staunend ließ ich den Blick durch den Raum schweifen. Durch die Einrichtung fühlte ich mich nicht wie ein Au-pair, sondern wie ein Mitglied einer königlichen Familie. Die Decke mit hervorstehenden Ornamenten war so hoch wie die Räumlichkeiten der Schlösser, die ich bisher besichtigt hatte. Über mir baumelte ein muschelförmiger Lampenschirm, der aus Rattan geflochten war. Die Wände waren in einem warmen sandfarbenen Ton gehalten. Die Farbe bildete einen angenehmen Kontrast zu den blauen Elementen, die gezielt in der Dekoration eingesetzt wurden. Gegenüber vom Bett befand sich ein gemütliches Sofa mit royal-blauen Kissen und einer akkurat gefalteten weißen Decke. Davor war ein Tisch mit einer runden Glasplatte platziert auf dem ein Tablett mit einem umgedrehten Glas, einer Wasserflasche und einer Packung Keksen stand. Darüber thronte ein Gemälde von einer Bucht mit einer paradiesischen kleinen Insel davor. Außerdem befand sich ein Kleiderschrank und ein Schreibtisch mit einer blauen Kristallleuchte in meinem Gemach.

Hinter einer weiteren Tür vermutete ich das Bad, das ich benutzen wollte, bevor ich auf meine Gastfamilie traf. Aus irgendeinem Grund war es mir plötzlich wichtig, dass besonders Leonardo mich nicht mit wildem Haar, verschmierter Wimperntusche und zerknitterter Kleidung sah. Ich öffnete die Zimmertür und stellte erleichtert fest, dass jemand den Koffer vor der Tür platziert hatte. Nach einer ausgiebigen Dusche in der luxuriösen Regenwalddusche, föhnte ich mein Haar und steckte mir den langen Pony aus dem Gesicht. Ich trug ein dezentes Make-up auf und schlüpfte in eine Jeans und ein weißes eng anliegendes Shirt. Ich kramte in dem aufgeklappten Koffer, der mitten im Zimmer auf dem Boden lag nach den Flip-Flops mit den weißen Blumen, die mit Perlen und Strasssteinchen verziert waren.

„Ah, hier sind sie."

Ich zog sie an und startete euphorisch in meinen ersten Arbeitstag auf Sizilien. Auf dem Weg in das Erdgeschoss strömte mir Espressogeruch entgegen. Die Tür der Küche war nur angelehnt, weshalb ich unbeaufsichtigt das Gespräch zwischen Leonardo und Isabella belauschte.

„Kann ich heute bei dir bleiben? Bitte", flehte das Mädchen.

„Das haben wir doch besprochen. Am Vormittag besuchst du die Feriengruppe und am Nachmittag kümmert sich Lena um dich. Nach den Sommermonaten habe ich wieder mehr Zeit für dich, versprochen."

„Ich will da aber heute nicht hingehen", protestierte sie.

„Isabella, bitte. Es geht nicht anders."

Als ich die Tür leise öffnete, hatten sich Isabellas braune Kulleraugen bereits mit Tränen gefüllt.

„Guten Morgen, ihr zwei."

„Boungiorno, Lena." Leonardo stupste seine Tochter sanft an. „Ciao."

In diesem Moment klingelte das Smartphone von Leonardo.

„Das ist der Reiseführer der Gruppe, die heute angemeldet ist. Da muss ich kurz rangehen. Ich bin gleich wieder da."

Er hielt sich mit einem „Pronto" das Telefon ans Ohr und verließ die Küche. Ich setzte mich auf den Barhocker gegenüber der schniefenden Isabella.

„Magst du mir verraten, warum du heute nicht zur Feriengruppe gehen möchtest?", fragte ich.

Nach kurzem Zögern verriet sie mir, dass ihre Freundin Felicia erst am nächsten Tag dort teilnahm und sie die anderen Kinder nicht kannte.

„Und morgen würdest du hingehen, wenn Felicia auch da ist?", hakte ich nach.

Das Mädchen nickte. Ich wollte Isabella tröstend über den Rücken streichen, aber ich hielt mich zurück. Die Geste war womöglich zu früh, schließlich war ich eine fremde Person. Trotzdem hatte ich eine Idee, wie ich ihr helfen konnte. Das wollte ich jedoch erst mit Leonardo besprechen. Die Tür ging einen Spalt weit auf und er lugte herein. Das Telefon hielt er sich an die Brust.

„Hol deinen Rucksack. Franco holt dich gleich ab", flüsterte er in einem Ton, der keinen Widerspruch duldete.

Widerwillig stand Isabella auf und lief aus der Küche, ohne ihn eines Blickes zu würdigen. Er beendete das Telefongespräch und atmete hörbar aus.

„Alles in Ordnung?", fragte ich.

„Für vierzehn Uhr war eine deutsche Reisegruppe aus Giardini Naxos geplant. Sie haben bei mir einen zweitägigen Pizzabackkurs gebucht. Gerade habe ich erfahren, dass sie schon um elf Uhr kommen, weil in der Planung etwas durcheinandergeraten ist."

„Boungiorno, meine Lieben."

In diesem Moment betrat Camilla mit zwei vollen Einkaufstüten die Küche. Sie stellte sie auf dem Tresen hab. Leonardo informierte sie kurz über die vorgezogene Gruppe. Die Dame bekreuzigte sich.

„Madonna, ausgerechnet jetzt, wo Paola ausfällt. Wie sollen wir die Vorbereitungen in der kurzen Zeit schaffen?"

„Könntet ihr vielleicht von zwei Personen Hilfe beim Schnibbeln gebrauchen?", erkundigte ich mich und erntete einen erstaunten Blick von Leonardo.

„Zwei?"

Ich weihte ihn in meine Gedanken ein: „Was hältst du davon, wenn ich heute Vormittag auf Isabella aufpasse? Sie möchte heute nicht zu der Gruppe, weil Felicia erst ab morgen teilnimmt. Wir könnten euch tatkräftig unterstützen. Was hältst du davon?"

„Das wäre ein Traum, aber bist du dir sicher? Es ist dein erster Tag in Taormina. Willst du nicht die Stadt erkunden statt Babysitten und in der Pizzaschule aushelfen?"

Ich winkte ab. „Das macht mir nichts aus. Ich freue mich, wenn ich helfen kann."

10. Kapitel

Nachdem wir Isabella mein Angebot mitteilten, stürmte sie auf mich zu, als wollte sie mir um den Hals fallen. Im letzten Moment hielt sie sich zurück und bedankte sich mit einem verhaltenem „Grazie mille". Camilla bereitete Isabella und mir ein üppiges Frühstück vor. Sie und Leonardo tranken jeweils nur einen Espresso. Als wir fertig waren, wandte er sich an seine Mutter.

„Brauchst du mich hier noch? Ich würde sonst drüben alles für den Kurs vorbereiten."

„Geh ruhig", sagte sie und wischte sich die Hände an der Schürze ab. Camilla räumte den Tisch ab und verweigerte jegliche Hilfe.

„Womit fangen wir an?", erkundigte ich mich, als sie den letzten Teller in die Spülmaschine geräumt hatte.

„Am besten mit den Häppchen."

Ich erfuhr, dass in den Kursgebühren Essen und Getränke für die Teilnehmer inklusive waren. Die nächsten zwei Stunden verbrachten Isabella und ich herrlich duftendes frisch gebackenes Brot zu würfeln, ebenso verschiedene Hart- und Weichkäsesorten. Wir steckten sie auf Spieße mit gerolltem Schinken und Salamischeiben, grünen Oliven, eingelegten Tomatenstücken und allem, was das italienische Antipasti-Herz begehrte. Zwischendurch probierten wir die Köstlichkeiten und ich lobte Isabella für ihre präzise Arbeit. Sie beobachte mich wie ich die Lebensmittel zerkleinerte und machte es mir nach. Pünktlich stellten wir vier silberne Bleche fertig, auf die Camilla die Spieße ansehnlich drapierte.

„Das sieht gut aus", kommentierte Leonardo, der in diesem Augenblick zurückkehrte. „In fünf Minuten kommen die Teilnehmer an", informierte er Camilla. „Ich muss mich noch umziehen und heize anschließend den Pizzaofen an. Kannst du die Leute in Empfang nehmen? Die Fotos für Instagram kann ich erst mal auch selbst schießen."

„Normalerweise macht das Zia Paola", flüsterte mir Isabella zu.

„Ich wollte jetzt die Pasta vorbereiten, aber wenn es nicht anders geht, übernehme ich die Begrüßung selbstverständlich", antwortete Camilla und öffnete eine breite Schublade. Sie holte einen eimergroßen Kochtopf heraus.

„Ich kann auch einspringen", bot ich an. Durch meine Arbeit als Erzieherin war ich es gewohnt, zum Beispiel an Elternabenden vor einer Gruppe von Leuten zu sprechen, deshalb machte es mir nichts aus.

Leonardo lächelte schief. „Wow, das wäre toll. Du bist unsere Rettung in jeglicher Hinsicht, oder?"

Er weihte mich kurz in Paolas Job ein und ich machte mich anschließend mit Isabella auf den Weg zum Eingang der Pizza-Schule. Wir stellten uns davor und hielten auf der Piazza Ausschau nach der Gruppe, während uns die Sonne unsere Gesichter wärmte.

„Ich glaube da sind sie!", rief Isabella aufgeregt und zeigte auf die rechte Seite. Durch die Fußgängerzone schritt ein älterer Herr. Er hielt einen neonfarbenen Regenschirm in die Höhe. Offenbar nahm er seinen Job ernst, denn die Piazza war erst überschaubar gefüllt mit Touristen. Auch ohne Erkennungszeichen hätten ihn seine Klienten nicht aus den Augen verloren, die ihm in geordneten Zweier-Reihen folgten. Schmunzelnd zählte ich kurz nach. Es waren acht Personen im bunt gemischten Alter.

„Herzlich Willkommen zum Pizzakurs von Leonardo Visconti", begrüßte ich die Herrschaften, als sie uns erreichten.

Der Reiseleiter begrüßte mich überschwänglich und schüttelte mir eine gefühlte Ewigkeit die Hand.

„Ich begleite Sie jetzt zur Terrasse", erklärte ich. „Wir versorgen Sie dort mit Getränken und einem Imbiss, damit Sie gestärkt in den Tag starten können. Anschließend erfolgt eine kurze theoretische Einheit und nach dem Mittagessen beginnen Sie mit der Herstellung Ihres Pizzateiges."

Isabella lotste uns am Haus entlang. Als die Fassade endete, wurde sie von einer kunstvollen Balustrade abgelöst, die den Außenbereich einzäunte. Mehrere Olivenbäume waren am Weg entlang gepflanzt und schützten das Innere größtenteils vor neugierigen Blicken. Wir passierten einen rund gemauerten Torbogen, auf dem mit goldener Schrift *La scuola della pizza di Leonardo Visconti* eingraviert war, und erreichten nach wenigen Schritten die Terrasse. Zahlreiche runde eingedeckte Tische mit rot-weiß karierten Tischdecken waren auf dem Gelände verteilt. Die dekorativen Blumentöpfe, die mit Basilikum-Pflanzen befüllt und mittig auf den Tischen platziert waren, sowie die Glaskaraffen mit Olivenöl und Salz- und Pfefferstreuer sorgten für ein italienisches Ambiente. Breite Holzstühle mit gemütlichen Polstern luden die Gäste zum Verweilen ein. Außerdem gab es eine Bar mit einer angrenzenden großzügig geschnittenen Außenküche, deren Highlight ein Steinofen war. Eine Pizzaschaufel mit langem Holzstiel lehnte daran. Für natürlichen Schatten sorgten Weinreben, die sich über Schnüre schlängelten, die über den Platz gespannt waren. Dazwischen waren Lichterketten befestigt, die im Dunkeln gewiss für eine romantische Atmosphäre sorgten.

Wie es wohl wäre, mit Leonardo dort am Abend zu essen? Allein ... Lena! Was ist mit dir los? Hast du Alex vergessen?

Schnell schob ich den absurden Gedanken in einen verborgenen Winkel meines Herzens, das an der Stelle ein verräterisches Klopfen auslöste.

„Nehmen Sie Platz", sagte ich mit einer einladenden Geste, als ob nichts gewesen wäre, und die Kursteilnehmer verteilten sich auf den Sitzplätzen. Leonardo trat aus der geöffneten Terrassentür und wurde von der Gruppe mit einem Applaus empfangen. Er hatte sein Outfit gegen Arbeitsuniform getauscht. Über einer schwarzen Hose trug er eine weiße maßgeschneiderte Herrenkochjacke. Auf der Brusttasche entdeckte ich eine goldene Stickerei: LV. Außerdem trug er eine weiße Kochmütze, die ihm unglaublich gut stand. Er hielt eine kurze Ansprache, auf die ich mich nicht konzentrieren konnte, weil ich von seinem Erscheinungsbild abgelenkt war. Leonardo konnte tragen, was er wollte, er sah in allem unverschämt gut aus. Kombiniert mit einem Lächeln, das mir galt, schmolz ich dahin wie ein Gelato unter der Sonne Siziliens. Moment mal ... Das Lächeln galt mir?

Mein Blick flog über die Anwesenden. Alle Blicke waren abwartend auf mich gerichtet. Ich spürte, wie mir die Röte ins Gesicht schoss. Isabella rette mich, indem die auf die offenbar gestellte Frage antwortete.

„Das haben wir gerne gemacht, oder Lena?"

Vermutlich hatte Leonardo erwähnt, dass wir den Ausfall von Paola kompensiert hatten.

„Ja", beeilte ich mich, zu sagen, und wir ernteten von ihm und der Gruppe Beifall.

Leonardo zwinkerte mir zu und ich spürte, wie die Temperatur meiner Wangen noch weiter stieg. *Was ist denn los mit mir? Ich kenne Leonardo doch erst seit einem Tag ...*

Glücklicherweise eilte in diesem Moment Camilla herbei und lenkte die Aufmerksamkeit mit dem Essen auf sich. Während sie die Häppchen verteilte und Leonardo Smalltalks hielt, nahmen Isabella und ich die Getränke Bestellungen auf. Ich gab ihr ebenfalls einen Kellnerblock und Kugelschreiber. Sie lief mit mir mit und notierte sich in Kritzelschrift stilles und spritziges Wasser, Fanta, Orangensaftschorlen, Cola und Rotwein.

„Weißt du, wo die Getränke sind?", fragte ich das Mädchen, als wir mit allen Tischen durch waren.

„Warte, Lena, ich helfe euch", antwortete Leonardo, der sich in Hörweite befand und sich mit zwei Typen unterhielt, die ungefähr in meinem Alter waren. „Ihr entschuldigt mich", sagte er zu ihnen und sie nickten verständnisvoll.

Leonardo führte uns zu der Bar im Außenbereich. Er füllte uns die Getränke in Gläser und ich verteilte sie der Reihe nach. Isabella hüpfte immer voraus und legte entsprechende Untersetzer auf die Tische. Am Ende setzte sie sich zu Camilla auf den Schoß, die sich an einem der Tische angeregt in ihrer Landessprache mit dem Reiseleiter unterhielt.

„Was möchtest du trinken?", fragte Leonardo, als ich mit dem leeren Tablett zurück zur Bar kam.

„Wie wäre es zum Anstoßen mit einem Glas Rotwein?"

„Was feiern wir?"

„Deinen ersten Tag bei uns."

Er schenkte uns gekonnt zwei Gläser ein. Ich fühlte mich geehrt, dass er sich trotz des laufenden Kurses Zeit für mich nahm.

„Hast du den Ausblick schon gesehen?"

Ich schüttelte den Kopf. Ich war voll und ganz auf meine neue Aufgabe konzentriert gewesen, dass ich mich tatsächlich nicht weiter umgesehen hatte.

„Setzen wir uns dort hinten hin." Leonardo deutete auf den freien Tisch, der sich zwischen zwei Olivenbäumen direkt am Geländer befand. Als ich dort ankam, hielt ich die Luft an. Der Anblick, der sich gewiss auf unzähligen Postkarten-Motiven befand, war atemberaubend. Es ging metertief in den Abgrund, der von Kaktusfeigen und anderen sonnengebleichten Bäumen und Büschen bewachsen war. Am unteren Rand der Klippe reihten sich Häuserdächer aneinander und dann erstreckte sich bis zum Horizont das ionische Meer. Die eindrucksvolle Farbe des Wassers, die von einem Türkis in ein Azurblau und weiteren Stufen der blauen Palette überging, wirkten, als hätte sie ein Künstler gemalt. Einzelne Boote und Schiffe fuhren in der Nähe der Insel und zogen Spuren im Wasser nach. Eine sanfte Brise wehte mir durchs Haar.

„Das sieht wunderschön aus. Ich könnte stundenlang hier stehen."

„So geht es mir auch, obwohl ich es jeden Tag sehe."

Wir nahmen gegenüber voneinander Platz und mir kam eine Foto-Idee.

„Komm, lass uns die Gläser aneinanderhalten, so, als würden wir anstoßen."

Ich schoss ein paar Bilder mit dem traumhaften Hintergrund und zeigte Leonardo das Ergebnis.

„Sehr schön", lobte er.

„Schickst du Paola das Foto? Sie ist für meine Profile in den Sozialen Netzwerken zuständig und würde es bestimmt gerne verwenden."

„Das mache ich."

Ich leitete es ihr direkt weiter. Danach stießen Leonardo und ich an, wobei er mir tief in die Augen sah und ein Gefühl in mir auslöste, das so tief war wie der Abgrund unter uns.

„Schön, dass du hier bist."

***

Nach dem Einstieg wurden Isabella und ich nicht mehr gebraucht. Wir gingen zurück in die Villa.

„Bestimmt habt ihr hier auch eine Terrasse, oder? Wenn du Lust hast, könnten wir uns draußen hinsetzen und ich erzähle dir von meinen Ideen, was wir heute machen könnten?"

Sie nickte eifrig. „Ja, gerne."

Isabella steuerte die dunkle Flügeltür gegenüber vom Eingangsbereich an. Als sie diese öffnete, stockte mir zum zweiten Mal an diesem Tag der Atem. Wir befanden uns im Wohnzimmer. Sofort fiel mein Blick auf den Fernseher, der an der pastellgelben Wand hing und von der Größe her mit der Zugspitztaler Kinoleinwand mithalten konnte. Davor war auf einem dünnen beigefarbenen Teppich eine u-förmige Couch mit breiten cremefarbenen Polstern platziert. Der viereckige kniehohe Tisch aus dunklem Holz bildete einen schönen Kontrast zu der hellen Inneneinrichtung. Es gab mehrere glänzend polierte Kommoden auf denen kleine Skulpturen und Fotos in aufeinander abgestimmten Bilderrahmen verteilt waren. Ein Highlight war jedoch die hohe und breite Fensterfront, die so hoch wie zwei Stockwerke war und einen Blick auf die einmalige Außenanlage freigab. An den Seiten war das Gelände mit meterhohen Palmen eingezäunt.

Der Blick geradeaus war frei und bot somit Sicht auf das Meer, das unendlich weit wirkte. Doch nicht nur die Aussicht lud zum Träumen ein, sondern auch der Garten. Ein Pool, der so lang war, dass man mehrere Züge schwimmen oder tauchen konnte bildete einen Blickfang. Drum herum standen im Schatten von Zitronenbäumen einige Liegen bereit. Der Garten war erstaunlich grün und machte mit dem akkurat gestutzten

Rasen und Beeten mit exotischen Blumen einen professionell gepflegten Eindruck.

Isabella führte mich hinaus auf die gepflasterte Terrasse. Auf einer Sitzlounge mit gemütlichen Polstern nahmen wir Platz. Den Nachmittag verbrachten wir wie versprochen mit dem Thema Seestern. Ich malte ihre Füße von den Fersen bis zu den Zehen mit Farbe an. Sie kicherte, als ich mit dem Pinsel die orange Farbe auftrug.

„Das kitzelt!"

Danach formten wir aus Fußabdrücken einen Seestern auf Tonpapier. Nachdem die Farbe in der Sonne schnell getrocknet war, ließ ich Isabella ein Gesicht aufmalen. Sie bewunderte ihr Kunstwerk.

„Das muss ich später unbedingt meinem Papa zeigen."

Anschließend recherchierten wir im Internet über den Meeresbewohner und bestellten ein passendes Buch zum Thema. Zwischendurch versorgte uns Camilla mit Spagetti mit Tomatensoße und Hackbällchen und bot uns regelmäßig Snacks an. Bei einer Scheibe Wassermelone fragte mich Isabella, ob wir ihre Tante Paola anrufen könnten. Ich holte mein Handy aus dem Zimmer. Auf dem Rückweg zu Isabella prüfte ich meine Nachrichten. Von Alex war wieder nichts dabei. Zu meiner Enttäuschung mischte sich eine gehörige Prise Wut.

„Das gibt es doch nicht!"

Hielt Alex eine Entschuldigung für die vermasselte Fahrt zum Flughafen überhaupt nicht für notwendig? Fragt er sich nicht, wie es mir ging und in welcher Familie ich gelandet war?

„Schlechte Nachrichten?"

Erschrocken hielt ich mir die Hand an die Brust. Leonardo stand unten an der Eingangstür.

„Eher gar keine", antwortete ich und bemühte mich um ein Lächeln, das mir in seiner Gegenwart erstaunlich leicht viel. „Ist der Kurs schon vorbei?"

„Sì", sagte er. „Weil wir früher begonnen haben, ist heute bereits Schluss. Ich wollte kurz nachsehen, ob bei euch alles in Ordnung ist und dir Bescheid geben, dass ich dich in ungefähr einer halben Stunde ablösen kann."

„Das ist nett, vielen Dank. Ich rufe jetzt mit Isabella Paola an. Soll ich ihr irgendetwas von dir ausrichten?", fragte ich, während ich die Stufen hinunterging.

„Ja." Er machte eine kurze Pause. Als ob er überlegen würde, den nächsten Satz auszusprechen. „Dass es eine ihrer besten Ideen war, diese Au-pair-Anzeige zu schalten und dich damit gefunden hat."

Bezog er das auf sich selber?

„Isabella schwärmt von dir. Da kannst du dir etwas drauf einbilden. Normalerweise braucht sie lange, bis sie sich jemandem öffnet."

Ah, es ging um seine Tochter. Natürlich. Wieso bildete ich mir ein, dass er sich für mich interessierte? Weil ich es mir vielleicht insgeheim wünschte?

„Isabella macht es einem auch einfach, sie ins Herz zu schließen. Sie ist ein zauberhaftes Mädchen." Wie gerufen stand sie in diesem Moment in der geöffneten Wohnzimmertür und stemmte empört ihre Hände in die Seiten.

„Wo bleibst du denn, Lena?"

„Ich bin schon da."

Überraschenderweise nahm sie mich an der Hand und zog mich mit sich. Ich lachte und verabschiedete mich von ihrem Vater.

„Bis gleich, Leonardo."

„Ja, bis gleich."

Ich spürte seinen Blick in meinem Rücken, während mich Isabella zurück auf die Terrasse brachte.

***

„Ciao bella!", meldete sich Paola nach wenigen Freizeichen-Tönen über die Video-Anruffunktion. Sie überschüttete das Mädchen mit schönen Worten.

„Wie geht es dir meine Süße? Ich vermisse dich."

Isabella berichtete von unserem Tag. Paola kommentierte hin und wieder mit einem „Oh", „Ah", „Toll", „Grande", „Bellissiomo".

„Wie ich sehe, kommt ihr auch ohne mich klar. Grazie, Lena. Danke für das wunderschöne Foto. Ich habe es schon gepostet. Es ist wirklich lieb von dir, dass du heute Vormittag auch noch in der Pizzaschule ausgeholfen hast. Ich verspreche dir, dass du dafür einen Ausgleich bekommst."

Ich winkte ab. „Ach Quatsch. Das habe ich gerne gemacht."

Sie bat uns, Leonardo auszurichten, dass am nächsten Tag das angekündigte Bewerbungscasting stattfinden würde und sie sich zeitnah bei ihm meldete. Wir beendeten das Telefonat und versprachen, in Kontakt zu bleiben.

„Wie spät ist es?", fragte Isabella.

„Gleich halb sechs."

Die Sonne war inzwischen Richtung Horizont gewandert. Obwohl sie in wenigen Stunden dort verschwand, war es noch angenehm warm draußen.

„Warum willst du das wissen?"

„Darf ich meine Serie weiterschauen?" Sie blickte mich mit ihren großen braunen Augen an.

„Von mir aus gerne."

Sie stürmte in die Villa und rumpelte mit ihrem Vater zusammen, der frisch geduscht auf die Terrasse trat. Seine Arbeitskleidung hatte er gegen eine lockere sandfarbene Anzughose und ein weißes Hemd getauscht.

„Hey Principessa, warum hast du es so eilig?"

„Babbo! Lass mich bitte schnell vorbei. *Meerjungfrau & Co.* geht jetzt los."

„Ah okay, verstehe, da sollte ich nicht im Weg stehen." Schmunzelnd ließ er sie durch. Wenige Sekunden später ertönte eine italienische Titelmelodie aus dem Fernsehen. Leonardo ließ sich mir gegenüber in dem Loungesessel nieder. Ich leitete ihm Paolas Info weiter und wir tauschten uns aus, bis sie anrief, um die Details für den nächsten Tag zu besprechen.

„Ich gehe dann mal", flüsterte ich und stand auf.

„Un momento", sagte er zu Paola und legte das Smartphone auf die rustikale Tischplatte.

Als ich an ihm vorbeiging, erhob er sich ebenfalls und berührte mich am Arm.

„Hey, warte mal. Sehen wir uns später?"

Überrascht sah ich zu ihm auf. Wollte er seine Freizeit nicht allein mit seiner Tochter verbringen?

„Ich möchte mein Versprechen halten", fügte er leiser hinzu und kam näher. Viel zu nah. Er und sein betörendes Duschgel ließen mich beinahe meinen Anstand vergessen.

„Welches Versprechen?"

„Die tägliche Pizza, schon vergessen?"

Selbstverständlich erinnerte ich mich an das Gespräch während der langen Autofahrt.

„Das hast du dir gemerkt?"

„Natürlich."

Er verabschiedete sich wie am Abend zuvor mit Küssen auf beide Wangen. Ein warmes Gefühl breitete sich in meinem ganzen Körper aus. Von der Berührung und von der Tatsache, dass er das Pizzaversprechen nicht vergessen hatte und es ihm offensichtlich wichtig war, das einzuhalten.

„Ich freue mich darauf", flüsterte ich.

11. Kapitel

Die Zimmertür fiel ins Schloss und ich lehnte mich mit geschlossenen Augen dagegen. Ich wartete, bis mein Herzschlag halbwegs in seinen gewohnten Takt zurückfand. Ernüchternd stellte ich fest, dass Alex in mir nie so eine extreme Reaktion hervorgerufen hatte. Aufgeregtes Kribbeln, ja, aber es war nicht dasselbe, das ich in Leonardos Nähe spürte. Bei Leonardo war es deutlich intensiver, stärker und tiefer.

Ich atmete durch. Als ich die Augen aufschlug, blieb mein Blick an einem üppigen Blumenstrauß hängen, der auf dem Couchtisch stand. Ein violetter Briefumschlag steckte zwischen pfirsichfarbenen Rosen und magentafarbenen Chrysanthemen. Ich setzte mich auf das Sofa, öffnete den Umschlag und faltete den darin enthaltenden Zettel auseinander.

Danke für Deine Hilfe heute Vormittag
L.

Leonardo hatte mir die Blumen dorthin gestellt. Was für eine schöne und wertschätzende Geste von ihm. Die Vorstellung, dass er, während er den Kurs geleitet hatte, an mich gedacht und den wunderschönen Strauß organisiert hatte, gefiel mir mehr, als es sollte. Ich brauchte dringend Freundinnen-Hilfe. Mit etwas

Glück würde ich Valentina und Julia erreichen, die gerade oder demnächst den wohlverdienten Feierabend einläuteten.

Ich startete einen Gruppen-Video-Anruf. Wenige Augenblicke später erschienen beide nacheinander auf dem Bildschirm.

„Du strahlst ja richtig", kommentierte Julia. Sie stand vor der leeren Verkaufstheke im *Kaffee & Törtchen* auf der ein blauer Putzeimer stand.

„Störe ich?"

„Nein, ich bin soeben fertig geworden."

„Hallo ihr zwei", begrüße uns Valentina, die in diesem Moment dazustieß. Im Hintergrund erspähte ich ein Regal, in dem Mehlpackungen in unterschiedlichen Größen einsortiert waren.

„Ich bin noch im Laden, aber es ist gerade nichts los. Wir können also ungestört telefonieren." Sie setzte sich auf den Kassen-Hocker und grinste in die Kamera. „Oh, hast du schon einen Sonnenbrand bekommen? Deine Wangen sind leicht gerötet."

Ich biss mir auf die Lippen. „Eventuell steckt nicht nur die Sonne dahinter ..."

„Was bedeutet das?"

„Los, wir sollen sofort alle Details wissen", kam es von Valentina.

„Ich habe gehofft, dass ihr so reagiert."

Und dann berichtete ich ihnen alles. Von der Ankunft am Memminger Flughafenparkplatz bis zu dem erhaltenden Blumenstrauß, für den ich bewundernde Kommentare erhielt.

„Ich verhalte mich, als gäbe es Alex nicht", sagte ich abschließend.

„Vielleicht, weil es tief in deinem Herzen so ist?", fragte Valentina vorsichtig.

Ich schluckte. Valentina traf damit in den Mittelpunkt der Zielscheibe, den ich zu Hause in Bayern nicht wahrhaben wollte.

„Alex und du, ihr habt als beste Freunde funktioniert, aber inzwischen lebt ihr in eurer Beziehung wie Bruder und Schwester zusammen, und das nicht erst seit gestern. Ich meine, wann habt ihr zum letzten Mal miteinander geschlafen?"

Ich räusperte mich bei Julias direkter Frage. „Ähm, es ist schon eine Weile her."

Das letzte Mal war an Weihnachten nach der Bescherung und dem gemeinsamen Abendessen mit seinen Eltern. Im Laufe der Beziehungsjahre wurde unser Liebesakt seltener und kürzer. An den Freitagen beim Filmeabend schlief meistens einer von uns oder wir beide ein. Oder Alex sprach direkt aus, dass er zu müde war, weil er eine anstrengende Woche hinter sich hatte. Zögerlich erzählte ich es meinen Freundinnen.

„Es prallen auch jegliche Bemühungen an ihm ab. Letztes Jahr habe ich meinen ganzen Mut zusammengenommen und mir in der Alpen-Boutique Dessous gekauft. Wisst ihr, was Alex zu dem schwarzen String gesagt hat? *Es ist nicht dein Ernst, dass du dafür Geld ausgegeben hast. Da hättest du genauso gut auch gar nichts anziehen können.*"

Julia schlug sich die Hand an die Stirn. „O nein! Das klingt nach ihm."

Valentina verdrehte die Augen. „Alex ist so leidenschaftlich wie ein Sack Mehl."

„Frau Fischer, die dort arbeitet, erinnert mich bis heute an den Vorfall. Jedes Mal, wenn wir uns in Zugspitztal über den Weg laufen, zwinkert sie mir ganz komisch zu."

Die Mundwinkel meiner Freundinnen zuckten bei der Vorstellung.

„Sollte ich jemals wieder Wäsche dieser Art benötigen, bestelle ich sie definitiv im Internet."

„Wobei", warf Julia ein. „In unserer Kleinstadt kennen wir ja sogar den Postboten persönlich. Bei unserem Glück ist dann ein entsprechendes Logo auf dem Paket abgebildet und Herr Becker reimt sich dann etwas zu eurem Sexleben zusammen."

Schließlich prusteten wir alle los. Das Lachen tat unglaublich gut. Plötzlich bimmelte im Hintergrund die Ladenglocke im Hofladen von Valentinas Familie. Mit einem *„Oh, es kommt noch Kundschaft"* legte sie auf. Ich wurde wieder ernst.

„Warum bemerke ich erst jetzt, dass mir die Art, wie lieblos wir unsere Beziehung führen, für ein Leben lang nicht reicht?"

Julia rückte sich einen Stuhl an einem der Gästetische zurecht. „Dein Beruf und das Leben in Zugspitztal füllen dich aus, deshalb glaube ich, dass es eine Weile gedauert hat, bis dir aufgefallen ist, dass du zum Glücklichsein noch mehr brauchst. Als konkreten Auslöser würde ich auf den Sizilien-Urlaub tippen. Er hat dir deutlich gezeigt, dass du in seiner Prioritäten-Liste weit unten stehst."

Julias wahre Worte versetzten mir einen Stich in der Brust.

„Das stimmt. Am Ende hat er mir sogar eine neue Biersorte vorgezogen."

„Und das hast du nicht verdient. Ich wünsche mir für dich, dass du einen Partner hast, der an deiner Seite geht, und nicht jemanden, der vor dir oder hinter dir auf dem Lebensweg läuft."

„Oder irgendwann, ohne es zu merken, eine Abzweigung genommen hat und sich gar nicht mehr auf dem gleichen Pfad befindet", ergänzte ich. Es tat gut, die Worte auszusprechen, weil ich sie mir dadurch ein Stück weit eingestehen konnte. „Weißt du, was? Ich rufe Alex jetzt an, wir müssen dringend miteinander reden. Außerdem halte ich es nach dem Streit ohnehin nicht länger aus, auf eine Nachricht von ihm zu warten."

„Mach das, meine Liebe, und fühl dich ganz fest gedrückt."

Nachdem wir den Videoanruf beendet hatten, wählte ich die Nummer von Alex. Es dauerte eine gefühlte Ewigkeit, bis er den Anruf entgegennahm.

„Lena? Ist was passiert?"

„Äh, nein. Warum?"

„Weil du anrufst."

„Brauche ich einen Grund, um anzurufen?"

Es entstand eine kurze Pause. Ich wartete, ob er sich zu dem vorherigen Tag äußern wollte, aber es blieb still. Fast schon zu still.

„Hör mal, Alex, ich finde wir sollten ..."

„Michi! Vorsicht, du trampelst gleich auf das frisch lackierte Schutzblech."

Ich vernahm grölende Laute. Andi und Lukas waren offenbar auch schon bei ihm.

121

„Alex, bist du noch dran?"

„Ja, sorry."

„Hast du kurz Zeit? Ich würde gerne mit dir über uns reden. Es kann so nicht weitergehen, dass ..."

„Michi! Machst du das mit Absicht? Konzentriere dich bitte und lass mal eine halbe Stunde den Alkohol weg, wenn du ihn nicht verträgst."

Ich hielt mir das Handy vom Ohr, weil er so laut brüllte und in das schallende Gelächter seiner Freunde einstieg.

„Hör mal, Lena. Es geht jetzt nicht. Die Jungs und ich arbeiten gerade an unseren Enduros. Du weißt doch, dass wir zum Erzbergrodeo fahren. Wir wollen unsere Maschinen mitnehmen."

„Am Mittwochabend geht es los, oder?"

„Ja genau, und am Montag kommen wir zurück. Lass uns da telefonieren oder noch besser erst am Dienstag."

„Was? Erst in einer Woche? Du kannst dir vorher keine Zeit für mich nehmen? Nicht mal zehn Minuten? Es wäre mir wichtig, dass wir ..."

„Alex, wo bleibst du denn? Ich habe den Lack fertig gemischt." Das kam von Lukas.

„Ich bin sofort da", antwortete Alex und fügte hinzu: „Ich muss jetzt los."

Dann legte er auf.

Ich starrte auf das Display. Ich war wütend und traurig zugleich über die Gleichgültigkeit von Alex. Eine neue Nachricht ploppte auf. Vielleicht von Alex? Ein kurzer Text mit einem *Tut mir leid, dass ich so kurz angebunden war. Ich melde mich, sobald es geht.* Natürlich war das nicht der Fall. Es war eine unbekannte Nummer.

Ciao Lena! Ich habe Paola nach deiner Handynummer gefragt, hoffe, es ist okay für dich. Wenn nicht, ist es jetzt zu spät, dann entschuldige ich mich mit einer extra großen Pizza, va bene?

Dahinter erschien ein zwinkernder Smiley.

Ich bringe Isabella jetzt ins Bett. Passt es, wenn ich dich abhole, wenn sie eingeschlafen ist?

Nach dem Fragezeichen erschien ein Smiley von einem Bäcker, einem Pizzastück und einem Glas Rotwein. Der Gedanke, den Abend mit Leonardo zu verbringen, ließ mein Herz hüpfen. Dieses Mal fiel der Hüpfer jedoch zaghafter aus, weil es überschattet war von den trüben Gedanken über das frustrierende Gespräch mit Alex.

Löst du all deine Probleme mit einer Pizza?

fragte ich und setzte dahinter den neckenden Smiley, der die Zunge herausstreckte.

Wenn es so einfach wäre ...

kam prompt zurück.
Ich fragte mich, was Leonardo wohl belastete.

Danke für den wunderschönen Blumenstrauß

schrieb ich stattdessen.

Es freut mich, dass er dir gefällt. Wie sieht es aus? Ich denke, in spätestens fünfzehn Minuten könnte ich bei dir sein.

Ich atmete tief durch und wischte mir eine Träne aus dem Augenwinkel.

Ich bin heute Abend leider keine gute Gesellschaft, aber es würde mich freuen, wenn dein Angebot nicht verfällt.

Es steht jederzeit. Ist alles in Ordnung bei dir?

Das war lieb von ihm.

Ich schlafe eine Nacht drüber, dann geht es schon wieder.

Ich machte mich anschließend in dem luxuriösen Badezimmer für die Nacht fertig. Danach ließ ich mich auf das Himmelbett mit der weichen Matratze und den vielen gemütlichen Kissen fallen und hing meinen Gedanken nach. Als es an der Zimmertür klopfte, wusste ich nicht wie viel Zeit vergangen war.

„Bist du noch wach?"

Es war Leonardo, der sich hinter der Tür befand. Ich sah an mir herab. Ich trug das Outfit aus der Alpen-Boutique mit dem ich mich vor Alex lächerlich gemacht hatte. Ein kurzes schwarzes Nachtkleid mit Spagettiträgern. Nur dieses Mal ohne Unterwäsche. Außerdem waren meine Augen verquollen.

„Lena?"

Sollte ich mich schlafend stellen? Aus Neugier entschied ich mich letztendlich dagegen.

„Moment."

Ich hüpfte aus dem Bett und durchforstete den Koffer nach dem dazugehörigen Morgenmantel. Wenigstens diesen wollte ich mir überziehen, damit ich mich angezogener fühlte. *Ah, da ist er.* Er war aus demselben fließenden seidenen Stoff wie das Nachtkleid. Ich öffnete die Tür. Leonardo stand dort mit einem großen Teller in der Hand, auf der sich eine herrlich duftende Pizza Margherita befand.

„Hast du geweint?", wollte er wissen, noch bevor ich etwas sagen konnte. Ich holte Luft. Ich war bereit, mich ihm anzuvertrauen. Wir kannten uns erst kurz, trotzdem hatte ich das Gefühl, dass ich ihm alles erzählen konnte.

„Es ist …"

„Papa?"

Im gedimmten Licht der Wandbeleuchtungselemente erkannte ich Isabella. Sie lehnte in einem weißen Nachthemd an einer Tür, die einen Spalt geöffnet war und sich gegenüber von meinem Zimmer befand. Leonardo drehte sich zu ihr um.

„Was ist los, Principessa? Du hast doch gerade noch geschlafen?"

Sie umklammerte ihren Seestern. „Ja, aber ich hatte einen Albtraum und habe jetzt Angst. Kannst du bitte kommen?"

„Selbstverständlich. Geh wieder in dein Zimmer. Ich komme gleich." Er atmete hörbar aus und wandte sich mir zu. „Es tut mir leid."

„Schon gut. Geh ruhig."

Er überreichte mir den Pizzateller. „Du hast heute Abend noch nichts gegessen."

Ich war gerührt. „Die hast du für mich gebacken?"

Er nickte. „Damit lassen sich keine Probleme lösen, aber ich hoffe, sie schmeckt dir und es geht dir anschließend besser."

„Danke."

12. Kapitel

Am nächsten Morgen war mein Gemütszustand deutlich besser. Mein erster Blick nach dem Aufwachen fiel auf den Blumenstrauß und den leeren Teller, den ich daneben auf dem Couchtisch abgestellt hatte. Die Pizza war köstlich. Mit einem Lächeln im Gesicht machte ich mich für den Tag fertig. Als ich meine Haare kämmte, kündigte ein leiser Ton eine neue Nachricht auf meinem Handy an.

Boun giorno, Lena, ich habe Isabella zur Feriengruppe gebracht und bin gerade auf dem Rückweg. Hast du Lust, mit mir zu frühstücken?

Guten Morgen, Leonardo, ja gerne. Soll ich etwas besorgen?

Nein, das übernehme ich. Lass dich überraschen und komm in zwanzig Minuten auf die Terrasse.

Als mich wenige Zeit später voller Vorfreude am vereinbarten Ort einfand, fehlte von Leonardo noch jede Spur. Allein war ich trotzdem nicht, denn im Garten arbeiteten zwei Männer. Der eine goss mit einem Gartenschlauch die Pflanzen und der andere fischte mit einem

Kescher Blütenblätter aus dem Pool. Als ich den gepflegten Außenbereich zum ersten Mal gesehen hatte, ahnte ich bereits, dass Leonardo professionelle Hilfe bei der Instandhaltung hatte.

Bis er kam, vertrieb ich mir die Zeit und schoss Fotos von der traumhaften Aussicht auf das Meer.

„Hast du den Ätna schon entdeckt?"

Ich wirbelte herum. Leonardo stellte eine braune Papiertüte auf dem Tisch ab und kam auf mich zu.

„Nein, habe ich noch nicht."

Er deutete nach rechts oben. Mit dem Blick folgte ich seiner Bewegung. Über den Dächern der Häuser erspähte ich in der Ferne einen Berg aus dessen breiter Gipfel-Öffnung weißer Rauch in den wolkenlosen Himmel emporstieg. Es war ein surreales Gefühl einen waschechten Vulkan zu sehen.

„Der Ätna ist der höchste aktive Vulkan Europas", erzählte Leonardo und schob hinterher, dass er aber nicht als der gefährlichste eingestuft war.

„Dann bin ja beruhigt."

Wir schlenderten auf einem gepflasterten Weg zurück auf die Terrasse und ließen uns auf den bequemen Lounge-Sesseln gegenüber voneinander nieder.

„Nachdem du gestern auf deinen ersten freien Vormittag auf Sizilien verzichtet hast, wollte ich eine italienische Tradition zu dir bringen."

Nach dem Blumenstrauß und der persönlich an die Zimmertür gelieferten Pizza hatte er sich noch etwas weiteres überlegt?

„Das ist sehr lieb von dir."

Es war ungewohnt, dass sich ein Mann solche Gedanken um mich machte. Es fühlte sich wie die Sonne auf meinem Gesicht an nur, dass es mich an einer Stelle im Inneren wärmte, die ihre Strahlen niemals erreichten. Tat es Leonardo aus reiner Dankbarkeit und Gastfreundschaft? Oder beruhte die Anziehung doch auf Gegenseitigkeit?

Er öffnete die Papiertüte. Neugierig inspizierte ich den Inhalt. Zum Vorschein kamen zwei transparente Plastikbecher, in die jeweils bis zum Rand eine cremefarbene halbgefrorene Speise gefüllt war, die von der Konsistenz an ein Sorbet erinnerte, und zwei goldbraun gebackene Hefegebäckstücke. Sie hatten die Größe von einem Brötchen und waren ebenso rund geformt. Mittig oben drauf war eine kleinere Teigkugel eingearbeitet.

„Was ist das?"

Ich erfuhr von Leonardo, dass es sich dabei um eine Mandel-Granita mit Brioche handelte. Ein typisch sizilianisches Frühstück. Er reichte mir einen Löffel.

„Buon appetito."

Die kalte Speise mit der leichten Marzipannote kombiniert mit dem lauwarmen Gebäckstück hatte Potenzial als mein neues Lieblingsfrühstück.

„Schmeckt es dir?"

„Es ist himmlisch", schwärmte ich, während ich den Rest auf den Löffel kratzte und verspeiste. Ich bemerkte, wie Leonardos dunkelbraune Augen an meinem Mund hängen blieben. Meine Atmung beschleunigte sich. Aus einem Impuls heraus stellte ich mir vor, wie es wäre, wenn sich unsere Lippen berührten.

„Salve. Ist jemand zu Hause?"

Ich zuckte zusammen und war mit einem Schlag zurück in der Realität. Camillas Schritte kamen näher.

„Ach, da seid ihr. Wie geht's euch? Ich sehe, ihr habt schon gefrühstückt. Wie hat dir die Granita geschmeckt?", fragte sie an mich gerichtet.

„Äh ... vorzüglich", stotterte ich.

Wie die Kuss-Gedanken dazu ..., dachte ich und bemerkte, wie meine Wangen heiß wurden. Was war in mich gefahren? Ich beendete in Gedanken meine Beziehung mit Alex und dachte bereits daran, jemand anderes zu küssen? Jemanden, der so ganz anders war als er ...

Leonardo erhob sich ruckartig. Als hätte er ebenfalls festgestellt, dass wir mit diesem anziehenden Moment zu weit von der Küste getrieben waren und wieder zurückrudern mussten. Er wandte sich an seine Mutter.

„Gut, dass du hier bist. Am besten legen wir gleich in der Pizzaschule los, damit wir keine Zeit verlieren."

„Si. Ich hole die Schürzen für die Teilnehmer von Mariella ab und komme dann rüber."

Damit verschwand sie im Haus und ließ uns wieder allein. Ich beschloss, so zu tun, als wäre nichts gewesen.

„Schürzen? Von Mariella?", fragte ich.

„Mariella ist die Besitzerin von Nähgeschäft und eine alte Freundin meiner Mamma. Der Laden ist nur ein paar Meter von uns entfernt. Jeder Kursteilnehmer bekommt von uns eine Schürze geschenkt, in die wir von ihr die jeweiligen Initialen sticken lassen."

„Das ist eine schöne Erinnerung."

„Was sind deine Pläne für heute Vormittag?", platzte es aus ihm heraus.

„Wenn ich darf, würde ich gerne wieder bei euch mithelfen."

***

Ich erfuhr von Leonardo auf dem kurzen Weg zur Pizzaschule, dass für die Vortagsgruppe in dieser Einheit die Verarbeitung des Pizzateigs vorgesehen war. Sie durften ihn unter seiner professionellen Anleitung formen, lernen, wie man eine Tomatensoße herstellte und die Pizza anschließend nach freien Wünschen belegen. Der Abschluss bildet ein gemeinsames Essen. Er führte mich über den hinteren Eingang in einen großzügig geschnittenen Raum des Hauses. Er war weiß gefliest und das Hauptaugenmerk lag auf mehreren aneinandergereihten Arbeitstischen aus Edelstahl im typischen Gastrodesign. Ebenso auf einem breiten zweiflügligen Lagerkühlschrank mit Glastüren. Es befanden sich beschriftete Boxen darin, in denen sich die reifenden Teigstücke befanden.

„Das ist die Großküche, hier werden wir heute die meiste Zeit verbringen", informierte mich Leonardo.

Camilla stieß mit einem Strahlen im Gesicht und den Schürzen zu uns, deren filigrane Stickereien ich bewunderte und von denen sie mir eine in die Hand drückte. „Hier, ich habe dir auch eine machen lassen."

Ich war überwältigt. Auf dem cremefarbenen Stoff war mit einem himmelblauen Garn ein geschwungenes L und S eingearbeitet.

„Oh, vielen Dank!"

Ich band mir die Schürze um die Hüfte und wir legten los. Auf jedem Arbeitstisch stellten wir für die Teilnehmer eine kleine Kiste mit frischen Tomaten bereit, eine Basilikumpflanze, ein Passiergerät, eine Packung Mehl, ein Nudelholz, Schneidebrett, Messer und weitere

Utensilien. Zwischendurch nahm sich Leonardo Zeit und erklärte mir die Abläufe und Aufbewahrungsorte der Materialien. Nicht selten blieben dabei unsere Blicke ineinander hängen. Als es uns bewusst wurde, senkte ich verlegen den Blick oder ging hastig zu einer Tätigkeit über. Leonardo handelte ähnlich.

„Gleich sind wir fertig, dann kannst du wenigstens noch eine Stunde Freizeit genießen, bevor Isabella zurückkommt", meinte Leonardo, als er eine gelieferte Lebensmittelkiste vor dem Lagerkühlschrank abstellte. Nebeneinander gingen wir in die Hocke und verstauten dort unter anderem die Tüte mit frischem Aufschnitt und einige Packungen Mozzarella di Bufala. Bei der letzten Packung griffen wir gleichzeitig in die Kiste und unsere Hände berührten sich. Durch die aufgeladene Stimmung zwischen fühlte es sich wie ein elektrischer Schlag an. Wir zogen beide die Hände zurück.

„Die Gruppe ist angekommen", verkündete in diesem Moment Camilla und erlöste Leonardo und mich aus der Situation. Sie stand im Türrahmen und ihr Blick wanderte zwischen uns hin und her. „Ich begrüße sie mal", schob sie mit einem Schmunzeln hinterher. Leonardo stellte den Mozzarella zu den anderen. Wir erhoben uns gleichzeitig.

„Danke für deine Hilfe."

Im Hinblick auf die bevorstehenden Bewerbungsgespräche am Abend wurde ich wehmütig. Wenn Leonardo in wenigen Stunden einen Ersatz für Paola auswählte, wurde ich nicht mehr gebraucht. Ich hätte mich an Vormittage dieser Art gewöhnen können. Kurz darauf betrat die Gruppe die Großküche und ich verabschiedete mich.

„Arrivederci. Wenn Sie Tipps für Ausflüge brauchen, können Sie sich jederzeit bei mir melden", bot der Reiseführer an, der auch schon am Vortag die Gruppe begleitete und steckte mir eine Visitenkarte zu.

***

Der Nachmittag mit Isabella verging ebenfalls wie im Flug. Wie am Tag zuvor verbrachten wir ihn auf der Terrasse. Nachdem uns Camilla mit Pasta versorgte, sie servierte uns Nudeln mit Garnelen, die Isabella fein säuberlich aussortierte, malte Isabella eine Meerjungfrau auf eine Leinwand.

„Ich finde, du siehst auch aus wie eine Meerjungfrau mit deiner Haarfarbe und deinen Augen", kommentierte Leonardos Tochter, während sie Acrylfarben mischte. Sie erwischte das Kupferrot meiner langen Haare und das Graublau meiner Augen dabei erstaunlich gut. Ich wertete es als positives Zeichen, dass sie mich als Malvorlage verwendete. Während sie konzentriert ihren Pinsel in die Farbe tunkte, stöberte ich in ihrem üppigen Bastelkoffer und fand eine Packung mit bunt schimmernden Pailletten darin.

„Was hältst du davon, wenn du das auf die Flosse klebst?"

„O ja!"

„Dein Bild sieht toll aus", lobte ich sie, als das Kunstwerk vollendet war.

„Besonders mit deinen Ideen. Mit den Pailletten sieht es wie eine echte Flosse aus. Darf ich bitte noch eines für Felicia malen?"

„Ja gerne. Was habt ihr denn heute in der Ferien-gruppe gemacht?", fragte ich, während ich ihren Blei-stift spitzte.

„Wir waren auf einem Reiterhof. Heute haben wir die Ponys geputzt. Ich glaube, morgen oder übermorgen dürfen wir reiten. Darauf freue ich mich schon."

Wir plauderten noch eine Weile über Tiere. Schnell widmete Isabella das Gespräch jenen, die unter der Wasseroberfläche lebten.

„Ich würde gerne mal in der freien Natur einen See-stern sehen", meinte sie und suchte sich grün-schil-lernde Pailletten aus der Dose heraus. Ich half ihr.

„Das glaube ich dir. Hast du schon mal Fische gese-hen?"

Sie deutete auf das Meer. „Ja, wenn ich mit meinem Papa, Paola oder Nonna am Strand bin. Wir gehen im-mer ganz früh dorthin, wenn noch keine Touristen da sind. Dann ist das Wasser klar und wir sehen die Fische schwimmen."

Mir kam eine Idee. Ich beschloss, mich am nächsten Tag um die Umsetzung zu kümmern, wenn Isabella in der Feriengruppe war.

***

Als sich Isabella am Abend im Land der Träume be-fand und Camilla, in Begleitung von italienischen Schlagern, die Küche vom gemeinsamen Essen rei-nigte, verabschiedete sich Leonardo wegen der bevor-stehenden Bewerbungen. Während Sarà perché ti amo von Ricchi & Poveri aus den Radio-Lautsprechern tönte, sah ich ihm hinterher. Als mein Blick wieder zu

Camilla schweifte, bemerkte ich, dass sie mich längst beobachtete. Verlegen senkte ich den Blick.

„Es ist so schade, dass Leonardo seit der Geburt von Isabella keine Frau mehr in sein Leben lässt", begann sie und trocknete mit einem grün-weiß karierten Geschirrtuch eine Gabel ab und verstaute sie in einer Schublade.

Ich erfuhr, dass sich die beiden in Mailand auf einer Modenschau kennengelernt hatten. Ein Luxuslabel hatte Arbeitskleidung entworfen und sie dort präsentiert. Sarah wurde als Laufstegmodel gebucht und Leonardo wurde für die große Werbekampagne für die Koch- und Backkleidung ausgewählt. Danach waren sie in Kontakt geblieben. Er hat sie in jeder freien Zeit in Deutschland besucht und sie ihn in Italien.

„Ich würde sie als Leonardos erste große Liebe bezeichnen", fuhr sie fort und trocknete weiter das Besteck ab. „Wie du dir vorstellen kannst, war der Schock groß, als sich herausstellte, dass Sarah ihm nur etwas vorspielte, um von seiner Bekanntheit zu profitieren."

„Das war ein gewaltiger Vertrauensmissbrauch. Ich kann mir vorstellen, dass es ihm den Boden unter den Füßen weggerissen hat."

„Trotzdem, es sind nicht alle wie Frauen wie Sarah. Er will sein Herz schützen, das verstehe ich, aber er verpasst dabei auch, wie schön die Liebe sein kann."

Ich nickte und wusste nicht, was ich darauf erwidern sollte.

Sie bekreuzigte sich. „Vielleicht wurde eines meiner Gebete erhört und er merkt es. So wie dich hat er schon lange keine signorina mehr angesehen. Zu den Partnerinnen, die ..."

Camilla hielt inne. Wahrscheinlich war ihr in diesem Moment bewusst geworden, dass sie ihre Gedanken laut aussprach. Mit einem Räuspern fügte sie hinzu: „Mit den Partnerinnen, die ich nach einer Nacht meistens nie wiedersehe, verhält er sich immer so geschäftsmäßig, wenn du verstehst, was ich meine. Seitdem du hier bist, habe ich übrigens morgens keine Fremde mehr aus dem Haus kommen gesehen."

Klar, dass Leonardo keine Frau an seiner Seite wollte, bedeutete nicht, dass er wie ein enthaltsamer Klostermönch lebte. Lag es wirklich an mir, dass er in den letzten Tagen keine von ihnen herbestellt hatte? Ich beschloss, meine erhitzten Gedanken mit einem Eis zu kühlen. Camilla gab mir einen Gelateria-Tipp und ich machte mich auf den Weg.

***

Wenige Zeit später flanierte ich mit einer Waffel, auf der sich eine üppige Kugel Stracciatella und obendrauf eine Kugel Pistacchio türmte, durch die gut besuchte Fußgängerzone. Als die Pizzaschule ins Sichtfeld kam, traute ich meinen Augen kaum. Innerhalb kürzester Zeit hatte sich eine Menschenschlange gebildet, die sich fast über die gesamte Piazza erstreckte. Ich runzelte die Stirn. Die Frauen im heiratsfähigen Alter, die dort anstanden, eine aufgebrezelter als die andere, machten nicht den Eindruck, als würden sie sich für den Job bewerben, sondern vielmehr für eine ganz andere Sache ... Ich setzte mich auf eine Bank in der Nähe und rief Paola an.

„Ciao Lena! Schön, dass du anrufst. Weißt du, ob Leonardo noch die Bewerbungsgespräche führt oder schon fertig ist?"

Ich drehte die Kamera, filmte die Damen und schleckte an meinen Eis.

„Wie es aussieht, ist er länger beschäftigt."

„Mamma Mia, wo kommen die denn alle her? Ich habe nur fünf eingeladen."

„Es hat sich offensichtlich schnell herumgesprochen."

Eine junge Frau, die ich ungefähr in mein Alter schätzte, stolzierte in glitzernden champagnerfarbenen Pumps mit hoch erhobenem Kinn an mir vorbei. Diamanten an den Ohren und an einer Kette um den Hals funkelten im Laternenschein. Die hellblonden Haare waren streng zu einem Pferdeschwanz nach hinten gebunden und wedelten bei jedem Schritt hin und her. Sie trug ein leuchtend rotes Kleid, das ihr nur knapp über den Hintern ging. Den Lippenstift hatte sie in einem ähnlich knalligen Farbton gewählt. Ich wollte keine voreiligen Schlüsse ziehen, aber sie sah nicht so aus, als würde sie das Outfit gegen eine arbeitstaugliche Kleidung mit Schürze tauschen. Trotzdem, hübsch war sie.

Unwillkürlich fragte ich mich, ob sie Leonardos Typ war. Camilla hatte erwähnt, dass er regelmäßig One-Night-Stands hatte. Bei seinem unwiderstehlichen Auftreten konnte ich mir vorstellen, dass er nicht lange nach passenden Partnerinnen suchen musste. Im Gegenteil. Ich stellte es mir wie in dieser Situation vor: Sie standen in einer Schlange vor seiner Schlafzimmertür. Ob er die Bewerberin hereinbitten würde? Ich spürte, wie ich bei dem Gedanken eifersüchtig wurde …

Ich richtete die Kamera wieder auf mich. Paola rieb sich die Schläfen.

„Ich hätte mir denken können, dass es so endet, wenn ich die Bewerbungen nicht über mich, sondern direkt über Leonardo laufen lasse. Ich kann mir bildlich vorstellen, wie er eine nach der anderen nach Hause schickt."

Ich horchte auf. „Meinst du, es könnte sein, dass er heute niemanden einstellt?"

Sie nickte. „Si. Wir brauchen jemanden, der sich für den Job interessiert."

„Hm." Ich schleckte weiter an meinem Eis und ergriff meine Chance. „Sag mal, geht es hauptsächlich darum, die Vormittage abzudecken, so wie in den letzten zwei Tagen?"

„Damit wäre uns schon super geholfen." Ihre Augen weiteten sich. Sie ahnte offenbar, worauf ich hinauswollte. „Heißt das ... du würdest ... Du könntest dir vorstellen, dass ..."

„Ja, es hat mir Spaß gemacht und ich würde mich gerne bewerben."

Sie klatschte in die Hände und ließ dabei versehentlich das Handy fallen. „Das wäre großartig. Wir vergüten dir das selbstverständlich entsprechend, aber du verlierst dann die freien Vormittage?"

„Das macht mir nichts aus."

Ich gestand ihr, dass ich allein ohnehin ungern die Insel erkunden wollte.

„Sagst du es Leonardo?"

„Soll ich mich hintenanstellen?", fragte ich und wir lachten.

„Ich wünschte, die Männer würden bei mir so Schlange stehen wie die Frauen bei Leonardo", brach es plötzlich aus ihr heraus.

„Tun sie das nicht?"

Sie seufzte. Die Antwort verstand ich nicht mehr, weil die Verbindung abbrach. Sie hatte ohnehin erstaunlich lange gehalten. Ich nahm mir vor, Paola mit Isabella bald zu besuchen. Womöglich fühlte sie sich im Krankenhausalltag einsam. Anschließend nahm ich meinen Mut zusammen und wählte Leonardos Nummer. Nach wenigen Freizeichentönen nahm er den Anruf entgegen.

„Lena?"

Inzwischen versammelten sich auch Journalisten auf der Piazza. Sie hielten den Bewerberinnen Aufnahmegeräte entgegen und zwischendurch wurde die Nacht von Fotoblitzen erhellt.

„Ist die Stelle noch frei?"

„Ja, perché?

„Kann ich sie haben?"

„Meinst du das ernst?"

„Sì."

Ein Lachen drang durch die Leitung. „Okay, du bist eingestellt."

„Wow, ich glaube, so schnell hat noch nie jemand einen Job bekommen, oder? Soll ich mich noch persönlich bei dir vorstellen?"

„Ja, ich gebe dir noch die Chance, mich persönlich von deinen Qualitäten zu überzeugen. Wie wäre es jetzt gleich?"

„Und die ganzen Leute hier?"

„Die schicke ich nach Hause."

Leonardo meinte es ernst. Kurz nachdem wir aufgelegt hatten, brach aufgebrachtes Stimmengewirr aus. Ich verstand kein Wort, aber ich vermutete, dass sich die Nachricht verbreitete, dass die Bewerbersuche beendet war. Die Damen schwärmten in verschiedene Richtungen aus. Eine Frau weinte sogar und wurde von einer anderen, die tröstend den Arm um sie gelegt hatte, von den Piazza geführt. *Oje, wenn sie wüsste, dass ich mir die Stelle geschnappt habe ...*

Ich schob das letzte Stück von der Waffel in den Mund und versuchte mir möglichst unauffällig einen Weg zur Pizzaschule zu bahnen.

13. Kapitel

„Wie wäre es mit einem Glas Rotwein?", fragte Leonardo, als ich durch den Torbogen kam.

Staunend hielt ich inne. Ich wusste, dass die Lichterketten, die über den Außenbereich gespannt waren, im Dunkeln eine romantische Atmosphäre zaubern würden. Leonardo stand hinter der beleuchteten Bar und stellte zwei Gläser auf den Tresen. Er füllte sie mit einem edlen Tropfen, während ich mich auf einen Barhocker schwang.

„Sollte es nicht andersherum sein und ich als deine offizielle Angestellte müsste dich bedienen? Oder machst du das bei all deinen Mitarbeitern?"

Er schob ein Glas zu mir herüber. „Ich kann dir versichern, dass nur du diese bevorzugte Behandlung von mir bekommst."

Nach Camillas Worten war ich mir sicher, dass diese Anspielung auf die Beziehung zu Frauen im Allgemeinen galt. Leonardo setzte sich neben mich. Mein Knie berührte seinen Oberschenkel. Dieses Mal zuckte keiner von uns zurück.

„Was erwartet mich sonst noch bei deiner *bevorzugten Behandlung*?"

Ich hielt seinem Blick stand. Seine Augen waren regelrecht dafür gemacht, sich in ihnen zu verlieren und die Welt drumherum zu vergessen. In diesem Moment gab es nur uns beide. Er beugte sich zu mir, wodurch mein Puls in die Höhe schnellte. Unsere Lippen waren nur noch Zentimeter voneinander entfernt.

„Ich kann nicht", flüsterte er plötzlich und gab mir einen Kuss auf die Wange.

Mein Herzschlag setzte kurz aus. Als es seinen Takt wieder aufnahm, schlug ich auf dem Boden der Realität auf. Wir entfernten uns voneinander. Mit dem Körper und auch innerlich. Dieses Mal fühlte es sich schmerzhaft an.

„Ja, es ist auch eine blöde Idee. Ich meine, du bist jetzt quasi mein Chef. Ich arbeite schließlich für dich ... Wobei, ich arbeite eigentlich auch schon seit Sonntag für dich ... Ich meine ... Es ist ein anderer Bereich ... Egal."

Was war nur in mich gefahren? Beinahe hätte ich einen Mann geküsst, obwohl ich noch offiziell mit Alex zusammen war. Am meisten schockierte mich die Tatsache, dass es mir mehr ausmachte, als es sollte, dass Leonardo den Kuss nicht erwidern wollte. Bevor er mir noch anmerkte, wie sehr es mich durcheinander gebracht und verletzt hatte, stand ich auf.

„Es ist besser, wenn ich jetzt gehe", sagte ich, doch Leonardo hielt mich am Arm zurück. In seinem Blick lag etwas Flehendes.

„Bitte bleib noch. Es tut mir leid. Ich ..." Er stockte, suchte offenbar nach passenden Worten, die er nicht fand.

„Du bist mir keine Rechenschaft schuldig. Gute Nacht, Leonardo."

Er ließ mich los. Als ich durch den Torbogen der Pizzaschule gegangen und mir sicher war, dass mich nicht mehr in seinem Blickfeld befand, stürmte ich zurück in die Villa und prallte mit Camilla zusammen, die den Eingangsbereich fegte.

„Huch Liebes, ist etwas passiert?"

„Nein, ich muss nur dringend ..."

... Abstand zwischen deinen Sohn und mich bringen, der meine ganze Gefühlswelt auf den Kopf stellt.

„Ich muss in mein Zimmer."

Ohne eine Antwort abzuwarten, hastete ich die Stufen zu meinem Zimmer hinauf. Als ich die Tür ins Schloss fallen ließ, lehnte ich mich dagegen. Mein Brustkorb hob und senkte sich schnell. Diese Szenarien kannte ich bisher nur aus den Liebesfilmen, die ich mir mit Valentina und Julia bei gemeinsamen Filmabenden anschaute. Zwischen dem Pochen meines Herzes hörte ich, wie jemand die Stufen der Marmortreppe hoch kam. Kurz darauf klopfte es an meiner Tür.

„Lena, können wir bitte reden?", bat Leonardo, der mir offensichtlich gefolgt war.

Dass ein Mann einer Frau, die ihm wichtig war, nachlief, kannte ich bisher auch nur aus fiktiven Welten. Dass es mir passierte, verursachte mir weiche Knie. Er klopfte erneut. Ich atmete tief durch und öffnete ihm die Tür.

„Lena, ich bin dir eine Erklärung schuldig...", begann er.

„Ich will dich nicht verletzen und mich auch nicht. Ich ertrage es kein zweites Mal jemanden zu verlieren, der mir etwas bedeutet. Besonders, weil es sich bei dir ganz anders anfühlt als bei ihr."

Er sprach von Sarah. Das war umgekehrt genauso, bei Alex ... Moment mal. Alex. Der Gedanke an ihn versetzte

mir einen Dämpfer. Ich musste Leonardo von ihm erzählen.

„Leonardo, ich …"

… muss dir etwas sagen.

„Ich weiß, es ist verrückt, wir kennen uns erst seit
Kurzem."

„Nein, ist es nicht. Mir geht es genau wie dir."

„Dann ist es umso besser für uns beide, wenn wir
uns …"

„Nic wiedersehen?" Wollte er mir kündigen und mich
zurück nach Bayern schicken? Der Gedanke daran
schnürte mir die Kehle zu.

„Nein, um Gottes Willen. Bitte bleib hier bei mir … Ich
meine bei uns", korrigierte er sich.

Erleichtert atmete ich aus.

„Ich möchte die Wochen, die wir haben, genießen,
aber auf der gefühlsmäßigen Ebene sollten wir ab sofort Abstand zueinander halten."

Mein Herz schrie, dass es unmöglich war, aber mein
Verstand, der sich endlich wieder einschaltete, stimmte
ihm zu. Es war das Vernünftigste. Immerhin war unsere gemeinsame Zeit auf drei Monate begrenzt.

„Also gut, dann werden wir einfach Freunde?"

„Das ist eine gute Idee."

14. Kapitel

In den nächsten drei Wochen verbrachte ich die Vormittage in der Pizzaschule und die Nachmittage mit Isabella. Die Abläufe wurden von Tag zu Tag routinierter. Zwischendurch kam es mir so vor, als hätte ich nie etwas anderes getan. An jenem Samstag hatte ich ab dem späten Nachmittag frei. Isabella war mit ihrer Freundin Felicia verabredet. Nachdem ich sie mit Franco dorthin gefahren hatte, machte ich es mir mit einem aufgeschnittenen Pfirsich in einem Sessel auf der Terrasse gemütlich. *Wie vertraut mir die Villa inzwischen war.* Als wäre es ein Zuhause. Ich nahm mir ein Stück von der geschmackvollen Frucht und prüfte eine neue eingegangene Nachricht.

Huhu Lena, hast du zum Beispiel heute Abend Zeit für ein traditionelles virtuelles Freundinnen-Treffen? Valentina und ich konnten uns heute Vormittag auch nicht treffen, aber machen gerade zusammen Pause. Viele Grüße aus dem verregneten Bayern. P.S.: Wir sind ganz gespannt auf ein Alex/Leonardo Update

Kann ich mich auch jetzt schon einklinken?

Was für eine Frage. Selbstverständlich, wir freuen uns.

Wenige Augenblicke später saßen wir uns über die Video-Anruf-Funktion gegenüber.

„Darf ich euch neidisch machen?", fragte ich und drehte die Kamera, damit sie den eindrucksvoll angelegten Garten, den großen Pool und die Aussicht auf das Meer, das sich malerisch bis zum Horizont erstreckte, sehen konnten.

„Es ist traumhaft", schmachtete Julia.

„Oh, da wäre ich jetzt auch gerne", pflichtete ihr Valentina bei und drehte ihren Bildschirm so, dass ich sah, wie der Regen gegen die Fensterscheibe des Hofladens peitschte.

„Willst du das wirklich wieder gegen *das* tauschen?"

Ich lachte. „Ich kann doch nicht für immer hierbleiben."

„Findest du die Vorstellung verrückt? Genauso verrückt wie während deines Urlaubs ein Abenteuer zu erleben?", fragte Valentina.

„Dito. Wie geht es euch? Was gibt es Neues in Zugspitztal?"

Meine Freundinnen tauschten einen flüchtigen Blick, der mir nicht entging.

„Was ist los?"

„Na ja …", begann Julia. „Die Leute reden über Alex und seine Freunde."

„Sie kaufen Alkohol in Unmengen und führen sich auf wie Teenager", ergänzte Valentina und ich erfuhr, dass die vier vor zwei Tagen mit ihren Enduros mitten in der Nacht durch die Kleinstadt gerast waren. Grölend und mit lautstarker Musikbegleitung.

„Wie bitte?"

„Wenn man dem Tratsch glaubt, haben Benedikt und sein Kollege ein Auge zugedrückt und sie nur ermahnt, aber beim nächsten Mal wird es von der Polizei Ärger geben."

„Vor allem einen Alkoholtest", fügte Julia hinzu.

Ich schüttelte ungläubig den Kopf. „Spinnen die?"

Julia stimmte mir zu. „Das Erwachsenwerden haben alle vier verpasst."

In diesem Moment wurde mir einmal mehr deutlich, dass ich die Beziehung mit dem unreifen Alex nicht mehr wollte.

„Hat er sich inzwischen bei dir gemeldet?", erkundigte sich Valentina.

„Rate mal. Wenn ich höre, wie beschäftigt er ist, wundert es mich nicht, dass er mich komplett vergessen hat."

Wie vereinbart hatte ich mich nach dem Erzbergtrip bei Alex gemeldet. Zweimal hatte ich einen unpassenden Zeitpunkt erwischt, beim dritten Mal hatte ich ihn gebeten, dass er mich kontaktieren sollte, wenn er eine freie Minute hätte. Bisher war das offensichtlich nicht der Fall gewesen. Erstaunlicherweise regte ich mich inzwischen nicht mehr darüber auf.

„Das glaube ich jetzt nicht!", schimpfte Valentina.

„Ich habe mir vor der Reise vorgestellt, wie wir uns vermissen, aber soll ich euch etwas sagen?" Ich seufzte. „Er fehlt mir nicht mal."

Die Erkenntnis traf mich hart, aber mein Herz hatte seinen Platz frei geräumt. Die Entfernung und die neuen Aufgaben trugen einen wesentlichen Teil dazu bei. Zu guter Letzt natürlich auch die Gefühle für Leonardo, die mir zeigten, was es bedeutete, wirklich

Schmetterlinge im Bauch zu haben – und zwar solche, die nicht aus Zwang oder Gewohnheit dort waren.

Apropos Leonardo ... Die erste Begegnung nach dem letzten Gespräch war unbeholfen. Keiner von uns beiden wusste so recht, wie er sich verhalten sollte, aber schon nach ein paar Stunden während der gemeinsamen Arbeit war es wie zuvor. Die Stimmung zwischen uns brodelte wie der Ätna vor einem Ausbruch, aber wir überspielten es mit Humor. Die Zurückhaltung schmerzte manchmal so sehr, dass es mir die Luft zum Atmen nahm, aber es war das Beste so ...

„Lasst uns das Thema wechseln", begann ich und erzählte ihnen von meinem Sonntagsplan. „Wie ihr wisst, habe ich die letzten beiden Sonntage mit Leonardo und Isabella verbracht."

Die beiden hatten mich in ihren gemeinsamen Wochentag miteingeschlossen. Am ersten Sonntag waren wir in einer privat geführten Tour auf dem spektakulären Ätna gewandert und beim letzten Mal besuchten wir Paola im Krankenhaus.

„Für morgen habe ich mir etwas ausgedacht. Das wollte ich Leonardo gleich vorschlagen. Ich habe nämlich den ..."

„Was wolltest du mir vorschlagen?"

Mein Herz pochte. Leonardo lehnte lässig am Rahmen der Terrassentür. Wie lange stand er schon dort? Es wäre eine Katastrophe, wenn er auf diesem Weg von Alex erfahren hätte. Auch wenn aus uns kein Liebespaar würde, wäre Leonardo mit Sicherheit bitter enttäuscht, dass ich ihm meinen Freund in Bayern verschwiegen hatte.

„Hast du mich jetzt erschreckt. Wie lange stehst du schon hier?"

„Erst seit dem letzten Satz."

Puh, das war knapp. Es hatte sich bisher nicht ergeben, Leonardo von Alex zu erzählen. Umso länger ich in Taormina war, desto schwieriger gestaltete es sich, das Thema aufzugreifen. Ich nahm mir fest vor, es bald nachzuholen.

„Was machst du denn hier? Ist der Pizzakurs vorbei?"

„Nein, aber die Leute sind gerade beschäftigt und ich wollte dich fragen, ob du heute Abend schon was vorhast?"

„Dafür bist du extra hergekommen?"

„Vielleicht wollte ich dich auch kurz sehen ..."

Die Antwort ließ mich erröten.

„Also, was ist mit heute Abend?", fragte er.

„Ich habe Zeit. Verrätst du mir, wofür?"

„Wie wäre es mit Pizza essen?"

„Sehr gerne."

Das Bimmeln der Ladenglocke von dem Hofladen von Valentinas Familie, das gedämpft durch die Lautsprecher zu hören war, erinnerte mich daran, dass meine Freundinnen noch am Telefon waren. Himmel, die beiden hatte ich völlig vergessen. Beide grinsten vielsagend in die Kamera.

„Kommst du um zwanzig Uhr rüber?"

„Äh, ja ... das mache ich", stotterte ich.

„Ich freue mich."

Er beugte sich zu mir runter, um in die Kamera zu winken. Unsere Gesichter kamen sich dabei so nahe, dass ich den sinnesvernebelnden Geruch von seinem Aftershave roch.

„Ciao ragazzi."

Von Valentina und Julia kam prompt ein synchrones *Servus* zurück, als hätten sie es extra dafür einstudiert. Ich stellte die drei einander vor.

„Wow, das Knistern zwischen euch spürt man sogar durch die Entfernung", kommentierte Julia, als sich Leonardo außer Hörweite befand.

„Da werde sogar ich noch neidisch", schob Valentina hinterher.

Ich seufzte. „Ihr wisst doch, was wir ausgemacht haben."

„Wir wissen eine Sache auch ganz sicher, so glücklich wie jetzt haben wir dich schon lange nicht mehr gesehen."

Die beiden verabschiedeten sich, weil ihre Pause vorbei war, und wir versprachen uns, dass wir weiterhin im regelmäßigen Austausch blieben. Ich hing noch eine Weile meinen Gedanken nach, bevor ich mich für den Abend mit Leonardo fertig machte.

***

Kurz nach 20 Uhr zog Leonardo mit der hölzernen Pizzaschaufel eine Pizza aus dem Ofen. Er begutachtete sie kurz prüfend und garnierte sie mit italienischem Landschinken, Rucola und Parmesanspänen.

„Also, was hast du dir ausgedacht?", wollte er wissen, während er sie auf dem großen runden Teller ablegte, der auf dem Tresen bereitstand. Ein herrlicher Duft stieg in meine Nase.

„Ich habe einen Vorschlag für morgen. Ich habe mit einem Reiseleiter telefoniert und mich von ihm beraten lassen. Vielleicht erinnerst du dich an ihn, er war an meinem ersten Tag mit der Gruppe aus Giardini Naxos hier."

Er holte die zweite Pizza aus dem Ofen. „Du meinst Cristorfo Castelli."

„Ja, jedenfalls habe nach Ausflugszielen zum Thema Unterwasserwelt geschaut, weil Isabella sich dafür interessiert und nichts Geeignetes gefunden habe, worauf ich ihn kontaktiert habe. Er hat mir den Tipp gegeben, bei der Isola Bella zu schnorcheln."

„Das ist eine tolle Idee."

„Finde ich auch. Ich dachte ursprünglich an eine Art Sea Life aber für Isabella wird es bestimmt ein noch aufregenderes Erlebnis, wenn sie mit den Tieren in ihrem natürlichen Lebensraum tauchen kann. Mit der Hilfe von Franco habe ich auch schon Tauchmasken für uns drei besorgt."

Leonardo stellte die zwei Pizzateller auf einen Tisch in der Nähe. Ich folgte ihm und wir nahmen gegenüber voneinander zwischen einer flackernden Stumpenkerze Platz. Wir stießen mit zwei Gläsern Rotwein an.

„Danke, dass du dir solch eine Mühe für Isabella gibst. Sie wird es lieben, da bin ich mir sicher. Leider müssen wir den Ausflug mit ihr auf nächste Woche verschieben."

Die Selbstverständlichkeit, mit der mich Leonardo in den nächsten Vater-Tochter-Tag einschloss, schmeichelte mir.

„Warum, was ist morgen? Hast du was anderes geplant?"

Er schüttelte den Kopf und stellte das Glas auf dem Tisch ab. „Isabella übernachtet spontan bei Felicia. Sie wird erst morgen Abend wiederkommen."

„Oh."

„Was hältst du davon, wenn wir beide morgen trotzdem zum Schnorcheln gehen?"

„Ja, gerne!" Damit der Ausbruch nicht zu euphorisch klang, fügte ich noch hinzu: „Ich meine, es ist gut, wenn ich schon mal dort war, damit ich mir einen Überblick verschaffen kann."

Er grinste und schnitt sich ein Stück von seiner Pizza ab. Ich machte es ihm nach. Der Rand war dick und unglaublich fluffig, der Boden in der Mitte dünn und weich. Aber nicht zu weich, sondern genau on point. In Kombination mit der selbst hergestellten Tomatensoße und den frischen Zutaten war es jedes Mal aufs Neue ein Geschmackserlebnis der Extraklasse.

„Ich glaube, ich werde nie genug von deiner Pizza bekommen", schmachtete ich, als ich den letzten Bissen verputzt hatte.

Wir plauderten eine Weile über Gott und die Welt. Plötzlich wurde Leonardo ernst.

„Es ist lange her, dass ich mit einer Frau eine Pizza gegessen und mich einfach nur unterhalten habe."

„Das geht mir umkehrt genauso." Ich zögerte, sprach dann aber meine Frage aus. „Gefällt es dir?"

Er nickte und wir tranken beide einen Schluck von unserem Rotwein.

„Dann lass uns reden, der Abend hat gerade erst angefangen", schlug ich vor, als ich das Glas wieder auf dem Tisch abstellte. „Wolltest du schon immer berühmt werden?", brach es aus mir heraus.

Er schüttelte den Kopf. „Nein. Ich dachte auch nicht, dass ich das mit meinem Beruf jemals werden kann. Das mit der Bekanntheit hat sich im Lauf der Zeit durch Social Media entwickelt."

„Das hat Vorteile, oder? Deine Kurse sind beispielsweise immer ausgebucht."

„Das stimmt." Leonardo strich sich mit der Hand über den Bart. Er wirkte nachdenklich. „Es gibt aber auch Nachteile. Ich weiß oft nicht, wer sich für mich interessiert und wem nur die Person gefällt, die in der Öffentlichkeit steht."

„Sarah hat in diesem Punkt eine große Narbe hinterlassen, oder?", rutschte es mir heraus. „Es tut mir leid", schob ich schnell hinterher. „Ich wollte dir nicht zu nahe treten."

„Nein, nein. Schon gut. Du hast recht. Ich ...", begann er und stockte. Als würde er erst noch abwägen, ob er den nächsten Satz aussprechen sollte. „Ich kämpfe gerade mit mir, weil mich die Sache mit Sarah für eine neue Beziehung zurückhält. Zum ersten Mal seit all den Jahren, würde ich mich nämlich gerne auf eine neue Frau einlassen."

Sein Blick verhakte sich mit meinem. Es berührte mich tief in meinem Inneren, dass er mir sein Herz öffnete. Gleichzeitig versetzte es mir einen Stich. Ich verdiente sein Vertrauen nicht, denn Leonardo wusste nach wie vor nichts von Alex. Ich musste es ihm endlich sagen, auch wenn ich damit riskierte, dass es etwas zwischen uns veränderte.

„Leonardo, ich ..."

„Ich weiß, ich habe viel geredet. Jetzt bist du dran. Wolltest du schon immer Erzieherin werden?"

Leonardo wechselte abrupt das Thema. Ich vermutete, dass er merkte, wie weit er sich geöffnet hatte und es sich neu für ihn anfühlte. Ich versuchte noch einmal, meinen Mut zusammen zu sammeln, um ihm meine Beziehung mit Alex zu gestehen. Beim Ausatmen hatte ich das Gefühl, dass nicht nur die Luft zum Atmen meinen Körper verlassen hatte, sondern auch der Mut.

„Ich ..."

„Du musst es nicht erzählen, wenn du nicht magst", bot Leonardo an, der mein Zögern falsch interpretierte.

„Nein, das ist es nicht. Es ist ... Ich wollte ..."

Ich schaffte es nicht, die Worte über die Lippen zu bringen, dass ich ihm etwas Entscheidendes verschwieg.

„Es gibt eigentlich keine spektakuläre Geschichte zu meiner Berufswahl. Ich habe mir während der Schulzeit das Taschengeld mit Babysitter-Jobs aufgebessert. Es hat mir immer Spaß gemacht, mir für die Kinder verschiedene Beschäftigungen auszudenken. Einmal haben wir zum Beispiel zusammen Vogelfutter hergestellt. Als ich in der neunten Klasse ein Praktikum in unserem Zugspitztaler Kindergarten gemacht habe, war für mich schnell klar, dass ich das beruflich machen möchte."

Leonardo hörte mir aufmerksam zu. Genau solche Unterhaltungen vermisste ich mit Alex. Gespräche, die sich nicht nur auf den Alltag beschränkten.

„Das klingt leidenschaftlich. Du hast auf alle Fälle deinen Traumberuf gefunden", kommentierte er und ich nickte.

„Apropos Traum", sagte ich. „Wenn wir morgen so früh aufbrechen, sollten wir langsam ins Bett gehen, oder?

„Das ist eine gute Idee."

Wir erhoben uns und rückten die Stühle zurecht.

„Also dann ...", begann ich und hob die Hand zum Abschiedsgruß. Ich wusste nicht, wie ich mich nach dem offenen Gespräch verhalten sollte. Leonardo wusste es ganz genau. Er trat zu mir herüber und zog mich in seine starken Arme.

Ich schloss die Augen und genoss die Berührung. Wir lösten uns voneinander.

„Danke ... für die Pizza."

Für dich, für die Zeit, die du dir nimmst, für deine Gedanken, die du dich um mich machst, und noch für so viel mehr.

Ich nahm mir fest vor, ihm bald von Alex zu erzählen, und hoffte, dass er mir verzeihen konnte.

***

Am nächsten Morgen brachen wir schon früh auf, um vor den ganzen Touristen an der Isola Bella zu sein. Franco fuhr uns die Serpentinenstraße hinab zur Küste. Nach wenigen Minuten ließ er uns am Straßenrand aussteigen und Leonardo und ich gingen eine lange steinerne Treppe hinab zum Strand. Außer uns waren schon einige Verkäufer auf den Beinen, die ihre Ware auf den Stufen ausbreiteten. Eine bunte Vielfalt an Strandkleidern, Badetaschen und Sonnenhüten befanden sich darunter. Sie erkannten Leonardo und er unterschrieb auf ein paar Handyhüllen. Die Männer bedanken sich überschwänglich und wir marschierten weiter.

Am Ende der Treppe bogen wir nach rechts ab. Ein Weg aus Brettern führte über einen Kiesstrand, vorbei an Strandbars, vor der Liegen und Sonnenschirme aufgebaut waren. Nach einigen Schritten ließen wir das hinter uns und erreichten eine wahre Natur-Oase. Rechts von uns befanden sich hohe Klippen, die steil ins kristallklare Meerwasser abfielen. Links von uns im Wasser lag die Isola Bella, die mit der eindrucksvollen felsigen Landschaft, die von mediterranen Pflanzenarten bewachsen war und einem darin eingebetteten pittoresken Gebäude ihrem Namen alle Ehre machte.

Von Leonardo erfuhr ich, dass die Insel einen Durchmesser von nur hundertfünfzig Metern zählte. Über eine Sandbank, die flach vom Meer umspült war, war der paradiesisch gelegene Ort mit dem Festland verbunden.

„Es sieht absolut traumhaft aus. Bist du öfter hier?"

Er schüttelte den Kopf. „In den letzten Jahren leider nicht mehr. Obwohl ich die Isola Bella vor der Nase habe, bin ich wahrscheinlich genauso oft hier wie die Leute, die extra eine Flugreise dafür unternehmen müssen. Das frühe Aufstehen hat sich gelohnt, oder?"

Ich nickte, denn wir waren allein. Ich erfuhr von Leonardo, dass in spätestens zwei Stunden der Strand überfüllt war. Wir beschlossen deshalb, die Zeit zu nutzen. Leonardo stellte unsere Tasche am Küstenrand ab. Ich spürte seinen Blick auf mir, als ich mein lavendelfarbenes Sommerkleid auszog, unter das ich mir zuvor schon einen schwarzen Bikini angezogen hatte. Wie oft hatte ich mir in der Vergangenheit gewünscht, dass

Alex mich einmal so ansehen würde, dass ich mich begehrenswert fühlte. Leonardo war direkt in einer schwarzen Badehose gekommen. Er streifte sich sein eng anliegendes Shirt ab, unter dem sein muskulöser Oberkörper zum Vorschein kam.

Ich zwang mich ihn umgekehrt nicht zu offensichtlich anzustarren und holte zur Ablenkung die zwei Tauchmasken aus dem Gepäckstück. Ich überreichte ihm eine und wir setzten die Masken auf den Kopf, die das ganze Gesicht bedeckten und einen fest integrierten Schnorchel hatten. Leonardo schnallte erst meine und dann seine Riemen fest, bis die Maske einen festen Sitz hatte und nicht mehr verrutschte. Anschließend gingen wir barfuß über die Kieselsteine zum Meer.

„Vorsicht, es sind viele Felsen im Wasser", warnte er mich, bevor wir beide nach wenigen Metern unter die Wasseroberfläche tauchten.

Im ersten Moment war es frisch, aber schon nach wenigen Schwimmzügen durch Fischschwärme hindurch fühlte sich die Temperatur angenehm warm auf der Haut an. Vor der Welt über der Meeresoberfläche unterzutauchen, im wahrsten Sinne des Wortes, war ein unbeschreiblich entschleunigendes Gefühl. Alex, der fast zweitausend Kilometer von mir entfernt war, fühlte sich in Gedanken mit einem Mal auch genauso weit weg an. Es gab nur das Hier und Jetzt. Leonardo und ich als beobachtende Gäste der faszinierenden Unterwasserwelt.

Stauend erkundete ich an der Seite von ihm den artenreichen Meeresboden vor der Isola Bella. Wenn uns ein Fisch, farbenprächtiger Krebs, wehendes Seegras oder eine außergewöhnliche Koralle besonders beeindruckten, machten wir uns gegenseitig mit Handzeichen darauf aufmerksam. Das Highlight war der schwarze Seestern, den ich zufällig auf dem sandigen Meeresboden entdeckte. Ich winkte Leonardo zu mir und deutete auf das Meerestier. Er schwamm zu mir. Wir beobachteten den Seestern und ließen uns gemeinsam über ihm an dieser Stelle treiben. Nach einer Weile verschwand der Seestern unter einem Felsen und wir schnorchelten weiter, bis unsere Finger schrumpelig wurden.

***

„Schade, dass Isabella nicht dabei war", sagte ich zu Leonardo, als wir gemeinsam im hüfthohen Wasser auftauchten. Ich schob die Maske hoch auf die Stirn, sodass mein Gesicht frei war. „Sie wäre ausgeflippt, wenn sie den Seestern gesehen hätte. Ist es in Ordnung für dich, wenn ich mit ihr morgen vor der Feriengruppe herkomme?"

Leonardo setzte sich die Maske ab und fuhr sich mit der Hand durch das nasse Haar. Wassertropfen spritzen bei dieser reizvollen Bewegung in alle Richtungen. Innerlich stöhnte ich auf. Mit solchen Gesten machte sich der Typ noch unwiderstehlicher, als er ohnehin schon war.

„Von mir aus gerne. Nimmst du nur für Isabella das frühe Aufstehen noch mal in Kauf oder hat dir der Ausflug auch gefallen?"

„Es war ein einmaliges Erlebnis." *Genauso wie dieser Anblick von dir...* „Wie sieht es bei dir aus? Hast du einen Wiederholungsbedarf?"

Sein Blick verhakte sich mit meinem. „Ja."

Er ging einen Schritt auf mich zu und sofort heizte sich die Stimmung in direkter Konkurrenz mit der immer höher wandernden Sonne auf dem wolkenlosen blauen Himmel auf. Unsere nassen Körper kamen sich dabei so nah, dass sie sich beinahe berührten. Er strich mir eine nasse Haarsträhne hinters Ohr.

„Aber nur, wenn du wieder mit dabei bist."

Plötzlich fühlte es sich unmöglich an, die Gefühle länger zurückzuhalten. Genauso unaufhaltbar wie die Lava eines Vulkans.

„Ich halte das nicht mehr aus", brach es aus uns beiden gleichzeitig heraus.

Wir lachten. Verlegen. Und dann geschah es. Leonardo legte eine Hand um meine Taille und zog mich an sich.

„Lass es uns versuchen", raunte er mir ins Ohr. In diesem Moment war die fest verriegelte Tür von seinem Herzen auch für mich weit geöffnet.

„Ja", hauchte ich.

Innerlich zerriss es mich. Ich dachte an Alex und Leonardo, die ich beide in diesem Moment betrog. Als Leonardos Lippen, auf denen ein salziger Geschmack lag, auf meine trafen, entfachte ein Feuer, das sich durch jede Faser meines Körpers zog. Es brannte jeden anderen Gedanken nieder. In diesem Moment, unter der sizilianischen Sonne, im glitzernden Wasser, gab es nur noch Leonardo und mich.

15. Kapitel

„Das war noch schöner als ich es mir vorgestellt habe", gestand Leonardo, als wir uns nach dem leidenschaftlichen Kuss voneinander lösten.

Mit einem Kribbeln im Bauch nickte ich. „Das geht mir auch so."

Er nahm meine Hand und führte mich aus dem Wasser. Während er ein Handtuch für uns auf den Kieselsteinen ausbreitete, betrachtete ich ihn vor dem paradiesischen Hintergrund. Konnte mich mal jemand zwicken? Plötzlich hatte ich das Bedürfnis, dieses Glücksgefühl, das ich bei diesem Anblick verspürte, festzuhalten, um eine ewige Erinnerung daran zu haben.

„Können wir Fotos machen?", brach es aus mir heraus.

„Ja, gerne."

Leonardo holte sein Handy aus der Tasche hervor und wir schossen unzählige Bilder. Erst posierten wir beide vor der Isola Bella, anschließend fotografierte er mich, während ich im kniehohen Wasser stand, danach schoss ich ein Bild von ihm, während er sich sonnte.

Eine Weile später gingen wir unbeschwert die vielen Stufen zur Straße zurück. Als wir oben ankamen, entdeckte ich Franco, der am Wagen lehnte. Wenn er überrascht war, dass wir Hand in Hand vor ihm standen, ließ er es sich nicht anmerken. Er eilte uns entgegen, um Leonardo die Tasche abzunehmen.

„Grazie, Franco. Du kannst den restlichen Tag frei haben", verkündete Leonardo. Wir blickten ihn beide gleichermaßen überrascht an. Mich freute es für Franco, aber …

„Ähm … und wie kommen wir da hoch?" Ich deutete auf den Berg. Schon beim Anblick kam ich aus der Puste.

Leonardo lachte. „Keine Sorge nicht zu Fuß, sondern mit einer Touristenattraktion."

„Okay, ich bin gespannt."

Wir verabschiedeten uns von dem bis über beide Ohren strahlenden Franco. Leonardo führte mich die Straße abwärts entlang. Nach einigen Minuten erreichten wir einen Parkplatz, auf dem ein imposantes Glasgebäudekomplex ins Auge stach. Auf einem Schild, auf dem vier Gondeln abgebildet waren, stand der Name des Ortsteils *Taormina – Mazzarò*.

„Eine Seilbahn?"

„Richtig. Sie verbindet die Stadt mit dem Meer", erklärte er und wir gingen in das Gebäude. Außer uns waren keine weiteren Fahrgäste da. Ein junger Mann in Leonardos Alter saß in einer abgetrennten Kabine. Zahlreiche Monitore und Knöpfe deuten darauf hin, dass von dort aus die Seilbahn gesteuert wurde. Leonardo klopfte gegen die Scheibe.

„Adriano?"

Der Mann, der in sein Handy vertieft war, fiel fast vom Drehstuhl, als er ihn erkannte.

„Leonardo? Was machst du denn hier? Ich dachte, ich sehe dich erst im Winter wieder."

Adriano öffnete die weiße Kabinentür mit der Glasscheibe. Er nahm meine Hand und hauchte einen Kuss darauf. „Ciao, ich bin Adriano."

„Hi, ich heiße ..."

„Lena, ich weiß."

Ich hob eine Braue und blickte zu Leonardo.

„Er ist so was für mich wie Valentina und Julia für dich."

Brüderlich umarmten sich die offensichtlich besten Freunde.

„Hast du noch zwei Plätze für uns in einer Gondel frei?"

„Für dich immer, das weißt du doch. Kommt, steigt ein."

Wir wählten die erste Gondel und stiegen ein. Adriano wünschte uns mit einem Zwinkern einen schönen Sonntag und schloss die Tür. Wenige Augenblicke später startete die Fahrt mit einem sanften Ruckeln. Leonardo schlag von hinten die Arme um mich, während wir immer höher hinaufstiegen.

„Gefällt es dir?"

„Meinst du die eindrucksvolle Panorama-Aussicht oder die Umarmung?"

„Beides."

„Ich könnte mir gerade nichts Schöneres vorstellen, als mit dir über Sizilien zu schweben."

„Ich auch nicht."

Er hauchte mir einen Kuss auf den Hals, der eine Gänsehaut hinterließ.

Schon wenige Zeit später kamen wir am Ziel an. Wir stiegen aus und der restliche Tag verging gefühlt genauso schnell wie die schöne Seilbahnfahrt. Leonardo lud mich zum Mittagessen in ein edles Fisch-Restaurant ein mit spektakulärer Aussicht auf das spiegelglatte Meer und dem rauchenden Ätna.

„Hast du keine Angst, dass uns jemand von der Zeitung zusammen sieht?", fragte ich, als uns der Kellner mit einem schwarzen Handschuh Weißwein einschenkte.

Überrascht hob Leonardo eine Braue. „Glaubst du, dass ich dich vor der Öffentlichkeit verstecken will?"

Ich zuckte zaghaft mit den Schultern. „Verstehen könnte ich es. Ich meine, seitdem das mit Sarah passiert ist, hast du dem Rest der Welt keine Frau mehr präsentiert."

Der Kellner verabschiedete sich mit einer angedeuteten Verbeugung und wir waren wieder allein auf der Dach-Terrasse.

„Es war die richtige Entscheidung, damit zu warten, bis ich dich getroffen habe. Ich bin glücklich, und weißt du, was das Schönste daran ist? Dass ich mir sicher bin, dass es dir umgekehrt genauso geht."

Seine Worte berührten mich, weil ich wusste, welche tiefe Bedeutung sie hatten. Zum ersten Mal seit Jahren schenkte Leonardo wieder jemandem sein Vertrauen und war bereit, sich auf eine Beziehung einzulassen. Gleichzeitig versetzte mir diese Erkenntnis einen Stich in der Brust, weil er eigentlich sehr wohl einen Grund hätte, mir zu misstrauen. Alex, den ich ihm nach wie vor verschwiegen hatte. Ich musste dieses Thema dringend ansprechen. Leonardo hatte die Wahrheit verdient und Alex auch.

„Was machst du da?", fragte ich.

Leonardo tippte etwas auf seinem Handy. Schließlich überreichte er es mir. „Ich werde den Journalisten zuvorgekommen."

Auf dem Bildschirm sah ich sein geöffnetes Instagram-Profil an. In einem neuen Beitrag hatte Leonardo Fotos von unserem Ausflug zur Isola Bella gepostet mit dem Text darunter:

Meine Tochter sagt, dass Meerjungfrauen wunderschön sind. Wer sie findet, hat großes Glück, weil sie was ganz Besonderes und selten sind. Ich habe eine gefunden und das Beste ist, ich kann sie mit nach Hause nehmen.

Dahinter hatte er ein rotes Herz gesetzt. Tränen brannten in meinen Augen.

„So etwas Schönes hat noch nie jemand über mich geschrieben."

Schon gar nicht sichtbar für tausende von Menschen. Ich stand auf und fiel ihm um den Hals. Leonardo zog mich auf seinen Schoß

„Darf ich das posten?"

Ich nickte. Was sollte schon passieren? Hier in Sizilien kannte mich niemand und Alex war auf Social Media kaum aktiv. Den Nachmittag verbrachten wir in Leonardos Villa, bis das Klingeln der Haustür mich erschrocken hochfahren ließ. Ich lag in seinen Armen auf einer breiten, gemütlichen Liege am Pool.

„Ist das etwa schon Isabella?"

„Eigentlich wollte Antonia, Felicias Mutter, sie erst in einer Stunde vorbei bringen, bevor ihre Nachtschicht beginnt. Sie arbeitet in einem Hotel ganz in der Nähe. Ich schaue nach."

Leonardo erhob sich.

„Ich gehe in mein Zimmer. Oder in die Küche ..."

Leonardo fasste mich am Arm und zog mich an sich.

„Ich habe das ernst gemeint. Ich verstecke dich nicht und du brauchst dich nicht verstecken. Auch nicht vor Isabella."

„Du willst es ihr sagen? Dass wir ..."

Ja, was eigentlich? Dass wir es miteinander versuchen?

„Dass ich eine Meerjungfrau gefunden habe", raunte er mir ins Ohr.

„Und du prüfst, ob sie bei dir an Land überlebt oder zurück ins Meer muss?", fügte ich hinzu und wir lachten. Obwohl es theatralisch war, passte der Vergleich nur zu gut.

***

Tatsächlich kam Isabella früher von ihrer Freundin zurück, weil Antonia die Schicht vorzeitig antreten musste. Nach dem Abendessen brachten wir die müde Isabella gemeinsam ins Bett. Ich war aufgeregt wie schon lange nicht mehr. Andere mussten sich vor Eltern des Partners präsentieren, ich dachte dabei speziell an Valentina bei den Gravenreuths, und ich vor dem kleinen Mädchen, das von ihrer Mutter im Stich gelassen worden war.

Im Moment wusste ich nicht, wer es schwerer von uns hatte. Leonardo und ich knieten neben ihrem Prinzessinnen-Bett. Er verwendete tatsächlich das Meer-jungfrauen-Beispiel um es für Isabella veranschaulich-ter zu erklären. Abschließend sagte er: „Ich habe mich in Lena verliebt. Sie ist meine Freundin und ich wün-sche mir, dass sie bei uns bleiben kann. Bist du damit einverstanden?"

Während das Mädchen über die Worte nachdachte, klopfte mein Herz wild. Schließlich nickte sie und blin-zelte mehrmals.

„Meine Freundin ist sie schon lange."

Leonardo strich ihr sanft über die Stirn. Ihre letzten Worte bevor sie einschlief, waren: „Ich habe es gewusst. Lena ist eine Meerjungfrau."

An jenem Abend ließ ich mich erleichtert und glück-lich in mein Bett fallen. Nachdem Isabella noch einmal wach wurde, legte sich Leonardo zu ihr und schlief selbst ein. Ich war viel zu aufgeregt, um die Augen zu schließen, deshalb wollte ich Valentina und Julia von meinem unvergesslichen Tag berichten. Als ich den Bildschirm von meinem Handy antippte, stellte ich an-hand der Nachrichten fest, dass das gar nicht notwen-dig war.

Valentina schrieb:

Ich öffne gerade nichtsahnend Instagram und was sehe ich da? Meine beste Freundin, die in die Kamera von dem Schwarm aller Frauen strahlt. Und dieser Text erst dazu ... Ich freue mich so für dich!

Von Julia kam:

Ich habe gerade vor Freude fast eine Torte fallen las-
sen. Wir platzen vor Neugier. Lass uns sobald wie
möglich alle Details zukommen, ob schriftlich oder te-
lefonisch – wir sind jederzeit für dich erreichbar.

Ich antwortete den beiden schriftlich und war unendlich dankbar dafür, dass sie meine Freundinnen waren
und ich diese unglaubliche Zeit in Sizilien erleben
durfte. Nur eine Sache überschattete mein Liebesglück:
Alex, der immer noch zwischen Leonardo und mir
stand.

***

Die nächsten Tage ließ ich mich mit Isabella von
Franco frühmorgens zur Isola Bella fahren. Erst nach
sechs Tagen entdeckten ich den schwarzen Seestern
wieder und ich konnte ihn ihr zeigen. Isabella strahlte
mit der Sonne um die Wette als wir gemeinsam auftauchten.
„Es gibt ihn also wirklich."
Franco holte uns, wie jeden Tag, persönlich vom
Strand ab. Seit Leonardos Post folgten uns nämlich die
Paparazzi auf Schritt und Tritt und mussten von
Franco zurückgehalten werden. Es war überwältigend,
plötzlich im Fokus der Aufmerksamkeit zu stehen. In
einem Kiosk, der sich auf der gegenüberliegenden Stra-
ßenseite befand, sprang mir ein Regal ins Auge in dem
italienische Klatsch- und Tratsch-Zeitschriften ordentlich einsortiert waren. Fast überall erkannte ich
auf der Titelseite Fotos von Leonardo und mir. Es war

das gemeinsame Bild, das wir an der Isola Bella aufgenommen hatten. Ich brauchte das Foto nicht aus der Nähe zu betrachten, um zu wissen, wie glücklich wir darauf aussahen, denn diesen Moment hatte ich für immer und ewig in meinem Herzen abgespeichert.

Bei dem Gedanken übermannte mich plötzlich eine Welle von unerträglichen Schuldgefühlen. Es fühlte sich an, als hätte ich ihn betrogen. Leonardo ahnte nichts von Alex. Ob es etwas geändert hätte? Ganz bestimmt. Das bedingungslose Vertrauen, das er mir schenkte, verdiente ich nämlich ganz und gar nicht.

„Signorina Lena, alles in Ordnung? Sie sind blass wie eine Kugel Mozzarella."

Ich räusperte mich. „Ähm. Ich habe wahrscheinlich zu wenig ..."

... von der Wahrheit erzählt?

„Getrunken", beeilte ich mich zu sagen. „Kommt, steigen wir schnell ins Auto", schob ich hinterher, als wir am Wagen ankamen. Ich musste sofort mit Leonardo sprechen und ihm endlich reinen Wein einschenken.

Franco verstellte den Rückspiegel so, dass mich seine freundlichen dunkelbraunen Augen anblickten. „Wir sind heute spät dran, wenn ich Sie zuerst zur Villa zurückbringe, kommen wir nicht pünktlich zur Feriengruppe. Wäre es für Sie in Ordnung, wenn Sie kurz mitfahren?"

„Ja, selbstverständlich."

Eigentlich wollte ich sofort zurück, aber andererseits blieb mir somit eine halbe Stunde Zeit, um mir Worte für das längst überfällige Gespräch zurechtzulegen. Nachdem wir uns angeschnallt hatten und der Wagen in Bewegung kam, schrieb ich Leonardo eine Nachricht. Ich informierte ihn über die Verspätung und bat ihn um darum, vor den Kursvorbereitungen zu mir in die Villa zu kommen. Prompt ploppte die Antwort auf:

Was hast du vor?

Mit geschlossenen Augen atmete ich tief durch, dann tippte ich *Mit dir reden* und legte das Handy zur Seite. Bevor ich mir sämtliche Szenarien über seine Reaktion auf Alex ausmalen konnte, lenkte Isabella meine Aufmerksamkeit auf sich. Sie war ungewöhnlich still.

„Was ist los, kleine Maus? Geht es dir nicht gut?"

Sie seufzte. „Doch ..."

„Aber?"

„Mir ist eingefallen, dass es ab heute noch ganz genau drei Wochen bis zu meinem Geburtstag sind."

„Ja? Darauf freust du dich doch schon so lange. Hat sich etwas geändert?"

Sie schüttelte den Kopf, dann nickte sie. Als könnte sie sich selbst nicht entscheiden. „Ich werde an einem Samstag sechs Jahre alt. Samstage sind im Sommer doof. Mein Papa muss da immer arbeiten und ich kann nicht mit allen Freunden feiern. Giovanni ist bei seinen Großeltern in Norditalien, weil sie auf ihn während den Ferien aufpassen, und Aurora fliegt mit ihrer Familie ausgerechnet da nach Griechenland."

„Okay, das verstehe ich. Aber Felicia hat Zeit, oder?"

„Ja."

Ich stupste ihr Kinn an. „Hey, Kopf hoch. Ich frage, ob ich an dem Tag frei haben kann. Zum Glück ist dein

Papa mein Chef, also klappt es mit dem Urlaubstag bestimmt. Wenn du willst, überlegen wir uns etwas Tolles und feiern mit Felicia zusammen?"

Endlich kehrte das Strahlen zurück auf ihr Gesicht.

„Das würdest du tun? Müssen wir dann auch nicht in die Feriengruppe?"

„Nein, du brauchst an diesem besonderen Tag nicht in die Feriengruppe gehen. Antonia frage ich noch, ob sie damit einverstanden ist, wenn Felicia sie ebenfalls ausfallen lässt."

„Danke."

Sie versuchte, mich zu umarmen, aber wegen des Gurts war es nur umständlich möglich.

Isabella stieg am Hafen aus und wurde von einem jungen Mann überschwänglich begrüßt. An diesem Tag stand eine Bootstour mit Delfinsuche auf dem Plan. Sie winkte mir durch die getönte Fensterscheibe zu und hüpfte zu Felicia, die sie schon freudig erwartete.

Auf der Rückfahrt nach Taormina wurde mir übel. Es lag nicht an der kurvigen Straße, die den Hügel hinaufführte, sondern an der Vorstellung, Leonardo zu verletzten. Und das würde er sein: verletzt.

„Signorina Lena, soll ich anhalten? Sie sind schon wieder so weiß im Gesicht."

„Nein, nein. Es geht schon."

Ich muss das Gespräch jetzt hinter mich bringen.

Kaum stoppte der Wagen an der Piazza, stürmte ich aus der Tür und prallte mit Leonardo zusammen, der in diesem Moment durch den Torbogen des Gartens der Pizzaschule kam.

Er lachte. „Warum hast du es denn so eilig?"

„Ich ..."

Tränen sammelten sich in meinen Augen. Ich wollte ihn bitten, mit mir an einen zurückgezogenen Ort zu gehen, aber ich hielt es keine Sekunde länger mehr aus, ihm Alex zu verheimlichen.

„Es ist ...“

Leonardo strich mir über tröstend über die Schultern. Diese liebevolle Geste fühlte sich absolut unverdient an.

„Hey amore mia, was ist denn los? Du bist aufgewühlt. Was ist passiert?“ Er wurde ernst. „Ist Isabella etwas zugestoßen?“

„Nein, ihr geht es gut“, beeilte ich mich zu sagen und trat einen Schritt von ihm weg. Ich atmete tief durch und zählte innerlich den Countdown runter.

Drei.

Zwei.

Eins.

„Ich muss dir etwas ...“

„Lena?“

Die vertraute Stimme hinter mir ließ mich erstarren.

16. Kapitel

Ich wirbelte herum und traute meinen Augen kaum. „Alex?! Was machst du denn hier?"

„Das Gleiche könnte ich dich fragen. Du hast mir gesagt, dass du wegen einem Babysitter-Job nach Sizilien fliegst. Der Instagram-Post von deinem neuen Freund sieht aber vielmehr nach einer Partnersuche aus."

„*Neuer Freund*? Lena, kannst du mich bitte aufklären?", fragte Leonardo, zu dem ich mich sogleich umdrehte.

In seinem Blick, der sich verdunkelt hatte, wie die entfernten Gewitterwolken am Horizont, erkannte ich, dass er bereits eins und eins zusammengezählt hatte.

„Ich verspreche dir, dass es nicht das ist, wonach es aussieht. Bitte lass es mich erklären."

Es war zu spät. Leonardo distanzierte sich mit einem Schritt rückwärts. An seinem gefrorenen Blick erkannte ich, dass er sich auch innerlich von mir entfernte. Er hatte die Tür von seinem Herzen wieder verschlossen. Dieses Mal vielleicht für immer. Und ich war schuld daran.

„Findest du nicht, dass du mir eine Erklärung schuldig bist statt ihm?", fauchte Alex. „Immerhin bin ich dein Freund und das seit vielen Jahren. Offensichtlich hast du das in den letzten Wochen bei dieser unerträglichen Hitze vergessen."

„Alex, halt bitte einfach deinen Mund", gab ich wütend zurück. Flehend sah ich zu Leonardo auf. „Bitte hör mir zu."

Er sprach leise, sodass nur ich es hören konnte: „Mir reicht, was ich gerade erfahren habe. Du hast in Bayern einen Freund. Von dir hätte ich es niemals erwartet, hintergangen zu werden. Statt dem Erzieherberuf solltest du ernsthaft über eine Schauspielkarriere nachdenken. Ich habe dir geglaubt, dass du dich in mich verliebt hast."

„Und das habe ich auch!"

Er schnaubte und setzte seine Sonnenbrille auf. „Du weißt nicht, wie es sich anfühlt, jemanden zu verlieren, den man liebt, sonst hättest du mir sofort die Wahrheit gesagt."

Diese Worte trafen mitten ins Herz. Ich wusste sehr wohl, wie es sich anfühlte.

„Ich muss jetzt arbeiten." Er winkte Franco zu sich und nach einem kurzen Wortwechsel auf Italienisch ließ er sich davonfahren.

Tränen brannten in meinen Augen. Alex trat in mein verschwommenes Sichtfeld. „Lena? Würdest du mir jetzt bitte erklären, was in dich gefahren ist?"

„Was fällt dir ein, einfach so hier aufzutauchen?"

Kaum hatte ich die Worte ausgesprochen wurde mir bewusst, dass es unfair war, ihm die Schuld dafür zu geben, dass Leonardo auf diese Weise von ihm erfahren hatte. Umkehrt wurde er durch den Instagram-Post darauf aufmerksam, dass ich in Italien mit einem anderen Mann zusammen war. Das hatte er trotz allem auch nicht verdient.

„Es tut mir leid, Alex", begann ich eine Spur sanfter.

Er verschränkte die Arme. „Eine Entschuldigung ist ja wohl das Mindeste. Ich weiß nicht, ob ich dir jemals verzeihen kann."

„Das musst du auch nicht. Ich wollte mit dir reden, aber du warst ja nie erreichbar. Jedes Mal, wenn ich versucht habe, ein Gespräch zu beginnen, warst du abgelenkt und anderweitig beschäftigt."

„Also bin ich jetzt schuld, dass ich in Zugspitztal wie der letzte Trottel dastehe? Es gibt kein anderes Thema mehr, als dass Lena sich getraut hat, in die große weite Welt zu ziehen und die neue Freundin von dem Star Pizzabäcker ist. Dieser bescheuerte Post hat es sogar auf die Titelseite von unserem Tagblatt geschafft."

„Also darum geht es dir? Wie *du* dastehst?"

„Du müssest mal die Sprüche von Michi und den anderen hören."

Ich schüttelte resigniert den Kopf. Natürlich ging es ihm nicht um mich.

„Sizilien war für dich zuletzt nichts als ein *blöder Urlaub*, erinnerst du dich? Was hat sich daran geändert? Warum bist du hergekommen? Willst du, dass wir zusammen ein Foto schießen und posten, damit die Leute in Zugspitztal, insbesondere deine Freunde keinen Grund mehr zum Reden haben?"

„Nein, ich will wissen, was dieser Typ hat, was ich nicht habe? Es war doch alles gut so wie es war."

„*Dieser Typ* hat Zeit für mich. Und ja, ich glaube dir, dass für dich in unserer Beziehung alles gepasst hat. Es war einfach und bequem. In der halben Stunde, die du unter der Woche Zeit hattest, habe ich für dich gekocht. Oder mit dir freitagabends einen Film geschaut. So sieht doch keine Liebesbeziehung aus! Wir haben irgendwann aufgehört, uns zu lieben oder haben es vielleicht nie getan. Zumindest nicht auf diese Weise wie es Paare tun sollten." Alex hörte mir schweigend zu und ich nutze die Gelegenheit und fuhr fort: „Das haben wir beide nicht verdient, so trostlos den Rest unseres Lebens zu verbringen."

Seine Miene wurde finster. „Was willst du mir damit sagen?"

„Dass ich mich von dir trenne, damit wir beide glücklich werden können."

„Ich erkenne dich nicht wieder. Michi hatte recht. Ich hätte mir das Geld für den Flug sparen sollen!"

Alex stürmte davon. Er ignorierte meine Rufe. Es fehlte mir die Kraft, ihm nachzulaufen. Ich schlug die Hände vors Gesicht und weinte bitterlich. Irgendwann, ich wusste nicht, wie viel Zeit vergangen war, legten sich Hände tröstend auf meine Schultern.

„Komm her, mein Kind. Ich habe zufällig vom Fenster aus alles mitbekommen."

Es war Camilla. Sie drückte mich an sich und ich vergrub meinen Kopf in ihrer Schürze.

„Ich wollte nicht, dass es soweit kommt", schluchzte ich und sie strich mir sanft über den Rücken.

„Ich habe Mousse au Chocolat für die Kursteilnehmer vorbereitet. Was hältst du davon, wenn ich uns eine Schale voll abfülle, und du erzählst mir alles in Ruhe? "

***

Die köstliche Schokoladen-Creme in Kombination mit Camillas Einfühlsamkeit wirkten beruhigend. Zumindest ein bisschen. Ich fasste ihr die ganze Geschichte zusammen und sie hörte mir aufmerksam zu.

„Leonardo wird mir das niemals verzeihen", sagte ich abschließend und legte den Löffel in das leere blaue Porzellan-Schälchen.

„Möchtest du noch einen Nachschlag?"

„Nein, danke. Eine dritte Portion schaffe ich nicht."

Camilla erhob sich und stellte die Schale mit dem leckeren Dessert zurück in den Kühlschrank. „Ich bin mir sicher, dass sich das mit Leonardo wieder einrenken wird. Er wird sich wieder beruhigen."

„Das kann ich mir nicht vorstellen. Ich hätte ihm sagen müssen, dass ich noch mit Alex zusammen bin." Ich korrigierte mich und wieder sammelten sich Tränen in meinen Augen. „Zusammen war. Leonardo hat mir vertraut. Im Grunde bin ich auch nicht besser als Sarah."

„Ach Schätzchen, so darfst du nicht denken und vergleiche dich bitte nicht mit Sarah. Du hast ihm nicht von deiner Beziehung erzählt, die im Herzen schon längst beendet war, aber du hast es ernst mit ihm gemeint. Gib ihm ein bisschen Zeit."

Ich bezweifelte, dass Leonardo mir das jemals glauben würde. In Gedanken packte ich meine Koffer und flog vorzeitig zurück nach Deutschland.

„Camilla, ich werde ..."

Das Klingeln von meinem Handy unterbrach mich. Paolas Name leuchtete auf. Wusste sie womöglich über Alex Bescheid und wollte mich zur Rede stellen? Zögerlich nahm ich den Anruf an.

„Ja, hallo?"

„Lena! Gut, dass ich dich gleich erreiche. Ist Leonardo bei dir?" Sie klang aufgebracht.

„Nein, er ist mit Franco weggefahren. Ich weiß leider nicht wohin."

„Dann ruf bitte Franco an. Leonardo muss ins ospedale kommen. Sofort. Der Feriengruppenleiter hat mich gerade angerufen. Isabella hatte einen Unfall", brach es aus ihr heraus. Alarmiert blickte mich Camilla an, die es mitbekommen hatte. Sie umklammerte ihre goldene Kreuzkette.

„Mio dio. Wie geht es unserem Mädchen? Was ist passiert?"

Ich stellte den Lautsprecher an und Paola informierte uns, dass Isabella an Deck mit einem Glas ausgerutscht war. Von dem Scherben hatte sie sich eine Verletzung an der rechten Hand zugezogen.

„Das Herausziehen der Scherben, die Wundversorgung und das Nähen wird unter einer Narkose durchgeführt. Ich habe gleich eine Untersuchung, Lena, hältst du mich bitte auf dem Laufenden?"

„Selbstverständlich", versicherte ich und legte auf. Mit zitternden Fingern suchte ich in der Kontaktliste nach Leonardo. Dreimal drückte er mich weg. Beim vierten Mal rief ich mit unterdrückter Nummer bei Franco an.

„Pronto?", meldete er sich. Erleichtert atmete ich auf.

„Ist Leonardo bei dir?"

„Ähm …" Sein Zögern war Bestätigung genug. „Stell mich bitte auf laut. Es geht um Isabella."

„Si. Sie können jetzt sprechen."

„Leonardo, du musst ins Krankenhaus fahren. Isabella hat sich an der Hand verletzt. Sie bekommt für die Behandlung eine Narkose."

„Was?"

Er befahl Franco sofort und schnellstmöglich dorthin zu fahren.

„Ich regle in der Pizzaschule alles und packe für Isabella ein paar Sachen ein. Bestimmt muss sie wegen der Narkose über Nacht zur Beobachtung im Krankenhaus bleiben", sagte ich.

„Danke", erwiderte er knapp und legte auf.

Camilla drückte meine Hand. Sie selbst hatte nun auch Tränen in den Augen.

„Danke, dass du dich so selbstverständlich kümmerst."

„Das ist das Mindeste, was ich tun kann", erwiderte ich und startete fokussiert mit der Planung. Im Augenblick war ausschließlich Isabella wichtig, der Rest konnte und musste warten.

„Wann beginnt heute der Kurs? Um vierzehn Uhr, oder?"

„Richtig. Die Teigverarbeitung kann ich notfalls allein leiten."

„Okay, also bleiben uns vier Stunden für die Vorbereitungen Zeit. Legen wir los?"

Routiniert machten wir uns an die Arbeit. Irgendwann meinte Camilla, dass sie den Rest selbst schaffen würde, und ich packte für Isabella eine kleine Tasche mit Schlafkleidung, Zahnputzzeug, weiteren Utensilien und dem wichtigsten: ihrem Seestern. Camilla rief mir ein Taxi und drückte mir einen Klappkorb in die Hand der mit Getränken, Obst und Boxen mit allerlei Speisen gefüllt war. Ich war jedes Mal erstaunt, weil sie stets so schnell und so viel (leckeres) Essen gefühlt aus dem Nichts zaubern konnte.

„Kannst du das mitnehmen? Greif bitte auch zu, du hast heute Mittag noch nichts gegessen."

„Mache ich."

***

Einige Fahrtminuten später stieg ich aus dem Taxi. Ich balancierte den Klappkorb mit Isabellas Gepäck obendrauf über den Parkplatz und steuerte auf die breite Eingangstür zu.

„Warten Sie, Signorina Lena, ich helfe Ihnen."

Ich drehte mich, soweit es mit dem Gepäck möglich war, um und erkannte Franco, der zwischen den geparkten Autos hindurch eilte. Er nahm mir den Klappkorb ab. Ich wägte ab, ob ich gleich wieder verschwinden oder kurz mit reingehen sollte. Wie gerne würde ich jetzt für Leonardo da sein, aber gewiss war ich die Letzte, die er in diesem Augenblick sehen wollte. Andererseits war es vielleicht meine letzte Gelegenheit, um mit Leonardo persönlich zu sprechen und mich von Isabella zu verabschieden. Franco spürte offenbar meine Zerrissenheit.

„Kommen Sie mit rein", ermutigte er mich. „Ich bringe Sie zu Leonardo. Isabella hat den kurzen Eingriff gut überstanden. Mein letzter Stand war, dass Leonardo bei ihr im Aufwachraum ist, aber möglicherweise befinden sich die beiden schon in einem Zimmer der Kinderstation."

Franco führte mich in den zweiten Stock zur Kinderstation. Dem Pflegepersonal und den Patienten, denen wir auf dem Weg begegneten, warfen mir neugierige Blicke zu. Gewiss hatte sich schnell herumgesprochen, dass die Tochter von Leonardo Visconti eingeliefert wurde. Und mich erkannten sie wahrscheinlich durch die Medienberichte. Für sie musste es so aussehen, als würde ich Leonardo Beistand leisten und Isabella zu besuchen. Niemand von ihnen ahnte, dass es ein Abschied war. Der Gedanke, ihn nie wiederzusehen, schmerzte so sehr, dass ich glaubte, auf dem sterilen Boden zusammenzubrechen. Mit aller Kraft folgte ich Franco.

„Wir sind da."

Franco zeigte auf das Zimmer mit der Aufschrift *Numero Due*. Gedämpfte Stimmen drangen durch die Tür, die mit einer Schildkröte bemalt war.

„Die beiden sind schon da. Ich lasse Sie jetzt allein."

Bevor ich protestieren konnte, hatte ich bereits die Klappkorb in der Hand und er verschwand in einer Abzweigung von dem langen Krankenhausflur. Zaghaft klopfte ich und öffnete die Tür. Leonardo saß auf Isabellas Krankenbett und hob den Kopf. In seinem Blick sah ich so viele Emotionen gleichzeitig, dass ich nicht lesen konnte, was in ihm vorging.

„Darf ich kurz reinkommen?"

„Ja, natürlich", kam es prompt von Isabella, die daraufhin gähnte. Gewiss war sie erschöpft von dem Eingriff. Das Mädchen wirkte in dem großen Krankenhausbett noch kleiner als sie war. Sie trug ein OP-Hemdchen. Ein Kabel ragte aus dem Brustbereich heraus, das mit einem runden Pflaster am Körper klebte. Es war mit einem Monitor verbunden, der leise Töne von sich gab und die Messungen anzeigte.

Fragend blickte ich zu Leonardo und wartete auf seine Bestätigung. Er nickte und deutete mit einer Handbewegung auf den Tisch, der an der Wand stand. Ich gab der Tür mit dem Fuß einen Schubser, dass sie ins Schloss fiel. Anschließend stellte ich die mitgebrachten Sachen auf dem Tisch ab.

„Hier sind das Essen und Getränke von Camilla."

„Was meinst du, Principessa, da können wir die ganze Station für heute versorgen, oder?"

Leonardos Kommentar ließ das Mädchen schwach lachen und ich fuhr fort.

„Isabella, hier ist dein Gepäck. Schau mal, wen ich dir mitgebracht habe. Er wollte nämlich noch jemand wissen, wie es dir geht."

Ich packte ihren Seestern aus und überreichte in ihr. Sie strahlte und drückte ihn mit der unversehrten Hand an sich. Ich strich ihr die Haare aus der Stirn.

„Wie geht es dir?"

Sie hob die eingebundene Hand. „Ganz gut. Es tut nur ein kleines bisschen weh. Weißt du was? Ich habe sogar eine Tapferkeits-Urkunde von dem Oberarzt bekommen."

„Das wundert mich nicht. Du bist schließlich das tapferste Mädchen, das ich kenne. Wie lange musst du denn hierbleiben?"

„Ich muss noch ein paar Stunden wegen der Narkose überwacht werden. Vielleicht darf ich schon heute Abend nach Hause, aber eher erst morgen früh."

„Okay. Brauchst du noch etwas? Soll ich dir noch etwas vorbeibringen?"

„Mein Meerjungfrauen-Buch wäre toll.“

„Das habe ich dir schon in den Rucksack gepackt.“

„Wirklich? Kannst du mir das nächste Kapitel vorlesen? Ich bin so gespannt, wie es weitergeht.“

Ich schluckte und kämpfte mit den Tränen. „Eigentlich ... wollte ich mich von dir verabschieden. Leider muss ich wieder zurück nach Bayern fliegen.“

Sie riss die Augen auf. „Was? Nein, bitte bleib hier. Mindestens bis zu meinem Geburtstag. Wir wollten ihn doch zusammen feiern, hast du das vergessen?“

„Das habe ich nicht vergessen, aber ...“

„Dann bleib bitte hier. Papa, bitte sag Lena, dass sie nicht gehen darf. Mein einziger Wunsch ist, dass sie mit mir und Felicia feiert.“

Zum ersten Mal wagte ich es, Leonardo anzusehen. Er hob den Kopf und sah mir in die Augen. Es tat unbeschreiblich weh, die Kälte zu sehen, die in seinem Blick lag. Damit er seiner Tochter nach dem Eingriff nicht noch mehr Aufregung zumuten musste, verschaffte ich ihm Zeit.

„Ich helfe jetzt deiner Oma in der Pizzaschule. In einer halben Stunde beginnt der Kurs. Danach sehen wir weiter, in Ordnung?“

„Nonna und du leitet den Kurs?“, fragte Isabella überrascht.

„Ja, damit dein Papa bei dir bleiben kann.“

„Ich habe einen neuen Vorschlag. Papa leitet den Kurs wie immer und du liest mir etwas vor? Du kannst das ein kleines bisschen besser als er.“

Entschuldigend sah das Mädchen zu ihm auf und er stupste sie sanft an.

„Hey, das verzeihe ich dir nur, weil du verletzt bist.“

„Also was ist? Machen wir es so?", hakte sie nach.

„Das bespreche ich kurz mit Lena allein, okay? Wir gehen schnell vor die Tür." Als Leonardo die Tür von außen schloss und wir uns gegenüberstanden, fragte er mich, ob ich bereit war, bei Isabella zu bleiben, bis der Kurs vorüber war. Er sprach mit mir wie mit seinem Angestellten Franco.

„Was für eine Frage, selbstverständlich", antwortete ich und nahm all meinen Mit zusammen. „Leonardo, bitte hör mir einmal zu wegen ..."

Eine Krankenschwester fuhr mit einem Wagen voller Medikamente vorbei. Sie musterte uns neugierig. Ich pausierte kurz, bis sie sich außer Hörweite befand, obwohl sie mit hoher Wahrscheinlichkeit die deutsche Sprache nicht verstand.

„Es ist ..."

„Ich will es nicht wissen und würde die Umsetzung deiner Idee begrüßen: Du reist ab."

Mit aller Kraft hielt ich seinem Blick stand. Die Glut, die sonst darin glomm, jederzeit dazu bereit, zu einem leidenschaftlichen Feuer auszubrechen, wenn er mich ansah, war zu Asche geworden.

„Das werde ich machen, aber ich liebe dich trotzdem. Ob du es mir glaubst oder nicht."

17. Kapitel

Ich wollte das kleine Mädchen mit meinem Befinden nicht belasten, deshalb setzte ich ein Lächeln auf und betrat ihr Zimmer.

„Ich habe gute Nachrichten: Das mit dem Vorlesen klappt."

„Juhu!"

Mit Mühe hielt sie ihre Augen auf. Leonardo, der mir gefolgt war küsste sie auf die Wange.

„Ich komme später wieder. Sag Bescheid, wenn du mich brauchst, dann ruft mich Lena an und ich komme sofort zu dir zurück."

„Sì."

Ich schnappte mir einen Stuhl und platzierte ihn neben Isabellas Bett. Danach holte ich aus dem Rucksack das Buch und schlug es auf der Seite mit dem Lesezeichen auf.

„Bist du bereit?", fragte ich, worauf sie nickte. Leonardo ließ sich auf dem tiefen Fensterbrett nieder.

„Was ist mit dir? Willst du auch wissen, wie es weitergeht? Musst du nicht zum Kurs?"

„Ein paar Minuten bleibe ich noch."

Während ich mit dem Vorlesen aus dem dreizehnten Kapitel begann, spürte ich seinen Blick auf mir. Ich versuchte, mich auf die Buchstaben zu konzentrieren, die immer wieder in den aufsteigenden Tränen verschwammen.

„Sie ist eingeschlafen", flüsterte Leonardo und ich hob den Blick. Tatsächlich. Ich klappte das Buch zu und legte es auf den Beistelltisch neben Isabellas Bett. „Ich gehe jetzt."

Als Leonard den Raum verließ, konnte ich den Tränen endlich wieder freien Lauf lassen.

Nach einer Weile klopfte es. Schnell wischte ich mir die Tränen aus den Augen.

„Könnt ihr mir bitte die Tür öffnen?"

Es war Paola. Ich ließ sie herein. Mit hochgelagertem Bein schob sie sich mit dem Rollstuhl ins Zimmer.

„O mein Gott, Lena, hast du geweint? Isabella hat mit dem Eingriff das Schlimmste überstanden. Es wurden alle Splitter entfernt und die Wunde mit ein paar Stichen genäht. Die Ärzte waren mit dem Ergebnis sehr zufrieden. Es wird komplett verheilen. In ein paar Wochen sieht man wahrscheinlich gar nichts mehr."

Sie dachte wohl, meine Tränen galten ausschließlich der Sorgen über Isabella.

„Paola, es ist nicht nur wegen Isabella. Ich habe einen großen Fehler gemacht und deshalb werde ich heute noch nach Hause fliegen. Ich hoffe, dass ich so kurzfristig einen Flug bekomme. Könntest du mir bei der Suche helfen?"

„Stopp. Jetzt mal langsam. Was ist passiert?"

Leise, damit ich Isabella nicht weckte, erzählte ich Paola, wie zuvor Camilla die ganze Geschichte.

Paola schüttelte den Kopf. „Es sieht Leonardo ähnlich, dass er sich verschlossen hat und dir nicht mehr zuhören möchte. Er fühlt sich in dem bestätigt, was er all die

Jahre verinnerlicht hat, nämlich, dass er keiner Frau mehr vertrauen möchte, weil ihn alle verletzen könnten."

Ich ergriff Partei für ihn. „Er ist verständlicherweise gekränkt. Selbst wenn er sich anhört, was ich zu sagen habe, heißt das leider nicht, dass er mir verzeiht, dass ich ihm Alex verschwiegen habe."

„Aber zumindest wüsste er, dass du ihm den ganzen schönen Rest nicht vorgespielt hast."

Ich zuckte mit den Schultern. „Ja, vielleicht, aber dein Bruder möchte auch, dass ich nach Hause fliege, und das muss ich akzeptieren."

„O Mann, jetzt hätte einer von uns die Chance glücklich zu werden, dann nutzt er sie nicht."

Paola suchte mir widerwillig eine Flugverbindung raus. Erst für zwei Tage später, am Montag, konnte sie ein Ticket ergattern. Ich beschloss, meine Eltern wegen eines Hotels zu kontaktieren. Durch ihre langjährige Arbeit im Reisebüro konnten sie mir sicher auf die Schnelle helfen. Sie befanden sich zwar noch im Ausland, aber normalerweise sollten sie inzwischen erreichbar sein.

***

Paola leistete uns den restlichen Nachmittag Gesellschaft. Isabella freute sich riesig, ihre Tante zu sehen.

„Ich habe eine Idee", verkündete Paola schließlich. „Ich lasse mich heute Nacht in dein Zimmer verlegen. Ein Bett hat hier noch locker Platz. Dann kann ich endlich mal wieder Zeit mit dir verbringen."

„Das wäre toll."

Isabella wollte vor Freude in die Hände klatschen, hielt sich aber im letzten Moment wegen der verletzten Hand zurück. Die Tür ging auf und Leonardo kam mit einer kleinen Reisetasche herein, offensichtlich hatte er sich auf eine Nacht im Krankenhaus vorbereitet. Paola informierte ihn über ihre Pläne und er stimmte zu. Sie klärten es mit dem Pflegepersonal, das ebenfalls einverstanden war.

„Ich lasse euch jetzt mal allein", sagte ich schließlich kurz und schmerzlos. Ich umarmte Paola und Isabella, bedankte mich bei allen für die Zeit und wünschte ihnen alles Gute. Besonders der kleinen Isabella. Als Isabella protestieren wollte, kam Camilla mit einem gefüllten Korb in den Raum und zog die Aufmerksamkeit auf sich.

„Ciao piccolina. Ich habe dir dein Lieblingsessen gemacht. Arancinis. Normalerweise gibt es sie nur an Festtagen, aber heute ist ein besonderer Tag, weil du die Narkose so gut überstanden hast."

Leonardo schmunzelte. „Wann hast du die denn zubereitet? Im Krankenhaus gibt es übrigens auch mindestens drei Mahlzeiten."

„Das schmeckt doch meistens nicht." Sie packte die Boxen auf den Tisch. Sogar an Geschirr hatte sie gedacht. „Zumindest nicht so wie bei Nonna", schob sie hinterher.

Als sie die Teller verteilte klopfte es erneut und Antonia und Felicia steckten ihre Köpfe herein. Isabella strahlte und winkte ihre Freundin zu sich.

„Schau mal, ich habe einen Verband bekommen", sagte sie.

Ich nutzte die Gelegenheit, verabschiedete mich von Camilla und schlich mich aus dem Getümmel. Als ich die Tür hinter mir schloss, atmete ich tief durch. Das wars also.

„Tutto bene?", fragte mich die Krankenschwester, die zuvor mit dem Medikamenten-Wagen vorbeigegangen ist.

„Si", beeilte ich mich zu sagen. „Es ist alles in Ordnung."

Dann setzte ich zum zweiten Mal an diesem Tag ein unechtes Lächeln auf und verließ das Krankenhaus. Franco bot an, mich zurück zur Villa zu fahren. Mir kam es nicht richtig vor, seine Dienste zu nutzen, deshalb entschied ich mich für ein Taxi. Ich versuchte, dem Fahrer mit Händen und Füßen mein Ziel zu erklären. Als ich den Namen *Leonardo Visconti und Scuola della Pizza* nannte, verstand er mich.

Die Fahrtzeit nutzte ich, um meine Mama anzurufen. Sie nahm den Anruf nach wenigen Freizeichentönen entgegen. Meine Eltern ahnten nichts von meiner unglücklichen Beziehung mit Alex und wussten nicht, dass ich mich neu verliebt hatte. Vor der Sizilienreise hatte ich ihnen lediglich eine kurze Nachricht zukommen lassen, dass ich spontan drei Monate Urlaub hatte und meinen Au-pair-Traum nachholte.

„Hallo Mama", begrüßte ich sie und gab mir Mühe, das Zittern in meiner Stimme zu verbergen.

„Hallo mein Schatz, wir haben deine Nachricht erhalten und finden es großartig, dass du die freie Zeit so großartig nutzt."

Ich blinzelte und kämpfte mit den Tränen. „Ja. Leider muss ich vorzeitig abreisen. Ich ... Ich werde nicht mehr gebraucht und jetzt wollte ich fragen, ob ihr mir helfen könnt, ein ...“

„Lena, was ist los? Ich höre doch, dass etwas nicht stimmt.“

Eigentlich wollte ich erst selbst mit den Ereignissen klarkommen, bevor ich sie mit meinen Eltern teilte.

„Ich erzähle es euch, versprochen, aber jetzt brauche ich erst mal ganz dringend ein Hotelzimmer. Ab heute bis Montag. Meinst du, ihr findet auf die Schnelle etwas?“

Am Ende des Satzes brach meine Stimme wieder. Meine Mutter versicherte mir, dass sie sich sofort darum kümmerte. Sie erinnerte sich an eine Zusammenarbeit mit einer Unterkunft, die sich in meiner Nähe befand. Wir legten auf und zeitgleich erreichte ich die Piazza. Ich bezahlte die Fahrt. Anschließend lief ich die letzten Meter bis zur Villa und packte schweren Herzens meinen Koffer.

Als ich das letzte T-Shirt verstaut hatte, klingelte mein Handy. Ich hoffte, dass es sich um Leonardo handelte, der es sich anders überlegt hatte und zu einem Gespräch bereit war. Jedoch sah ich Julias Namen auf dem Display. Einerseits war ich enttäuscht, andererseits freute ich mich auf ihren seelischen Beistand.

„Lena, bitte sag mir, dass es nur ein Gerücht ist“, sagte sie, als ich den Anruf annahm.

„Was genau?“

Ich schob den Vorhang der breiten Fensterfront zur Seite, sodass ich einen Blick auf das Meer hatte. Die sonst spiegelglatte Oberfläche war voller Wellen. Am Himmel hingen Gewitterwolken. Ich ließ mich auf dem

Himmelbett nieder und hielt den Blick dabei weiter aufs Meer gerichtet.

„Valentina ist bei mir. Ich stelle dich auf laut. Gerade war Michis Cousine bei mir im *Kaffee & Törtchen* und sie hat mir gesagt, dass Alex heute mit dem ersten Flug nach Sizilien geflogen ist."

Ich bestätigte es und brachte meine Freundinnen auf den aktuellen Stand. Zwischendurch fegte der Wind um die Villa und brachte die Blätter der Palmen wie wild zum Wedeln.

„O nein! Wir haben das mit Alex erst jetzt mitbekommen, sonst hätten wir dich selbstverständlich vorgewarnt", beteuerte Valentina.

„Seine Freunde waren bestimmt eingeweiht. Wahrscheinlich haben sie es bis jetzt geheim gehalten, weil Alex und sie genau wussten, dass wir dich informieren würden", überlegte Julia.

„Selbst wenn. Ich bin selbst schuld, dass ich Leonardo nichts von ihm erzählt habe."

„Was hast du jetzt vor?"

„Hier kann ich nicht länger bleiben. Ich hoffe, dass meine Eltern ein Hotel finden, in das ich ..."

Ein zaghaftes Klopfen an der Zimmertür unterbrach mich. Dieses Mal versuchte ich gar erst, mir falsche Hoffnungen zu machen.

„Ich rufe euch zurück", sagte ich zu meinen Freundinnen. „Wahrscheinlich ist Camilla da, um sich noch mal zu verabschieden."

Ich beendete das Gespräch und lief zur Tür. Ich öffnete und mir fiel fast das Handy aus der Hand, als ich Leonardo erblickte, der im Türrahmen stand. Sein Blick blieb an meinem gepackten Koffer hängen.

„Ich bin in spätestens zehn Minuten weg", beeilte ich mich zu sagen und hoffte, dass meine Eltern bereits eine Unterkunft buchen konnten. Bei dem Sturm und auch sonst wüsste ich nicht, wo ich bis zum Rückflug unterkommen sollte.

„Könntest du dir vorstellen, bis zu Isabellas Geburtstag zu bleiben?", brach es aus ihm heraus.

Meine Augen weiteten sich. Hatte er das gefragt oder spielte mir meine Fantasie einen Streich? „Wie bitte?"

„Ich weiß. Es ist viel verlangt, aber sie wünscht es sich sehr."

„Nur unter einer Bedingung. Du kommst rein und hörst dir an, was ich zu sagen habe."

Es dauerte eine Weile, bis er antwortete. Vermutlich war er hin- und hergerissen. Aus einem Impuls heraus, hätte er das Angebot mit Sicherheit abgelehnt, aber Isabellas Wunsch wog letztendlich mehr.

„Einverstanden."

Mit zwei Kissen Abstand zueinander setzen wir uns auf die Couch. Ich begann, zu erzählen, dass Alex und ich uns seit dem Sandkasten kannten und enge Freunde wurden.

„Nach dem Schulabschluss sind wir ein Paar geworden, aber unsere Beziehung blieb im Freundesstatus. Ich wollte mir das lange nicht eingestehen. Vor der Reise nach Sizilien ist mir bewusst geworden, dass es so nicht weitergehen kann. Die Begegnung mit dir hat mich darin bestärkt, weil ich zum ersten Mal gespürt habe, wie es sich anfühlt, verliebt zu sein. Ich wollte mit Alex darüber sprechen, aber seine Freunde waren ihm bei jedem Kontaktversuch wichtiger. So wie im Alltag auch. Und mit dir wollte ich auch reden. Beim ersten

Versuch hatte Isabella einen Albtraum. Du hast mir an diesem Abend eine Pizza gebracht. Erinnerst du dich? Umso mehr Zeit verging, umso schwieriger wurde es für mich, das Thema anzusprechen. Mir fiel keine plausible Erklärung ein, warum ich dir von Alex nicht früher erzählt habe. Ich wollte das zwischen uns nicht kaputt machen."

Sein leises Schnauben ignorierte ich.

„Heute früh habe ich es nicht mehr ausgehalten und wollte es dir sagen. Genau in diesem Moment ist Alex aufgetaucht."

„Das würde wahrscheinlich jede an deiner Stelle sagen."

„Ich verspreche dir, dass das die Wahrheit ist und ich mich von Alex getrennt habe. Das war lange überfällig. Sehr lange."

„Selbst wenn es so gelaufen ist, ich kann dir nicht mehr vertrauen", sagte Leonardo.

Das konnte ich sogar nachvollziehen. Trotzdem tat die Endgültigkeit in seiner Stimme unglaublich weh.

„Kann ich mit dir in den nächsten drei Wochen rechnen?", wollte er wissen und verwandelte sich damit in meinen Chef und mich in seine Angestellte. Ich nickte, worauf er sich erhob und das Zimmer verließ. Bevor meine Welt, ähnlich wie die vorm Fenster, untergehen konnte, rief meine Mama an, um mir die Daten für das gebuchte Hotel durchzugeben.

„Ich brauche es nicht mehr, tut mir leid für das Chaos", sagte ich leise und konnte es selbst kaum glauben.

„Was? Warum nicht?"

„Ich werde jetzt doch noch drei Wochen von der Gast-familie gebraucht. Tut mir leid", antwortete ich wahr-heitsgemäß.

"Ah, okay. Wieso ..."

Im Hintergrund hörte ich meinen Vater, der nach ihr rief.

„Lena, ich muss auflegen. Ein Kunde ist gekommen und dein Papa braucht Hilfe bei der Buchung. Es freut mich auf jeden Fall, dass du in Sizilien bleiben kannst."

Ich war auch froh. Gleichzeitig fühlte es sich wie ein Traum an, aus dem ich viel zu früh aufgewacht war. Mitten in dem Moment, in dem es hätte schön werden können.

„Kein Problem, und danke, Mama."

Nachdem ich aufgelegt hatte, verdunkelte sich der Bildschirm. Inmitten meines inneren Sturms war die Unterstützung meiner Eltern ein Rettungsanker. In diesem Moment war ich unendlich traurig, dass sie so weit weg waren.

18. Kapitel

Der nächste Tag war ein Sonntag, der eigentlich für Leonardo und Isabella reserviert gewesen war. Dieses Mal verkroch ich mich in meinem Zimmer und erlaubte mir, im Liebeskummer zu versinken. Am Tag drauf stand ich wie gewohnt auf und ging meiner Arbeit in der Pizzaschule nach, ehe ich danach auf Isabella aufpasste. Abends erfand ich für Isabella Gründe, warum ich mich allein zurückzog. Mal waren es Kopfschmerzen, mal ein Videotelefonat mit meinen Freundinnen. Der Geburtstag und die Planung rückten währenddessen immer näher. Einerseits wurde ich bei dem Gedanken daran wehmütig, das von Paola umgebuchte Flugticket zu nutzen. Andererseits konnte ich es kaum erwarten, vor der Situation zu fliehen. Das neutrale Verhalten zwischen Leonardo und mir war unerträglich. Isabella bemerkte die veränderte Stimmung zwischen uns beiden nicht, denn sie war mit der Planung von ihrem lang ersehnten sechsten Geburtstag beschäftigt.

„Nur noch einmal mal schlafen, dann ist es endlich soweit", verkündete sie Leonardo und Camilla, als sie nach dem Kurs in die Küche kamen. Leonardo wirbelte sie durch die Luft.

„Wir haben es nicht vergessen, Principessa."

„Wie könnten wir auch? Die kleine bella signorina erinnert uns so oft es geht daran", erwiderte Camilla. Sie zwinkerte mir zu und stellte zwei Einkaufstüten auf dem Tresen ab.

Ich lächelte schwach. „Ich muss noch was vorbereiten", schwindelte ich und rutschte den Stuhl zurecht. „Bis morgen."

„Warte", sagte Camilla. „Bitte bleib heute zum Abendessen hier."

„Ich muss wirklich noch ..."

Packen.

„Bitte", schob sie mit Nachdruck hinterher. Ihr flehender Blick sagte so viel wie: *Es ist schließlich dein vorletzter Abend bei uns.*

Ich ließ mich wieder nieder und Camilla packte die Taschen aus. „Na gut."

„Wir grillen heute. Ich habe schon einige Beilagen vorbereitet. Leonardo, machst du bitte den Grill auf der Terrasse an? Isabella und Lena, ihr könnt auch schon raus gehen."

Die alte Dame ließ es ganz beiläufig klingen, aber ich hatte den Verdacht, dass sie uns absichtlich dazu bringen wollte, dass wir Zeit miteinander verbrachten. Auch wenn es mich Überwindung kostete, trug ich es ihr nicht nach, denn sie litt unter dem Umstand, dass Leonardo und ich getrennte Wege gingen, fast genauso sehr wie ich. Ein paar Mal hatte ich sie beobachtet, wie sie sich eine Träne aus den Augen gewischt hatte, wenn wir zu dritt in der Pizzaschule arbeiteten und Leonardo und ich uns bemühten, jegliche Berührung zu vermei-

den. Häufig sprach er seine Mutter an, ob sie ihm beispielsweise das Infrarot-Thermometer reichen konnte,
obwohl es sich in meiner griffweite befand.

„In Ordnung, aber wir nehmen das Geschirr mit
raus", erwiderte ich und nahm Teller aus dem Schrank
und Besteck aus der Schublade. Isabella gab ich vier
Gläser in die Hände, die sie nach draußen balancierte.
Wir deckten den Tisch und holten noch Servietten und
Getränke. Leonardo zündete inzwischen den Grill an.
Leider waren die Aufgaben viel zu schnell erledigt, so-
dass wir kurz drauf gemeinsam am Tisch saßen.
Krampfhaft überlegte ich, welches oberflächliche
Thema ich anschneiden konnte. Isabella füllte sich ei-
nen Schluck von der selbstgemachten Rosmarin-Limet-
ten-Limonade in ihr Glas und hielt plötzlich inne.

„Wie spät ist es?"

Leonardo warf einen Blick auf seine Uhr. „Zwanzig
nach sechs, wenn du es genau wissen willst. Warum?"

„O nein! Warum habt ihr mir um sechs nicht Bescheid
gesagt, dass *Meerjungfrau & Co.* beginnt?", fragte sie
vorwurfsvoll.

Entschuldigend hob ihr Vater die Hände. „Tut mir
leid, ich habe nicht dran gedacht."

„Jetzt habe ich den Anfang verpasst."

Und schon stürmte sie davon und ließ mich mit Le-
onardo allein. Ich schloss einen Moment die Augen.
Nein, ich hielt diese angespannte Situation nicht aus.
Ich stand so hastig auf, dass beinahe der Stuhl umfiel.

„Ich frage deine Mama, ob ich ihr helfen kann."

Natürlich benötigte sie keine Hilfe.

„Das ging aber schnell", kommentierte Leonardo, als
ich mich nur wenige Augenblicke später wieder bei

ihm am Tisch Platz nahm. Es war der erste Satz, den er unaufgefordert an mich richtete, sonst beschränkten sich die Gespräche nur auf das nötigste. Kurz und knapp. Er wünschte mir einen guten Morgen und eine gute Nacht – darüber hinaus redeten wir kaum.

„Ja", erwiderte ich, weil mir mehr dazu nicht einfiel. Nach einer Minute des Schweigens, die sich wie eine Ewigkeit anfühlte, wandte er sich erneut an mich.

„Danke, dass du nicht abgereist, sondern in Sizilien geblieben bist. Das ... bedeutet Isabella sehr viel."

„Das habe ich gerne gemacht." Ich schenkte mir ein Getränk ein. „Willst du auch etwas?"

Er nickte und ich füllte sein Glas. „Was hast du denn für morgen geplant? Isabella ist ganz aufgeregt, weil du ihr nichts verrätst."

Ich hob die Braue. „Ich soll dich einweihen? Tut mir leid, auch du musst bis morgen warten."

Gespielt empört legte er die Hand auf die Brust und zog theatralisch die Luft ein. „Das kannst du mir doch nicht antun!" „Und ob ich das kann. Ich weiß, wie dich die süße Maus um den Finger wickeln kann. Sie bezirzt dich so lange, bis du mit den Infos herausrückst."

Wir lachten und ließen kurz den unbeschwerten Moment zwischen uns zu. Es fühlte sich unglaublich heilsam an. Schnell besannen wir uns wieder und nippten konzentriert an unseren Gläsern.

Ich räusperte mich. „Antonia bringt Felicia um acht Uhr. Tagsüber habe ich mir Überraschungsaktionen für die Mädels ausgedacht. Wie besprochen backst du am Abend Pizza und dann startet die Übernachtungsparty. Isabella hat sich einen Kinoabend zu Hause gewünscht. Sie hat schon Filme ausgesucht und wir haben Popcorn-Mais besorgt."

„Klingt gut. Ist Isabella immer noch traurig, weil ich morgen arbeiten muss?"

Ich nickte. „Ja, aber sie und Felicia freuen sich auf das Pizza essen. Antonia hat mir gesagt, dass ihre Tochter von nichts anderem mehr spricht. Sobald sie alt genug ist, möchte sie an einem Kurs von dir teilnehmen."

„Vielleicht habe ich auch eine Überraschung", meinte er und weckte meine Neugier.

„Was denn für eine?"

Er zitierte mich. „Ich soll dich einweihen? Tut mir leid, auch du musst bis morgen ..." Sein Handy klingelte und unterbrach ihn. „Na ja, zumindest musst du bis gleich warten", setzte er nach.

Er nahm den Anruf entgegen und sprach auf Italienisch, sodass ich ihn nicht verstand. Sein Grinsen verriet mir jedoch, dass es ihn freute, dass ich es nicht übersetzen konnte.

„Also?", fragte ich neugierig als er auflegte.

„Ich habe die Gruppe morgen verschoben und habe Zeit."

„Das sind ja großartige Neuigkeiten!"

„Behalte es bitte noch für dich."

Kurz darauf kam Camilla zu uns auf die Terrasse. Leonardo half und grillte verschiedene Fleischsorten und Gemüsespieße. Camilla nutzte die Zeit und servierte weitere köstliche Beilagen: gebratene Auberginen, mit Tomatensoße bestrichen und garniert mit Parmesan und Basilikumblättern. Mittig auf dem Tisch platzierte sie einen schön dekorierten Teller mit Tomate und

Mozzarella und einen Korb mit Ciabatta, in dem Olivenstückchen eingebacken worden waren. Außerdem servierte sie verschiedene Dips. Alles sah so köstlich aus, dass ich gar nicht wusste, was ich zuerst essen sollte.

Der restliche Abend verlief erstaunlicherweise gut. Es war kein Vergleich zu jenen, die vor dem Auftauchen von Alex stattgefunden hatten, trotzdem hatte sich die Stimmung zwischen Leonardo und mir deutlich verbessert.

Als es dunkel wurde und Leonardo Kerzen auf dem Tisch anzündete, fragte ich mich, woran es lag, dass er einen Schritt auf mich zuging. Vielleicht, weil meine Abreise näher rückte und er sich freute, bald mit mir abschließen zu können? Als er sich wieder setzte, trafen sich unsere Blicke und verfingen sich kurz ineinander.

„Ich … Ich gehe jetzt ins Bett, ich bin müde", sagte ich. „Danke für das leckere Essen und den schönen Abend."

Ich verließ die Terrasse und bildete mir ein, Leonardos Blick im Rücken zu spüren. Am liebsten hätte ich mich zu ihm umgedreht, aber ich hatte Angst, dass ich mich täuschte.

***

Als ich wenige Zeit später im Bett lag, war an Schlaf nicht zu denken, stattdessen wälzte ich mich von einer Seite zur anderen. Meine Gedanken kreisten um den Abend. Lag es an der bevorstehenden Abreise, dass sich Leonardo mir gegenüber so verhalten hatte, oder gab es noch einen Funken Hoffnung für uns beide? Ich wusste, dass ich in dieser Nacht keine Antwort bekommen würde, deshalb beschloss ich, mit den Vorbereitungen für Isabellas Geburtstag loszulegen, die ich für die frühen Morgenstunden geplant hatte. Dafür musste ich wissen, ob Isabella schon schlief, damit sie diese auf keinen Fall mitbekam. Es gab zwei Optionen, um das herauszufinden: Erstens, ich schlich mich in ihr Zimmer und versicherte mich persönlich, oder zweitens, ich schrieb Leonardo eine Nachricht.

Letzteres hätte ich noch wenige Stunden zuvor nicht gewagt, aber sein Verhalten ließ mich mutig werden. Bevor ich länger darüber nachdenken konnte, tippte ich eine Nachricht und schickte sie ab.

Schläft Isabella schon?

Ich musste nicht lange auf die Antwort warten.

Ja, wieso?

Das verrate ich dir nicht. Ist die Küche frei?

Du machst es aber spannend. Ja, meine Mamma ist gerade nach Hause gegangen.

Danke. Gute Nacht.

Daraufhin kam nichts mehr. Aus dem Schrank holte ich die Kiste, in der ich Julias Paket verstaut hatte, und eine braune Papiertüte mit Lebensmitteln. Als ich an der Tür stand, hielt ich kurz inne. Ich trug lediglich das Nachtkleid. Kurzerhand schnappte ich mir den kurzen schwarzen Morgenmantel und streifte ihn mir über, dann tapste ich die angenehm kühlen Marmorstufen runter. Ich knipste das Licht in der Küche an und schloss leise die Tür.

„Okay, los geht's."

Ich öffnete den Chat von Julia und mir. Sie hatte mir detailliert die Vorgehensweise beschrieben, um eine Meerjungfrauen-Torte für Isabella zu backen. Die Zutaten hatte ich heimlich mit Franco besorgt und sie bei mir im Zimmer zwischengelagert. Außer die Zutaten, die gekühlt werden mussten. Diese hatte ich im Kühlschrank versteckt. Ich startete mit der Herstellung des Biskuitteigs. Während er im Ofen backte und anschließend im Froster auskühlte, stellte ich eine Mascarpone-Zitronencreme her. Am Ende probierte ich einen Teelöffel voll.

„Oh, lecker."

Julia war einfach unschlagbar, wenn es um Rezepte für Torten ging. Anschließend teilte ich die Creme in drei Schüsseln auf und färbte sie wie beschrieben in türkis, weiß und pastellrosa. Danach öffnete ich den Froster und holte den hohen runden Biskuitboden hervor. Als ich die Tür schloss, stand plötzlich Leonardo ihm Raum. Er musterte mich und wenn mir meine Hoffnung keinen Streich spielte, sah ich ihn seinem Blick endlich wieder Glut.

„Was machst du hier?", wollten wir gleichzeitig voneinander wissen.

Ich stellte den Biskuit auf dem Tresen ab. „Ich backe für Isabella eine Geburtstagstorte und du?"

„Du backst eine Torte? Ich kann nicht schlafen und ..." Er fuhr sich mit den Fingern durch die Haare. „Ich wollte sehen, was du mitten in der Nacht in der Küche machst."

„Dann weißt du es ja jetzt."

„Kann ich dir helfen?"

Ich brauchte nicht lange überlegen. „Ja, gerne. Kannst du den Biskuit durchschneiden? Am besten zweimal."

„So was habe ich noch nie gemacht."

„Ich auch nicht."

„Okay, dann teilen wir es uns auf. Eine Schicht durchtrennst du, die andere ich. Va bene?"

Trotz voller Konzentration, um einen kerzengeraden Schnitt wie Julia hinzubekommen, wurde meiner schief wie der Turm von Pisa. Die eine Seite des Biskuits war ungefähr fünf Zentimeter hoch und endete im steilen Abfall bei einem Zentimeter. Bei Leonardo wurde es auch nicht besser. Wir begutachteten das Werk.

„O mein Gott. Julia wird in Ohnmacht fallen, wenn sie das sieht", kommentierte ich und endlich war der Bann gebrochen und wir lachten.

„Kann man das noch retten?", fragte Leonardo zaghaft, doch ich hatte die Hoffnung noch nicht verloren und war zuversichtlich.

„Mit der Creme bekommen wir das bestimmt hin."

Ich bestrich den ersten Boden mit Creme, danach verteilte ich Himbeeren darauf und Leonardo setzte vorsichtig den zweiten Boden darauf. Anschließend erfolgte wieder eine Schicht aus Creme und Früchten. Nachdem Leonardo den nächsten Boden obendrauf platziert hatte, strich ich die Torte außen mit der Creme ein, sodass die Farben sanft ineinander übergingen.

„Das sieht sehr gut aus", lobte Leonardo unser Werk.

„Ich bin auch überrascht, dass es mir gelungen ist. Niemand wird ahnen, wie die Torte innen aussieht. Aber die Highlights kommen noch." Ich öffnete Julias Paket. Sie hatte extra ein spezielles Transportunternehmen beauftragt, damit der Inhalt unversehrt bei mir ankam. „Meine Freundin hat aus weißer Schokolade und Fondant die Dekoration hergestellt."

Staunend begutachteten wir Julias essbare Kunstwerke. Sie hat eine Meerjungfrau geformt, entsprechende Schwanzflossen, Muscheln und ein Schild mit Isabellas Namen und der Zahl 6 darauf.

„Sie ist wirklich talentiert", sagte Leonardo.

„Ja, das ist sie."

Ich steckte die Elemente in die Torte, während mich Leonardo schweigend beobachtete. Als ich das vollendete Werk in den Kühlschrank stellte, zog er mich plötzlich an sich.

„Danke, dass du dir solche Mühe für Isabella gibst", raunte er, was mir eine Gänsehaut bescherte. „Das bedeutet mir viel."

Unsere Gesichter kamen sich nah. Viel zu nah. Die Sehnsucht nach ihm und seiner Nähe wuchs ins unermessliche. Ich wünschte es wäre wieder so zwischen uns wie vor ein paar Wochen. Bevor Leonardo von Alex erfuhr. Plötzlich verdunkelte sich sein Blick. Offenbar erinnerte er sich an den Tag, an dem ich ihn abgrundtief enttäuscht hatte.

„Ich wünschte ich könnte dir verzeihen, aber ... es geht nicht", flüsterte er und ließ mich allein in der Küche zurück.

19. Kapitel

Am nächsten Morgen hüpfte Isabella zur Tür, als es klingelte. „Das ist Felicia."

Ich begleitete sie und Leonardos Tochter öffnete die Tür. Die Freundinnen begrüßten sich stürmisch. Isabella nahm Felicia an die Hand.

„Komm mit, ich muss dir die Küche und das Wohnzimmer zeigen. Lena hat überall Luftballons verteilt. Sie haben die Form von Meerjungfrauen-Flossen, Fischen, Krabben, Muscheln und anderen Unterwassertieren."

„Felicia, warte mal, deine Tasche!", rief Antonia ihr nach aber das Mädchen hörte sie nicht mehr.

„Ich kann sie dir abnehmen."

Sie übergab mir eine kleine violette Reisetasche. „Danke, auch dafür, dass Felicia heute hier übernachten darf." Mit Antonia konnte ich mich dank ihres Berufs im Hotelgewerbe verständigen, weil sie dafür Deutschkenntnisse benötigte und diese regelmäßig auffrischte. „Ich werde meine Schicht heute erst spät beenden können und mein Mann hat Nachtschicht. Keiner von uns hätte Felicia betreuen können. Die Sommermonate mit der Betreuung zu überbrücken, ist wahrlich eine Herausforderung."

„Das stelle ich mir auch nicht leicht vor. Vor allem wenn, wie bei euch, beide Elternteile in der Tourismusbranche tätig sind."

Sie seufzte und warf einen Blick auf die Uhr. „Mamma Mia, ich muss los. Bis morgen und grazie mille."

Ich winkte ihr zum Abschied. Als die Tür ins Schloss fiel, kam Leonardo die Stufen hinab. Wir sahen uns an. Bevor das Schweigen nach dem letzten gesprochenen Satz der vergangen Nacht unangenehm wurde, begrüßte ich ihn.

„Guten Morgen. Ich habe meinen Plan für heute ein kleines bisschen geändert. Nur wenn du damit einverstanden bist?"

Ich weihte ihn in meine Idee ein, am Nachmittag, nach der Tortenverköstigung, einen Pizzakurs für die zwei Mädels zu geben.

Leonardo kam die Stufen herunter. „Ein Pizzakurs für Kinder?", fragte er, worauf ich nickte. „Darüber habe ich noch nie nachgedacht."

„Machst du es?"

„Natürlich."

„Sehr gut, dann schnappen wir uns jetzt die zwei und beginnen mit einer Schatzsuche."

Die Schatzsuche, die ich mir ausgedacht hatte, führte Isabella und ihre Freundin zunächst zum Pool. Dort fischten sie mit Keschern zwei Pakete heraus.

Isabellas Augen weiteten sich als sie den Inhalt erkannte. „Sind das Meerjungfrauen-Tauchflossen?"

„Ja, für jede von euch eine", sagte ich.

Sie jubelten und falteten den nächsten Brief auseinander. Buchstaben aus Moosgummi purzelten heraus.

„Es handelt sich um zwei Wörter. Setzt sie richtig zusammen und ihr erfahrt das Ziel", las ich vor. Siedend heiß fiel mir ein, dass die beiden selbst noch nicht lesen und somit das Rätsel nicht lösen konnten. Himmel, wo war ich nur mit meinen Gedanken gewesen, als ich mir das ausgedacht hatte? Leonardo, der offensichtlich meine Gedanken entziffern konnte, stand mir bei. „Ihr könnt doch beide schon euren Namen schreiben. Welche Buchstaben erkennt ihr?"

Die beiden suchten eifrig die Buchstaben und hielten sie in die Höhe.

„Das ist ein I", sagte Isabella.

„Das ist ein S", meinte ihre Freundin.

„Ein L."

„Und ein A."

„Was ist das?", fragte Leonardo.

„Ein O."

Schon bald hatten sie das Rätsel mit Leonardos Hilfe gelöst.

Ich atmete erleichtert aus und klatschte in die Hände. „Los, holt eure Badesachen. Wir fahren zur Isola Bella."

Im Wagen hatte ich eine weitere Hinweiskarte auf den Schatz platziert.

„Es sieht so aus, als wäre er im Wasser versteckt", vermutete Felicia und Isabella ergänzte: „Genau an der Stelle, an der Lena und ich den Seestern gesehen haben."

Nach der kurzen Fahrt und dem Weg zu Fuß zur Isola Bella bat ich Leonardo, die Mädchen abzulenken, sodass ich den Schatz im Wasser verstecken konnte.

„Dürfen wir die Flossen gleich ausprobieren?", fragte mich Isabella.

„Selbstverständlich, heute seid ihr Meerjungfrauen. Ich habe in der Apotheke eine wasserdichte Folie geholt, die wir um deine Hand wickeln können."

Isabella benötigte inzwischen keinen Verband mehr und die Wunde war weitestgehend verheilt, aber ich wollte nicht riskieren, dass sie im Salzwasser brannte. Die Mädchen zogen sich die Flossen an und robbten damit ins Wasser. Leonardo schlug vor, Fotos von ihnen zu machen, dass sie eine schöne Erinnerung an den Tag hatten. Während sie posierten, tauchte ich unbemerkt unter und positionierte zwei kleine Schatztruhen auf dem Meeresboden. Als die Mädchen sie wenige Schwimmzüge später entdeckten, war die Freude groß. An Land öffneten sie die Truhen und fanden darin ein Set um eine Kette, passend zum Thema, zu basteln.

„Wow, danke, Lena!"

Nachdem wir in der Sonne getrocknet waren, drängten die Freundinnen dazu, zurück zur Villa zu fahren, denn sie wollten unbedingt das Schmuckstück kreieren.

Camilla empfing uns mit Tellern, auf denen jeweils ein üppiges Stück Lasagne platziert war. Als wir auf der Terrasse gespeist hatten, fragte ich Isabella, ob sie noch Platz im Magen gelassen hatte. Unter dem Geburtstagsgesang Happy Birthday, gefolgt von tanti auguri, präsentierte ich ihr die Torte. Sie schlug sich die Hände vor den Mund.

„Ich habe noch nie so eine wunderschöne Torte bekommen!", rief sie. „Hast du sie gebacken?"

Ich stellte sie auf dem Tisch ab. „Ja, aber dein Papa hat mir ehrlich gesagt geholfen."

Aus den Augenwinkeln nahm ich wahr, dass Camilla überrascht aufblickte und ihre Kreuz-Kette umklammerte. Betete sie noch für ein Happy End?

„Das Rezept ist von meiner Freundin Julia. Sie hat es sich für dich ausgedacht. Die Dekoration ist auch von ihr."

„Können wir sie anrufen, dass ich mich bei ihr bedanken kann?"

„Darüber freut sie sich bestimmt sehr."

Ich suchte nach Julias Kontakt, drückte die Video-Anruf-Taste und Julia nahm nach kurzer Zeit den Anruf entgegen. Nachdem sie in die Runde gewunken hatte und sich Isabella mit einem grazie mille bedankte, fragte das Geburtstagskind, ob wir die Torte endlich anschneiden könnten.

„Gute Idee. Kann ich noch kurz dranbleiben? Ich bin gespannt, wie sie von innen aussieht."

Leonardo und ich warfen uns einen Blick zu.

„Kannst du machen, aber dann setz dich besser kurz hin."

„Wieso denn?", fragte sie lachend.

„Das wirst du gleich sehen."

Ich schnitt die Torte an und platzierte das erste Stück für Isabella auf einem Teller.

„Gehören die Schrägen innen so?", erkundigte sich Camilla und ich filmte den Anschnitt für Julia. Bei dem Anblick prustete sie los und Leonardo und ich stimmten mit ein.

„Sagen wir mal so: Ihr habt eure eigene Kreativität einfließen lassen. Wenn du wieder bei uns in Bayern bist, gebe ich dir einen Kurs wie man Böden durch-trennt", schlug Julia vor, als sie sich von ihrem Lach-krampf erholt hatte.

Dass ich zurück in Bayern war, rückte schmerzlicher-weise immer näher und näher. Um an Isabellas Tag kein Trübsal zu blasen, fuhr ich nach dem Kuchenes-sen mit dem Programm fort.

„Und jetzt gibt es den allerersten Pizzakurs von Le-onardo Visconti für Kinder."

Die Freundinnen sahen sich mit offenen Mündern an und wir machten uns auf dem Weg in die Pizzaschule. Zunächst nahmen wir im Garten Platz. Ich servierte den Mädchen Traubensaft in Weingläsern, das hatten sie sich so gewünscht. Sie wollten sich wie die Erwach-senen Teilnehmer fühlen.

„Ich weiß gar nicht recht, wie ich anfangen soll", meinte Leonardo, als ich ihm das Tablett zurück auf den Tresen der Outdoor-Bar stellte.

„Mach es so wie immer. Fang mit ein bisschen Theo-rie an."

Wir setzten uns zu den Kindern an den Tisch.

„Ratet mal, aus welchem Land die Pizza stammt?", be-gann Leonardo.

„Aus Italia", kam es synchron von beiden Mädchen.

„Und wisst ihr auch, woher genau?"

Isabella meldete sich schnipsend. „Aus Neapel. Der Legende nach ist ein Pizzaiolo beauftragt worden, dem König und seiner Frau eine Pizza zu backen. Er hat die Zutaten in den Farben der Nationalflagge gewählt. Für die Farbe grün hat er Basilikum gewählt, für weiß Moz-zarella und für rot Tomaten."

„Das hast du dir gut gemerkt, Principessa. Das war um 11. Juni 1889. Weißt du noch, wie die Königin hieß?"

Isabella hielt sich grübelnd den Finger an den Mund. „Margherita!"

„Richtig, daher hat diese Pizza ihren Namen. Gerichte, die ähnlich waren, gab es gewiss auch schon zu einem früheren Zeitpunkt. Zum Beispiel einfach belegte Fladenbrote. Die Pizza ist weltweit bekannt und wird in jedem Land ein bisschen anders zubereitet. Wir backen sie nach der neapolitanischen Art, so wie sie auch für das Königspaar gemacht wurde. Seid ihr bereit?"

„Ja!", riefen die Mädchen strahlend. Wir folgten Leonardo in die Gastroküche und zogen unsere Schürzen an.

„Wo hast du die zwei Schürzen so schnell aufgetrieben?", fragte ich Leonardo, nachdem ich den Kindern beim Zubinden geholfen hatte.

„Als du mir gesagt hast, dass heute Nachmittag ein Kurs auf dem Plan steht, habe ich meine Mamma beauftragt, welche zu besorgen."

„Womit fangen wir an?", erkundigte sich Felicia, die auf- und abtippelte.

Leonardo führte uns durch den Herstellungsprozess und erklärte kindgerecht, dass es wichtig war, auf den optimalen Mehltype zu achten. Er nahm eine Packung Weizenmehl aus dem Regal und zeigte auf die beiden Nullen, die darauf standen.

„Das ist der Mineralstoffgehalt. Das Thema ist komplex, ich schlage vor, dass wir weitermachen." Er holte eine normale Waage und eine Feinwaage aus einer Schublade. „Es ist wichtig, sich an die Mengenangaben vom Rezept zu halten und alle Zutaten genau abzuwiegen. Bei der Hefe benötigen wir nur eine niedrige Grammzahl, deswegen verwenden wir dafür eine spezielle Waage." Danach öffnete er den Kühlschrank und nahm eine Karaffe heraus die mit Wasser gefüllt war. „Das Wasser sollte Kühlschranktemperatur haben." Er klatschte in die Hände. „Ich würde sagen, das war genug mit der Theorie. Jetzt dürft ihr euren Teig zubereiten."

Ich schoss ein paar Fotos, wie die Mädchen Zutaten abwogen und die Teigmasse kneteten. Als die beiden fertig waren, legten sie den Teig in Schüsseln und deckten sie mit einem feuchten Küchentuch ab.

„Es ist wichtig, dass die Haut des Teigs nicht austrocknet. Ihr könnt jetzt eine kurze Pause machen."

Isabella fragte, ob sie sich noch einmal Kinderwein, in Form von Traubensaft einschenken durften. Leonardo erlaubte es und sie tänzelten davon.

„Komm, mach dir auch einen Teig", forderte mich Leonardo auf, als wir allein waren. Unter seiner Anleitung bereitete ich den Teig zu. „Jetzt musst du kneten, bis ein geschmeidiger Teig entsteht. Die Knetzeit variiert, bei meinem Rezept beträgt sie zwischen zehn und zwanzig Minuten", erklärte er, als ich alle Zutaten miteinander vermengt hatte. „Warte, ich zeige es dir."

Leonardo trat hinter mich und drückte mit den Handballen den Teig schräg nach vorn.

„So wird der Teig optimal durchgeknetet", meinte er.

„Zeigst du das all deinen weiblichen Teilnehmerinnen auf diese anzügliche Weise?"

„Nur dir."

Während er weiter den Teig bearbeitete, passte zwischen uns kein Blatt mehr. Ich atmete seinen unwiderstehlichen Geruch ein.

„Ich werde in deiner Nähe verrückt", raunte er mir ins Ohr und legte mir den fertigen Teig in die Hand. Ich löste mich aus dem intensiven Kontakt und sah ihm in die Augen.

„In den letzten Wochen war ich mir nicht sicher, ob du noch irgendwas für mich empfindest, aber seit gestern Abend habe ich Hoffnung. Es tut mir unendlich leid, auf welche Weise du von Alex erfahren hast. Meine Gefühle für dich haben sich nicht verändert. Bitte gib uns noch eine Chance."

Seinen Augen ruhten auf mir. Mein Herz pochte wild, als ich auf eine Reaktion wartete. Schließlich trat er einen Schritt zurück. Die meterhohe Mauer zwischen uns war damit wieder errichtet.

„Ich kann nicht", flüsterte er und meine Hoffnung zerplatzte wie eine Pizzablase im Steinofen.

„Warum kommst du mir so nah, nur um dich zwei Minuten später wieder von mir zu entfernen?"

Er fuhr sich mit der Hand durch die Haare. „Es tut mir leid. Ich verstehe es selbst nicht."

„Dann solltest du warten, bis du dir darüber im Klaren bist." Ich knallte den Teig auf die Arbeitsplatte. Aufgebracht verließ ich die Küche und sah nach den Mädchen. Sie prosteten sich gerade zu, als ich zu ihnen stieß.

„Geht es jetzt weiter?", erkundigte sich Felicia.

„Ja, wir stellen jetzt die Tomatensoße her."

Es kostete mich große Überwindung, die beiden zurück zu Leonardo zu begleiten, am liebsten wäre ich davongelaufen. Nun hielt ich es selbst nicht länger aus, in Sizilien zu sein und konnte meinen Rückflug kaum erwarten. Leonardo gab den Kindern ein Passiergerät. Sie pürierten die Tomaten damit manuell und verarbeiteten sie zu einer Soße. Ich vermied dabei bewusst jeden Blickkontakt mit Leonardo. Anschließend wurden die Soßen mit hochwertigem Olivenöl, Meersalz und gezupften Basilikumblättern verfeinert.

„Ich heize jetzt den Pizzaofen an. Was wollt ihr in der Zwischenzeit machen?", erkundigte er sich bei den beiden.

„In meinem Zimmer spielen", verkündete Isabella. Mit einem „Ruft ihr uns dann, wenn wir die Pizza backen?" verschwanden die Mädchen. Ich band meine Schürze ab, um ihnen zu folgen, doch Leonardo hielt mich am Arm zurück.

„Hey, warte mal bitte."

Ich schüttelte seine Hand ab und funkelte ihn an.

„Worauf?"

„Dass ich mich entschuldigen kann", sagte er mit einem reumütigen Ausdruck im Gesicht. „Ich wollte nicht mit deinen Gefühlen spielen."

„Möchtest du mir sonst noch etwas sagen?"

Leonardo blieb stumm, schüttelte nicht einmal mit dem Kopf, und das war Antwort genug für mich.

„Ich packe jetzt meinen Koffer. Bis später, Leonardo."

Er nickte und ich verließ die Küche.

20. Kapitel

Die Zeit bis zum Abendessen verbrachte ich damit, meine Koffer zu packen und gegen die aufsteigenden Tränen zu kämpfen.

„Reiß dich jetzt zusammen", ermahnte ich mich. In weniger als vierundzwanzig Stunden würde ich im Flieger sitzen und konnte zwischen Sizilien und mich Distanz bringen. Genauer gesagt zwischen Leonardo und mir. Ein Teil von meinem Herzen sträubte sich bei der Vorstellung verräterisch.

„Lena, Isabella, Felicia! Kommt ihr zum Essen?", rief Camilla aus dem Erdgeschoss herauf. Ich atmete tief durch und sammelte die Mädels ein.

„Wir kommen."

Beim gemeinsamen Essen gab ich mir größte Mühe, weiterhin den Kontakt zu Leonardo zu vermeiden. Als Camilla die Teller stapelte, überreichte er Isabella ein Geschenk. Es war ein hübsches goldenes Armkettchen, an dem ein schwarzer Seestern baumelte.

„Wow, danke Papa, da ist sogar mein Name eingraviert."

Sie ließ sich das Schmuckstück umbinden und fragte, ob sie mit dem Kino-Abend starten können.

„Kommt, ich bringe euch rüber in die Villa", bot ich an und war froh, aus der Situation fliehen zu können. Auf dem kurzen Weg gähnten die Mädchen und ich vermutete, dass der Abend nicht allzu lange dauern würde.

Im Wohnzimmer, das Isabella und ich schon vorbereitet hatten, machten es sich die Kinder zwischen vielen Kissen und Decken auf der ausgezogenen Couch gemütlich. Ich startete in der Zwischenzeit den ersten Film.

„Ich mache euch Popcorn", informierte ich sie und bereitete es in der Küche vor. Während der Mais gegen den Pfannendeckel ploppte, bereitete ich ein Tablett mit weiteren Snacks vor. Ich platzierte Schüsselchen nebeneinander und füllte verschiedene Süßigkeiten ein. Als das Popcorn fertig war, kippte ich es in entsprechende Tüten und stellte noch Getränke dazu.

„So, hier kommt der Kino Snack und Getränkeservice", verkündete ich, als ich zurück ins Wohnzimmer kam. Es kam keine Antwort und ich sah, dass die beiden eingeschlafen waren. Ich legte den Kopf schief und lächelte.

„Es war aber auch ein langer Tag für euch Mäuschen."

Leise stellte ich das Tablett auf dem Tisch ab und deckte die Mädchen zu. Als ich aufsah, entdeckte ich Leonardo in der Terrassentür. Er öffnete den Mund, als wollte er etwas sagen, doch dann hielt er inne und schwieg.

„Ich denke, du kommst jetzt allein klar", sagte ich, worauf er nickte.

„Danke."

***

Am nächsten Morgen rief Antonia an und fragte, ob sie als Dankeschön für die Übernachtung Isabella den Tag zu sich nehmen durfte. Die Mädchen freuten sich und mir kam es ganz gelegen, dann war Isabella nach meinem Abschied abgelenkt.

„Könnt ihr die Kinder runter in die Stadt bringen? Wir könnten in meiner Lieblingsbar noch zusammen Granita und Brioche frühstücken", schlug sie vor.

Es rührte mich, dass sie selbstverständlich von Leonardo und mir in der Mehrzahl sprach.

„Ich gebe dir gleich Bescheid", erwiderte ich und legte auf. Danach wandte ich mich an Leonardo, der ungewöhnlich still war. Ich teilte ihm Antonias Angebot mit.

„Was hältst du davon? Ich werde mich allerdings schon hier von euch verabschieden."

„Nein, bitte komm noch mit", flehte Isabella. „Zumindest kurz. Du liebst doch Granita genauso sehr wie wir. Wer weiß, wann du es wieder essen kannst."

Sie blickte mich mit ihren großen braunen Augen an. „Bitte."

Ich gab mich geschlagen. „Na schön. Du hast recht. Vermutlich werde ich Granita eine lange Zeit nicht mehr essen können."

Antonia schickte uns den Standort der Bar, die sich gegenüber von der Seilbahnstation befand, und Franco fuhr uns dorthin. Nachdem uns das Frühstück serviert wurde und die Mädchen in ein Gespräch vertieft waren, richtete sich Antonia an uns.

„Ich kann mich nicht oft genug bedanken, dass Felicia bei euch so einen unvergesslichen Tag verbringen durfte. Habe ich richtig gehört, es gab einen Kinder-Pizzakurs?"

Leonardo nickte. „Si. Das war Lenas Idee."

Während ich den Löffel zurück in den leeren Granita-Glasbecher legte, kam mir plötzlich eine Idee. Obwohl ich mir vorgenommen hatte, nicht mehr mit Leonardo zu sprechen, richtete ich mich an ihn.

„Du könntest Kinder-Pizzakurse inklusive der Betreuung fest in dein Programm integrieren. Am besten während den langen Sommerferien, denn die sind für die meisten Eltern schwer zu händeln."

„Das käme bestimmt sehr gut an", pflichtete mir Antonia bei und auch Leonardo stimmte zu.

„Ja, das ist ein guter Vorschlag. Ich denke, ich werde es ab dem nächsten Jahr anbieten."

Ich warf einen Blick auf die Uhr – schon halb elf. „Ich muss mich jetzt langsam auf den Weg in die Villa machen."

„Franco kann dich fahren", bot Leonardo überraschenderweise an.

„Danke, aber ich fahre mit der Seilbahn und genieße noch einmal den atemberaubenden Ausblick auf das Meer."

In diesem Moment bogen zwei rote Busse hintereinander auf den Parkplatz. Sie hatte die gelbe Aufschrift *Hop on, Hop off.* Das Dach war geöffnet und jeder Sitzplatz mit Touristen besetzt.

„O je, wollen die alle mit der Seilbahn fahren?"

Ich verabschiedete mich im Schnelldurchlauf von Isabella, Felicia und Antonia und winkte Leonardo zum Abschied zu. Ein letztes Mal und dieses Mal für immer. Unsere Blicke verhakten sich ineinander. Es zerbrach mir das Herz, als ich den Schmerz in seinen Augen sah. Tränen brannten hinter meinen Lidern, als ich mich von ihm abwandte. Wir hätten uns so eine schöne Zukunft aufbauen können, aber ich hatte sie kaputt gemacht, bevor sie hätte anfangen können. Das würde ich mir selbst nie verzeihen.

Ich löste ein Ticket und lief zum Eingang, vor dem auch schon jeder Menge Fahrgästen standen. Ich reihte mich hinten ein und hoffte, dass es zügig voranging, damit ich wie geplant schon frühzeitig zum Flughafen fahren konnte. Dieses Mal hatten wir das Ticket von Catania aus gebucht, sodass es nur eine Stunde Fahrt entfernt war. Die Erinnerung an die Ankunft in Sizilien und dreistündige Autofahrt mit Leonardo von Palermo nach Taormina schienen mir plötzlich weit entfernt. Es lagen nur acht Wochen dazwischen.

Ich schüttelte den Kopf. Niemals hätte ich gedacht, dass sie mein ganzes Leben auf den Kopf stellen würden.

„Ciao Lena."

Adriano entdeckte mich und grüßte mich aus der Ferne. Mit Handzeichen gab er mir zu verstehen, dass er mich vorlassen konnte.

Ich winkte ab. „Danke, es geht schon."

Schätzungsweise waren noch zwanzig Leute vor mir. Sie passten in die nächsten vier zusammenhängenden Gondeln, die in die Station einfuhren.

„Come stai? Wie geht es dir?", fragte er mich, als er die Sicherheitstür vor mir schloss. Ich zuckte mit den Schultern. Ihm brauchte ich nichts vorspielen. Ich war mir sicher, dass Leonardo seinen besten Freund in die Geschehnisse eingeweiht hatte.

„Ich habe zu Leonardo gesagt, dass er stupdio ist, wenn er dich gehen lässt."

Ich lächelte schwach. „Danke für deinen Zuspruch, aber ich bin selbst schuld daran. Nach allem, was er durchgemacht hat, hat es einen irreparablen Schaden in seinem Herzen angerichtet, weil ich ihm nicht die Wahrheit gesagt habe."

„Aber ihr liebt euch. Beide."

„Tja, manchmal reicht das nicht."

Die nächsten Gondeln fuhren ein und hinter mir drängten sich die Gruppen aus den Bussen in die Halle. Adriano umarmte mich und gab mir links und rechts ein Küsschen auf die Wangen.

„Arrivederci. Pass gut auf dich auf."

„Auf Wiedersehen, Adriano."

„Eines noch", sagte er, als ich an ihm vorbeiging. „Kauf nie wieder ein Ticket, du hast für immer freie Fahrt. Va bene?"

Ich zwinkerte ihm zu und entschied mich für die erste Gondel. Als ich sie betrat und zurückblickte, merkte ich, dass mir keine anderen Fahrgäste gefolgt waren. Plötzlich hörte ich einen lauten Stopp-Ruf, der sogar das Stimmengewirr der Menschen übertönte. Die vertraute Stimme ließ mein Herz höher hüpfen.

„Leonardo", hauchte ich. Er stand am Eingang und drängte sich durch die Fahrgäste, die zur Seite wichen und einen Durchgang frei machten. Adriano grinste bis über beide Ohren und klopfte seinem Freund auf die Schulter. Doch Leonardo hatte nur noch Augen für mich. Es war, als würde die Welt um uns herum verschwimmen. Er lief zu mir in die Gondel und schloss die Tür. Mir fielen tausend Lavasteine vom Herzen, weil er offensichtlich bereit war, mir zu verzeihen. Adriano startete die Fahrt nur für uns beide.

„Ich bin ein Idiot", begann Leonardo und berührte sanft meine Wange. Ich war überwältigt und schmiegte mich an seine Warme Hand. Bei dieser vertrauten Geste rann eine Träne über mein Gesicht, die er sofort wegwischte.

„Es tut mir leid, wie ich mich in den letzten beiden Tagen verhalten habe. Die Vorstellung, dass du abreist und ich dich nie wiedersehe, hat mich um den Verstand gebracht. Ich habe mich mit aller Kraft dagegen gewehrt, aber ich schaffe es nicht, weil ich dich liebe."

„Was bedeutet das?"

„Dass ich dich bitte, bei mir zu bleiben. Ich will dir verzeihen."

„Bist du dir da ganz sicher?"

„Ja, das bin ich."

Seine Lippen berührten meine. Zunächst war der Kuss zaghaft, als müssten wir beide erst prüfen, ob dieser Moment real war. Mit jedem Herzschlag wurde er intensiver. Es fühlte sich vertraut und gleichzeitig aufregend neu an. Doch wir konnten den Moment nicht auskosten, weil die die Fahrt plötzlich schon ein Ende fand.

„Willst du noch eine Runde drehen?", wollte er wissen. Er löste sich genauso ungern von mir wie ich von ihm.

„Die anderen Gäste haben für uns auf diese Fahrt verzichtet. Wir sollten es nicht übertreiben."

„Okay, dann gehen wir jetzt zu mir und versöhnen uns?"

Ich nickte und konnte mich nicht erinnern, jemals glücklicher gewesen zu sein.

Den restlichen Tag verbrachte ich in Leonardos Armen. Er trug mich auf Händen in sein Bett. Die Zeit verlor an Bedeutung, während wir uns einander hingaben. Jede Berührung war zart und gleichzeitig voller Verlangen. Eine leise und brennende Sehnsucht, die endlich Erfüllung fand.

„Danke", flüsterte ich als Leonardo neben mir in die Matratze sank.

„Wofür genau?", raunte er und ich boxte ihm in die Seite.

„Dafür, dass du mir eine zweite Chance gibst."

„Er beugte sich zu mir und küsste mich.

Unsere Körper fanden wie von selbst wieder zueinander ...

***

Den Nachmittag und Abend verbrachten Leonardo und ich auf einer Sonnenliege von einer luxuriösen Yacht, die er nur für uns beide gemietet hatte.

„Ich wünschte dieser Tag würde nie enden", sagte ich, als wir in der Dämmerung auf dem offenen Meer dem Sonnenuntergang entgegentrieben.

„Es wird ab jetzt für immer so sein."

„Du meinst, wenn ich dich im Urlaub besuche?"

„Nein, ich meinte jeden einzelnen Tag unseres Lebens. Du hattest die grandiose Idee mit dem Pizzakurs und die Betreuung der Kinder. Das schaffe ich unmöglich allein. Was hältst du davon, wenn du das mit mir gemeinsam machst und zu mir nach Sizilien ziehst?"

Vor ein paar Stunden dachte ich, dass ich nach Bayern zurückkehren musste. Zugspitztal kam mir so weit weg vor. Nicht nur durch die geografische Distanz, sondern auch innerlich. Die Vorstellung, mir an der Seite von Leonardo etwas Neues aufzubauen, ließ vor Aufregung mein Herz höher hüpfen.

„Ich überlege es mir", erwiderte ich neckend. Sein Grinsen verriet mir, dass er genauso gut wusste wie ich, wie meine Antwort ausfallen würde.

***

Camilla konnte ihre Ergriffenheit nicht verbergen, als wir am Abend Arm in Arm zurück in die Villa kamen. Sie wischte sich während der Zubereitung des Abendessens mehrmals die Tränen aus den Augen. Zunächst schob sie es auf die Zwiebeln, schließlich gab sie es zu.

„Ich freue mich so sehr."

Als Isabella von Antonia zurückgebracht wurde, traute sie ihren Augen kaum, als sie mich entdeckte.

„Dass du bei uns bleibst, ist das schönste nachträgliche Geburtstagsgeschenk."

Leonardo stemmte Arme in die Seiten und spielte den Beleidigten. „Hey Principessa, was ist mit dem Armband?"

„Das ist auch super."

Leonardo wandte sich an mich. „Hat dir das Armband auch gefallen?"

„Ja, es ist wunderschön."

Leonardo zog eine samtgrüne Schatulle aus seiner Hosentasche. Er öffnete sie und zum Vorschein kam eine eingebettete goldene Halskette mit einem Anhänger mit einem schwarzen Diamanten in der Form eines Seesterns. Ich schlug die Hände vor dem Mund.

„Wow!"

„Ich wollte dir die Kette eigentlich schon nach unserem ersten Ausflug zur Isola Bella überreichen, aber die Anfertigung hat über eine Woche Zeit in Anspruch genommen und dann ..."

„Dann kam die Sache mit Alex dazwischen", beendete ich für ihn den Satz.

„Aber das ist jetzt nicht mehr wichtig."

Er nahm die filigrane Halskette aus der Schatulle. „Darf ich?"

Ich drehte mich um und hielt die Haare zu einem Dutt zusammen, damit mein Hals frei lag. Er legte mir die Kette um.

„Danke", hauchte ich und umarmte ihn.

***

Die drauf folgenden Tage standen wir im Mittelpunkt der Medien. Offenbar hatte der Kapitän der Yacht uns fotografiert und die Bilder an die Presse verkauft.

Endlich zeigen sich Leonardo Visconti und seine Freundin wieder gemeinsam in der Öffentlichkeit

lautete die Überschrift einer Zeitschrift. Paola hielt sie in die Handykamera.

„Soll ich das regeln? Immerhin hat Matteo euch heimlich fotografiert und damit Geld verdient."

Leonardo winkte ab. „Er und seine Familie arbeiten im Sommer hart, um die Yachten zu finanzieren und den Winter zu überbrücken. Gönn es ihm."

„Das ist großzügig von dir. Ich hoffe, er weiß das zu schätzen."

„Ich denke schon."

Sie winkte ab. „Weshalb ich eigentlich anrufe: Am Wochenende findet in Bologna die größte Food-Messe Italiens statt."

„Ja, und?"

„Der Veranstaltungsleiter Sebastiano Rossi hat mich noch einmal kontaktiert und angefragt, ob du bei der Hobby-Pizzabäcker-Meisterschaft als Jury-Mitglied teilnehmen möchtest? Ich weiß, dass wir ursprünglich wegen dem laufenden Pizzakurs abgesagt haben. Sebastiano hat die Verkostung extra auf Sonntag verlegt, damit er eine Chance hat, dich doch noch für den Tag zu gewinnen. Was sagst du dazu?"

Leonardo runzelte die Stirn. „Hm."

„Lena ist auch herzlich eingeladen", schob sie hinterher. „Der Hinflug wäre am Samstagabend, der Rückflug bereits Montagmorgen."

Leonardo warf mir einen fragenden Blick zu. „Was sagst du zu einem Kurztrip nach Bologna?"

„Ich würde dich gerne begleiten, aber was ist mit Isabella?"

„Ich kann leider nicht auf sie aufpassen, weil ich am Samstag in eine Reha-Klinik verlegt werde, aber unsere Mamma kann bestimmt einspringen", überlegte Paola.

„Ich frage sie und gebe dir dann Bescheid", entschied Leonardo.

„Va bene."

Sie warf uns noch Kusshändchen durch die Kamera zu und dann legten wir auf.

Als Camilla wenige Zeit später zu uns in die Pizza-schule stieß überfielen wir sie direkt mit der Babysit-teranfrage.

„Madonna, ausgerechnet am Sonntag habe ich schon meine Hilfe in der Kirche zugesagt. Nächste Woche ist Ferragosto, schon vergessen?"

„Ehrlich gesagt, ja", gab Leonardo zu und klärte mich auf. „Damit ist der fünfzehnte August gemeint. Du kennst es wahrscheinlich unter Mariä Himmelfahrt, oder? Es ist einer der wichtigsten kirchlichen und fami-liären Feiertage Italiens."

Camilla wischte sich die Hände an der Schürze ab. „Ich kann das auch absagen."

Leonardo legte den Kopf schief. „Dieser Tag ist dir hei-liger als dem Papst an Ostern die Auferstehung von Je-sus Christus. Natürlich hilfst du beim Schmücken der Kirche."

„Das finde ich auch", pflichtete ich ihm bei. „Le-onardo, ich schlage vor, du fliegst allein nach Bologna. Ich kümmere mich um Isabella und wir holen das wann anders gemeinsam nach."

„Bist du dir ganz sicher?"

„Ja. Es macht mir wirklich nichts aus."

Während wir die Vorbereitungen für den Kurs trafen, überlegte ich mir, wie ich mit Isabella den Tag verbrin-gen wollte.

21. Kapitel

Leonardo flog drei Tage später nach Bologna und ich verbrachte die Zeit mit Isabella. Am Sonntag schauten wir kurz bei Camilla in der Kirche vorbei, die eifrig den Kirchenpflegern bei der Dekoration half. Anschließend ließen wir uns von Franco zum Etnaland fahren, einem Freizeitpark. Die Aktivitäten in dem Aqua- und Themenpark waren vielfältig und wir hatten eine Menge Spaß. Besonders auf einer Wasserrutsche und einer Achterbahn. Am Abend fiel Isabella glücklich, aber ausgepowert ins Bett. Während ich in meinem eigenen lag, gab ich in einer Internet-Suchmaschine das Event ein, auf dem Leonardo eingeladen war, um mehr darüber zu erfahren. Ich las die Schlagzeile, die an oberster Stelle auf dem Display erschien, und war mit einem Schlag hellwach.

Statt eines Model-Jobs erhält Sarah Kessler lediglich ein Besucher-Ticket.

Bisher kannte ich den Nachnamen von Isabellas Mutter nicht, aber es konnte kein Zufall sein. Ich klickte auf den Artikel und ein Foto füllte den Bildschirm aus. Eine overdressede Frau, die an der Ticket-Kontrolle stand, stach mir ins Auge. Zwischen den anderen Besuchern, die in alltagstauglicher Kleidung unterwegs waren, sah sie mit ihrem gewagten glamourösen Outfit aus, als hätte sie sich vom roten Teppich in Hollywood dorthin verirrt. Optisch sah sie aus wie die Models, die ich aus Zeitschriften oder dem Fernsehen kannten. Sie war groß und gertenschlank. Ihr bodenlanges rotes Glitzerkleid hatte einen hohen Beinschlitz und einen tiefen Ausschnitt, in dem sich ihre Schlüsselbeine abzeichneten. Die blonden Haare waren in einer aufwändigen Frisur hochgesteckt. Sie sah aus, als würde sie jeden Moment einen Oscar entgegennehmen und nicht an einem Foodtruck eine Bestellung aufgeben. Ich bewunderte ihren Mut für dieses auffällige Auftreten. Möglicherweise war das genau ihr Ziel? Auffallen?

Ich scrollte weiter zum Text und erfuhr, dass der Labelgründer, für den einst Leonardo und sie gearbeitet hatten, ein Sponsor der Messe war. Es handelte sich also um die Sarah. Mit zittrigen Händen las ich weiter.

Bologna – Das sechsundzwanzigjährige deutsche Model, das heute kaum noch einer kennt, erlangte einst Berühmtheit durch eine Beziehung mit dem bekannten Pizzabäcker Leonardo Visconti. Die beiden haben eine gemeinsame Tochter, die bei Visconti in Sizilien lebt. Berichten zufolge haben Kessler und er keinen Kontakt mehr, ob sich das heute ändert?

Für die diesjährige Präsentation der Arbeitskleidung hat sie eine Absage bekommen. Laut Insidern hat Kessler daraufhin angeboten, kostenlos teilzunehmen. Das Angebot wurde abgelehnt und sie erhielt ein Besucherticket. Überraschenderweise hat sie das heute eingelöst. Fans in den sozialen Netzwerken vermuten, dass Leonardo Visconti der Grund dafür sein könnte. Bisher gab es auf der Messe noch kein Aufeinandertreffen des einstigen Liebespaars. Vielleicht bei der Aftershow-Party? Wir halten Sie auf dem Laufenden.

Ich rief sofort meine Freundinnen an und erzählte ihnen, dass Leonardos Exfreundin auf der Messe war.

„Lena, mach dir bitte keinen Kopf. Leonardo liebt dich. Sie ist keine Konkurrenz für dich", sprach mir Julia über die Videoanruf-Funktion gut zu.

Valentina pflichtete ihr bei. „Das sehe ich auch so. Allerdings finde ich es auch merkwürdig, dass sie extra für diese Veranstaltung nach Italien gereist ist."

Ich ließ mich in das weiche Kissen fallen. „Ich sehe das wie die Fans, wegen des vielen guten Essens gewiss nicht. Falls sie wieder den Kontakt zu ihm sucht, warum ausgerechnet jetzt?"

„Vielleicht aus Eifersucht?", vermutete Valentina.

„Laut Camilla hatte Leonardo in den letzten Jahren viele One-Night-Stands. Es gab also schon vor mir Frauen in seinem Leben."

„Aber keine von ihnen hat er der Öffentlichkeit präsentiert", argumentierte Julia. „In dem Artikel steht, dass diese Sarah kaum noch einer kennt. Womöglich versucht sie an den einstigen Erfolg anzuknüpfen und braucht dafür öffentliche Aufmerksamkeit."

„Und du meinst, die will sie durch Leonardo bekommen, so wie damals? Ich kann mir beim besten Willen nicht vorstellen, dass sie das ein zweites Mal abzieht. Vielleicht geht es ihr dieses Mal um ihn? Und sie bereut, dass sie Leonardo und ihre Tochter verlassen hat."

„Selbst wenn dem so wäre, Leonardo würde sich garantiert nicht mehr auf sie einlassen."

Im Grunde meines Herzens sah ich das auch so. Trotzdem hatte ich so kurz nach unserer Versöhnung Angst, Leonardo an seine erste große Liebe zu verlieren. Was war, wenn sie sich gegenüberstanden und er von den einstigen Gefühlen übermannt wurde? Wenn ihm die Vorstellung gefiel, mit der Mutter seiner Tochter die Familie zu sein, die sie schon vor Jahren hätten sein sollen?

Genau mit diesen sorgenvollen Gedanken schlief ich an jedem Abend ein.

***

Als ich in den frühen Morgenstunden aufwachte, fühlte ich mich gerädert. Ich schob die Bettdecke zurück und ging ins Bad, um mir Wasser ins Gesicht zu spritzen, worauf ich mich frischer und wacher fühlte. Ich tapste zurück ins Bett und griff nach meinem Handy, das auf der Kommode lag, und scrollte durch die Berichte der vergangenen Nacht. Ein gemeinsames Foto von Leonardo und Sarah fand ich auf den ersten Blick nicht. Ich kannte sie nicht persönlich, aber ich konnte nicht glauben, dass sie tatsächlich wegen der Essensinspiration nach Bologna geflogen war.

Ich nutzte die Zoom-Funktion und entdeckte sie tatsächlich häufig in Leonardos Nähe. Auf einem Bild schüttelte Leonardo dem Veranstalter Sebastiano Rossi die Hand. Sarah befand sich im Hintergrund. Sie lugte zwischen zwei Zuschauern hervor. Beim nächsten Bild hing Leonardo einer älteren Frau mit weißer Schürze eine Medaille um. Auch da stand Sarah in der ersten Reihe hinter dem gelben Absperrband. Ich setzte mich aufrecht hin. Sie hatte es eindeutig auf ihn abgesehen. Was wohl geschehen war, als alle Kameras aus waren? Bevor ich mir ein Szenario ausmalen konnte, kündigte mein Handy den Eingang einer neuen Nachricht an. Sie stammte von Leonardo.

Ciao Bella, ich steige gleich in den Flieger. Ich kann es kaum erwarten, wieder bei euch zu sein.

Dahinter setzte er einen Kuss-Smiley.

Gerade habe ich auch an dich gedacht. Ich wünsche dir einen guten Flug und freue mich auf dich

tippte ich zurück.

Du bist schon wach?

kam es prompt zurück.

Ja, ich habe nicht gut geschlafen.

Daraufhin rief Leonardo an.

„Buon giorno amore. Was war los? Sag mir nicht, dass es wegen Sarah ist?"

Dass Leonardo das Thema direkt ansprach, nahm mir ein bisschen die Anspannung. Also gab ich zu, dass Sarah der Grund für meine schlaflose Nacht war.

„Doch. Ich habe zufällig gelesen, dass sie auch an der Veranstaltung teilgenommen hat."

„Sie war völlig besessen von der Idee, mit mir zu reden. Ich habe ihr einmal deutlich gesagt, dass sie sich von mir fernhalten soll. Das hat sie ignoriert und deshalb musste sie von meinen Securitys auf Abstand gehalten werden. Von Sebastiano hat sie am Ende ein Hausverbot erhalten, weil sie auch das nicht akzeptiert hat."

„Sie wurde rausgeworfen?"

„Si."

„Aber was ist, wenn es ihr um Isabella ging?", überlegte ich laut. Ich brauchte Leonardo nicht zu sehen, um zu wissen, dass er den Kopf schüttelte.

„Dann hätte sie tausend andere Möglichkeiten, um mich zu kontaktieren und müsste keine öffentliche Veranstaltung nutzen, auf der eine Menge Paparazzi sind."

„Stimmt, du hast recht."

„Ihr medienwirksames Auftreten gestern ist der Beweis genug, dass sie es in Wahrheit auf Aufmerksamkeit abgesehen hat."

„Das ist ihr auch gelungen."

Im Hintergrund hörte ich eine Durchsage und Leonardo übersetzte mir, dass sein Flug aufgerufen wurde.

„Ich muss in den Flieger steigen. Wir sehen uns gleich. Und mach dir bitte keinen Kopf mehr wegen Sarah. Für mich ist und bleibt sie die Vergangenheit. Va bene?"

„Okay."

Bevor er auflegte, vernahm ich eine Frauenstimme, die ihn rief. Die Betonung klang nicht italienisch, sondern deutsch. Meine erste Vermutung, dass es sich um seine Exfreundin handelte, kam mir gleich wieder absurd vor. Leonardo hatte deutlich gesagt, dass Sarah ihm nichts bedeutete. Wenn sie bei ihm war, hätte er mir das nicht verschwiegen. Überhaupt, warum sollte sie bei ihm sein? Das ergab keinen Sinn, nachdem er die Security anwies, dass sie Sarah nicht in seine Nähe lassen sollten. Ein zaghaftes Klopfen an der Tür beendete meine Gedanken. Das Einzige, was zurückblieb, war ein mulmiges Gefühl wegen Sarah.

„Kann ich reinkommen?", fragte Isabella.

„Klar, komm rein."

Die Tür ging einen Spalt auf und das kleine Mädchen lugte herein. Sie trug ihr Meerjungfrauen-Buch und den Seestern bei sich.

„Was hältst du davon, wenn ich uns einen Kakao zubereite? Wir könnten es uns im Wohnzimmer auf der Couch gemütlich machen und ich lese dir das nächste Kapitel vor?"

Ihre Miene hellte sich auf. „Ja, gerne."

***

Nach dem Frühstück begleitete ich Isabella zur Feriengruppe. Sie wollte unbedingt wissen, wie es mit den Figuren ihrer Geschichte weiterging, deshalb nutzte ich die Zeit und las es ihr vor, während Franco uns fuhr.

„Bleibst du für immer bei uns?", brach es plötzlich aus ihr heraus, als ich das Buch zuklappte. Daraufhin hatte ich Leonardo nach dem schönen Yachtausflug noch keine Antwort gegeben, deshalb war ich ehrlich zu seiner Tochter. Ich strich ihr ein gelöstes Strähnchen hinters Ohr. „Das muss ich noch mit deinem Papa besprechen."

„Ich kann es mir ohne dich nicht mehr vorstellen. Wenn ich eine Mama haben könnte, dann würde ich mir wünschen, dass sie so ist wie du."

„O Isabella. Das bedeutet mir unendlich viel. Wenn ich eine Tochter haben könnte, dann würde ich mir auch wünschen, dass sie so wundervoll ist, wie du es bist."

Sie umarmte mich und blinzelte mehrmals Tränen weg, die sich vor Rührung wie von selbst den Weg nach oben bahnten.

„Ich würde mich auch freuen, wenn Sie in Taormina bleiben", verkündete Franco, als wir zurück zur Villa fuhren.

„Danke."

Wir fuhren auf die Piazza. Ich entdeckte Leonardo, der bereits auf mich wartete. Als Franco den Wagen zu ihm lenkte und ihn stoppte, öffnete er mir die Tür und zog mich in seine Arme.

„Ich habe dich vermisst."

Franco stieg ebenfalls aus dem Wagen. „Signore Visconti, warum haben Sie denn nichts gesagt? Ich hätte Sie abholen können."

Leonardo küsste mich und alle Sorgen wegen Sarah verschwanden wie die weißen Wolken, um dem blauen Himmel Platz zu machen.

„Ich wollte so schnell es geht nach Hause, deshalb habe ich mir ein Taxi gerufen", informierte er seinen Angestellten und hatte nur Augen für mich. Franco zog sich zurück und wir nutzten die wenige Zeit vor den Kursvorbereitungen für Zweisamkeit.

***

„Isabella hat mich heute gefragt, ob ich für immer bei euch bleibe", erzählte ich Leonardo, als ich wenige Zeit später in seinem Bett in seinen Armen lag.

„Was hast du ihr geantwortet?"

„Dass ich das erst mit dir besprechen muss."

„Dann frage ich dich jetzt offiziell: Bleibst du bei mir in Sizilien?"

Leonardo streifte die dünne weinrote Bettdecke zurück. Er kniete sich vor mich.

„Was hast du vor?", fragte ich lachend und ahnte schon, worauf es hinauslief. Er spreizte meine Beine und hauchte einen Kuss nach dem anderen auf die Innenseite meiner Oberschenkel, bis er an meiner empfindlichsten Stelle angelangt war.

„Ich gebe dir noch eine kleine Entscheidungshilfe."

Bevor ich Luft holen konnte, hörten wir wie die Haustür ins Schloss viel und Camilla nach uns rief. Leonardo stöhnte.

„Mio dio, hat man denn in diesem Haus nie seine Ruhe? Überleg es dir noch mal, ob du dir das antun möchtest."

Ich kicherte. „In Ordnung. Was hältst du von einem Abendessen, gemeinsam mit Isabella, in deiner Pizzeria? Dann gebe ich euch meine Antwort."

„Du willst mich den ganzen Tag warten lassen?"

„Ich denke, du kannst dir bereits vorstellen, wie sie ausfällt."

Wir zogen uns rasch an und starteten gemeinsam in den Tag. Die Mittagspause verbrachte ich in einer nahegelegenen Eisdiele unter einem zitronengelben Sonnenschirm und telefonierte mit meinen Freundinnen.

„Wisst ihr, was ich verrückt finde?", begann Julia. „Ich habe mich mittlerweile schon so sehr an dieses Bild von dir in Italien gewöhnt. Auch jetzt, wie du dasitzt, mit der Sonnenbrille im Haar und die Erdbeeren und das cremige Vanilleeis aus dem Becher löffelst ... als hättest du das immer schon so gemacht."

„Mir kommt das Leben ins Zugspitztal auch unendlich weit weg vor. Als würde es Jahre zurückliegen, dabei sind es erst zehn Wochen."

„Habt ihr inzwischen besprochen, wie es weitergeht?", erkundigte sich Valentina und biss von ihrem Brot ab. Die Mitarbeiterin servierte mir ein Glas mit kühlschrankkaltem Wasser. Ich bedankte mich. Als sie sich dem Nebentisch zuwandte, erzählte ich meinen Freundinnen von dem Vormittag. Zunächst brachte ich sie auf den neuesten Stand wegen Sarah.

„Das Thema ist beendet. Leonardo wollte nicht mit ihr reden und hat selbst erkannt, dass es ihr nur um die öffentliche Aufmerksamkeit ging."

Als das mulmige Gefühl sich wegen seiner Exfreundin wieder bemerkbar machte, erstickte ich es mit meiner Zukunftsfreude im Keim.

„Leonardo hat mich heute noch einmal offiziell gefragt, ob ich bei ihm in Sizilien bleiben möchte."

Meine Freundinnen kreischten. Ich sah mich um und lachte, aber die anderen Gäste, die an den Tischen saßen, alle zu beschäftigt, um uns wahrzunehmen. Eine junge Mama unterstützte ihre zwei Kinder beim Eisessen, deren süße Gesichter und Händchen voller Schokoeis waren. An einem weiteren Tisch saßen sich zwei ältere Männer mit Sonnenhüten und Espressi gegenüber. Sie unterhielten sich angeregt und gestikulierten dabei mit den Händen. An Nebentisch hatte eine Frau kur nach mir Platz genommen. Sie trug einer überdimensionalen Sonnenbrille und einem Schal, dem sie locker um den Hals und Kopf geschlungen hatte, vermutlich, um sich vor der Sonne zu schützen. Ein aufgeklappter Laptop war vor ihr platziert, wahrscheinlich arbeitete sie.

„Wartet, ich habe ihm gesagt, dass ich ihm und Isabella heute Abend die Antwort geben will. Nach dem Kurs beim Abendessen. So circa ab zwanzig Uhr wird es offiziell sein, dass ...“

Julia holte sich einen Teller mit Käsekuchen aus der Vitrine. „Deine Antwort natürlich Ja lauten wird“, beendete sie für mich den Satz.

Ich nickte. „Ja.“

Ja, wiederholte ich im Geiste. *Ja*, ich werde nach Sizilien auswandern.

„Das ist so aufregend“, meinte Valentina.

„Wir müssen aber weiterhin regelmäßig in Kontakt bleiben. So wie jetzt. Und du besuchst uns und wir dich, versprochen?“

„Selbstverständlich. Ihr zwei werdet mir unheimlich fehlen.“

„Wir freuen uns für dich, dass du einen so schönen Neustart hast“, sagte Julia und holte sich eine Kuchengabel aus einer Schublade.

„Danke, das bedeutet mir viel.“

Ich nahm mir einen Löffel von dem cremigen Vanille-Eis und ließ es mir auf der Zunge zergehen. Nach der Trennung von Alex hätte es auch zu Hause in Bayern einen Neubeginn für mich gegeben. Ich hätte mir eine Wohnung suchen müssen, weil der Familie von Alex das Haus gehörte und er dort bleiben würde. Alex ... Seit er unerwartet in Sizilien aufgetaucht und nach unserem Streit ebenso schnell verschwunden war, herrschte zwischen uns Funkstille. Ich verdrängte die Gedanken an ihn. Obwohl die Trennung längst überfällig gewesen war, tat es trotzdem weh, einen Freund verloren zu haben.

„Kommst du erst mal wie geplant nach Hause?", erkundigte sich Valentina.

„Ja, das werde ich. Am ersten September geht mein Flug zurück. Nach alle den Jahren der Zusammenarbeit möchte ich Susanne persönlich mitteilen, dass ich kündige und die reguläre Kündigungsfrist einhalten. Außerdem muss ich meine Sachen aus der Wohnung räumen und noch ein bisschen Papierkram für die Auswanderung regeln. Kann mich einer von euch aufnehmen, bis ich wieder zurück nach Sizilien fliege?"

„Was für eine Frage", kam es synchron von beiden zurück und wir lachten.

22. Kapitel

Nach der Feriengruppe wollte sich Isabella ausruhen. Zunächst schauten wir die Aufzeichnung ihrer Lieblingsserie weiter. Danach schnappten wir uns Luftmatratzen und ließen uns im Pool treiben.

„Können wir mal wieder zum Schnorcheln gehen?", fragte das Mädchen.

„Na klar. Jetzt um diese Uhrzeit ist es am Strand zu voll, der schwarze Seestern hat sich bestimmt auch unter dem Felsen verkrochen, aber was hältst du davon, ein bisschen im Pool zu üben?"

„Ja, gerne."

„Bleibst du kurz hier? Dann hole ich deine Taucherbrille."

Ich rutschte von der Luftmatratze in das erfrischende Wasser. Nach ein paar wohltuenden Schwimmzügen erreichte ich die Treppe. Während ich in die Villa ging, trocknete ich mich grob mit dem Handtuch ab. Ich holte nicht nur Isabellas Taucherbrille, sondern zur Motivation eine Hand voll bunter Glassteine.

„Machen wir es so: Du hältst dir die Augen zu und ich werfe einen Glasstein ins Wasser. Danach kannst du ihn suchen und darfst ihn behalten. Einverstanden?"

Sie klatschte in die Hände. „Sì."

Ich setzte mich an den Poolrand und startete die erste Runde.

Isabella zog die Brille auf die Nase und hielt den Daumen hoch. „Es kann losgehen."

Ich ließ meine Füße im Wasser baumeln und beobachtete, wie Isabella eifrig den leuchtend blauen Untergrund absuchte. Ein Glücksgefühl erfasste mich. An diesem traumhaften Ort mit diesen wunderbaren Menschen würde ich fortan leben.

Als Isabella den vierten Stein suchte, warf ich einen kurzen Blick auf mein Handy. Es zeigte eine Nachricht von Leonardo an. Kurz wunderte ich mich, dass er mich über Instagram kontaktierte und nicht über den gewöhnlichen Nachrichtendienst, aber ich machte mir nicht weiter Gedanken darüber. Womöglich bereitete er einen Post vor und klickte deshalb dort gleich auf mich.

Ciao Bella, kannst du Isabella zu mir rüberschicken, wenn der Kurs vorbei ist? Sie soll bitte allein kommen, damit du noch nicht siehst, was ich für dich vorbereite.

Eine Überraschung? Jetzt machst du mich aber neugierig.

Du darfst gespannt sein. Könntest du, sobald Isabella bei mir ist, bei Adriano noch etwas für mich abholen?

Klar, kein Problem.

Grazie mille.

Nachdem Isabella alle Edelsteine aufgetaucht hatte, beschloss ich, dass es Zeit war, uns für den Abend vorzubereiten. Wir duschten und zogen uns an. Ich entschied mich für ein bodenlanges luftiges Sommerkleid und Isabella zog einen Rock und ein T-Shirt an. Danach föhnte und kämmte ich ihr die Haare. Anschließend machte ich mich ausgehfertig.

„Du siehst wunderschön aus", sagte das Mädchen, als sie mich im Spiegel betrachtete.

„Und du erst."

Ich beugte mich zu ihr runter. „Dein Papa hat mir eine Nachricht geschrieben, dass du zu ihm rüberkommen sollst. Ich erledige noch kurz etwas und komme dann nach, okay?"

„Okay."

Wir verabschiedeten uns an der Haustür. Ich wartete noch bis im Eingang der Pizzaschule verschwunden war. Danach steuerte ich auf zu Franco, der lässig am Wagen lehnte. Als er mich erblickte stellte er sich aufrecht hin.

„Hallo Franco, könnten Sie mich bitte zur Seilbahn-Station fahren? Ich soll dort für Leonardo etwas abholen."

„Naturalmente. Steigen Sie ein."

Er öffnete mir die hintere Tür. Wegen des dichten Abendverkehrs ging es nur zähflüssig voran. Es wurde gehupt und durch herunter gekurbelte Fensterscheiben gerufen, aber trotzdem blieb es bei dem langsamen Stop-and-go-Verkehr. Nach einer gefühlten Ewigkeit bog Franco in die Einfahrt der Seilbahnstation, die genauso überfüllt war wie die Straßen zuvor. Inzwischen war es dunkel geworden und zahlreiche Touristen

wollten den lauen Sommerabend in der belebten Fußgängerzone verbringen.

„Wissen Sie was, ich fahre dann mit einer Gondel
nach Taormina hoch und Sie können Feierabend machen. Dann brauchen Sie sich nicht mehr den Weg rauf
in die Stadt antun.“

„Sind Sie sicher?“

Ich nickte.

„Das ist sehr freundlich von Ihnen, vielen Dank.“

Wir verabschiedeten uns kurz voneinander und ich
eilte in die Eingangshalle. Ich reihte mich hinter den
zahlreichen Touristen ein, die auf die Fahrt warteten.
Mit jedem Schwung, der in die nächsten einfahrenden
Gondeln stieg, wurde das Kribbeln in meinem Bauch
stärker.

„Lena? Sag mir, dass es mein Anblick ist, der dich so
zum Strahlen bringt?“ Adriano lehnte sich an die Sicherheitstür, die ihn und die Fahrgäste trennte und
hielt sich theatralisch die Hand auf sein Herz. Einige
der Leute blickten neugierig zu uns herüber. Ich lachte.
„Hey, hör auf damit. Ich muss dich enttäuschen. Dein
bester Freund Leonardo ist der Grund dafür. Ich werde
ihm und Isabella gleich mitteilen, dass ich bei ihnen
bleiben werde. Es steht nur noch eine Sache im Weg:
Das, was ich von dir abholen soll, also gib es mir bitte
schnell.“

Adriano neigte den Kopf. „Was soll ich dir denn mit-
geben, mein Herz?“

Ich boxte ihn in die Seite. „Ich meine es ernst.“

„Ich auch.“

Ich zeigte ihm die Nachricht von Leonardo.

„Wir haben nichts ausgemacht.“

„Was? Aber warum hat er es mir dann geschrieben?"

Er zuckte mit den Schultern. „Dafür hat er bestimmt eine Erklärung. Vielleicht wollte er sichergehen, dass du wegen der Überraschung nicht vorzeitig in die Pizzaschule kommst?"

„Hm ... Das macht Sinn, aber warum hat er dich dann nicht eingeweiht?"

Adriano runzelte die Stirn. „Möglicherweise kam er dazu nicht mehr?"

„Das kann sein."

Es kam mir merkwürdig vor, dass mich Leonardo ohne Grund ins Tal schickte. Er hätte auch einfach sagen können, dass ich in der Villa warten soll, bis er soweit war. Ich verabschiedete mich von Adriano und stieg in die nächste Gondel. Als die nachtfarbene Welt unter mir schrumpfte, genoss ich die Aussicht. Ich betrachtete die unzähligen funkelnden Lichter der Häuser und Straßenlaternen. Am Uferrand spiegelten sie sich bunt schimmernd im Wasser. Weitere Lichtquellen auf dem Meer, das sich in dunkelblauen Farbtönen bis zum Horizont erstreckte, stammten von einem Kreuzfahrtschiff und einzelnen kleineren Booten, die drum herum kreisten.

Plötzlich spielte es keine Rolle mehr, warum sich Leonardo für diesen Weg entschieden hatte. Als ich aus dem Fahrgeschäft stieg, wuchs stattdessen meine Neugier, warum er sich solch eine Mühe gab, um zu verhindern, dass ich in die Nähe der Pizzaschule kam. Ich bahnte mir einen Weg durch die Touristen, die sich in die Restaurants und Geschäfte drängten. Für einen Heiratsantrag war es zu früh, oder? Ich bremste mein Herz, das bei dem Gedanken einen aufgeregten Satz machte.

Stopp, langsam. Das wäre eindeutig zu früh. Obwohl ich, ohne zu zögern, Ja sagen würden.

Wenige Zeit später erreichte ich voller Vorfreude den Garten der Pizzaschule. Ich ging durch den Torbogen und erstarrte. Im romantischen Ambiente, einem Meer aus Kerzen und Rosenblättern, die auf dem Boden verteilt waren, stand Leonardo und küsste eine andere Frau. Obwohl ich sie bisher nur auf Fotos gesehen hatte, wusste ich sofort, um wen es sich handelte: Sarah.

Ich taumelte zurück. Also war die Frau, die ich im Hintergrund am Flughafen gehört hatte, Sarah? Warum hatte mir Leonardo verschwiegen, dass er sie mit nach Sizilien gebracht hatte? War das die verdiente Retourkutsche dafür, dass ich ihm nichts von Alex erzählt habe? Tränen brannten in meinen Augen. Und ich hatte ernsthaft an ein Happy-End geglaubt, wollte nach Sizilien auswandern und habe mir einen Heiratsantrag ausgemalt.

Mit verschwommener Sicht stürmte ich zur Villa. Am Eingang lief mir Isabella in die Arme, die ein rosafarbenes Fotoalbum in den Händen hielt. Ich wischte mir schnell die Tränen aus den Augenwinkeln.

„Ciao Lena, du wirst nie erraten, wer hier ist."

Ich beugte mich zu ihr herunter, sodass wir uns auf Augenhöhe befanden, und bemühte mich um ein Lächeln, obwohl es mich viel Kraft kostete. „Du verrätst es mir sicher gleich."

„Meine Mamma!"

Das Bild von Sarah und Leonardo, wie sie sich küssten, tauchte vor meinem inneren Auge auf. Erneut versetzte es mir einen Stich. Ich blinzelte mehrmals, um die Tränen zurückzuhalten.

„Wirklich?"

„Ja."

„Es freut mich für dich, dass dein größter Wunsch in Erfüllung gegangen ist."

Das meinte ich ernst, auch wenn es mir in der Seele wehtat, dass die Rückkehr von Sarah bedeutete, dass für mich in der Familie kein Platz mehr war.

„Ich zeige ihr jetzt Fotos von mir. Sie weiß gar nicht, wie ich als Baby und kleines Kind ausgesehen habe", informierte mich das Mädchen. Offensichtlich bereute Sarah ihre damalige Entscheidung und die drei waren auf dem besten Weg, sich wieder zu vereinen.

„Na dann, lauf los. Sie wartet sicher schon gespannt."

Ich drückte Isabella an mich und schloss einen Moment die Augen. Nach der Umarmung hüpfte Isabella zur Pizzaschule. Ich sah ihr traurig nach. Leonardos Tochter war mir in den letzten Wochen an das Herz gewachsen. Ich hätte sie gerne auf ihrem Lebensweg begleitet. Als sie hinter der Ecke des Hauses verschwand, machte ich mich mit zittrigen Beinen auf den Weg in mein Zimmer. Als die Tür hinter mir ins Schloss fiel, lehnte ich mich dagegen. Wo sollte ich denn jetzt hin? Ohne Leonardo konnte ich mir eine Zukunft in Sizilien nicht mehr vorstellen. Plötzlich hörte ich, wie jemand die Marmortreppe hinauflief. Kurz darauf klopfte es.

„Lena? Isabella hat mir erzählt, dass ihr euch am Eingang getroffen habt."

Es war Leonardo. Uns trennte nur die schmale Tür, aber vom Gefühl her waren er und das Leben, das wir hätten führen können, schon so weit entfernt wie der Mond von der Erde. Das tat unglaublich weh. Tränen strömten über mein Gesicht.

„Was willst du?", fragte ich mit bebender Stimme.

„Weinst du?", wollte er wissen. Er klang alarmiert. „Mach bitte die Tür auf, sonst komme ich einfach rein."

Ich atmete tief durch und öffnete ihm die Tür. Seine Augen weiteten sich als er mein Gesicht sah.

„Was ist passiert?" Er ging einen Schritt auf mich zu, aber ich wich zurück.

„Ist die Frage ernst gemeint?"

„Wie meinst du das?"

Ich schnaubte leise und auf einmal fügte sich bei seiner gespielten Ahnungslosigkeit ein Bild von dem Abend zusammen.

„Jetzt verstehe ich das. Du hast mich zu Adriano geschickt, weil du nicht wolltest, dass ich das Treffen mit Sarah mitbekomme. Wolltest du erst prüfen, ob das zwischen euch wieder etwas wird, bevor du mir den Laufpass gibst?"

„Lena, wovon sprichst du?"

„Tu nicht so, als ob du das nicht wüsstest. Beantworte mir zwei Fragen. War Sarah mit dir im Flugzeug und habt ihr euch gerade geküsst?"

Leonardo wurde blass. „Das hast du gerade gesehen? Ja, es stimmt beides, aber es ist nicht so, wie du denkst. Das verspreche ich dir. Bitte lass es mich erklären. Ich ..."

Er hielt inne, weil die Eingangstür unten aufging.

„Leonardo?", flötete kurz darauf eine weibliche Stimme.

„Ich bin hier oben", erwiderte er knapp, ohne mich aus den Augen zu lassen. Ich sah, wie Sarah mit Isabella, die sie an der Hand hielt, an den unteren Treppenabsatz stellte und zu uns heraufsah.

„Da bist du ja. Ich hoffe wir stören nicht?", fragte sie und klimperte mit den Wimpern.

„Nein, das tut ihr nicht. Unser Gespräch ist beendet", antwortete ich für Leonardo und ein gequälter Ausdruck trat auf sein Gesicht.

Isabella hielt sich die freie Hand auf den Bauch. „Ich habe so Hunger. Gibt es jetzt endlich etwas zu essen?"

„Es gibt Pizza, oder? Ich kann euch nicht sagen, wie sehr ich mich darauf freue, endlich wieder die leckere Pizza von deinem Papa zu essen", schob Sarah säuselnd hinterher.

Mir wurde speiübel. Leonardo blickte zwischen den beiden hin und her. Er war offensichtlich hin- und hergerissen. Ich nahm ihm die Entscheidung ab.

„Lass sie nicht warten."

„Ich bringe Isabella spätestens in einer Stunde ins Bett. Lass uns dann bitte in Ruhe reden. Bitte."

„Papa, komm jetzt", drängte Isabella.

Leonardo warf mir einen flehenden Blick zu und wandte sich ab. Als sich in diesem Moment Sarahs und meine Blicke begegneten, verwandelte sich ihr Lächeln einen Augenblick lang in ein hämisches Grinsen. Oder bildete ich es mir ein?

„Lena, was ist mit dir? Kommst du nicht mit?", wollte Isabella wissen, doch ich schüttelte den Kopf.

„Ich bin müde und lege mich jetzt hin."

„Schade, ich hätte mich gefreut, Sie kennenzulernen", kam prompt von Sarah. Ich glaubte ihr kein Wort.

„Vielleicht ein anderes Mal. Lasst es euch schmecken."

„Danke", trällerte Sarah und zog das Mädchen mit sich.

Als alle drei aus der Villa draußen waren, atmete ich hörbar aus. Mir kam der Gedanke, dass Sarah gewiss auch hier übernachten würde. Die Vorstellung, dass sie nur wenige Meter von mir entfernt schlief und wir uns am nächsten Morgen am Frühstückstisch gegenübersitzen würden, hielt ich nicht aus.

Ich zog mein Handy aus der Handtasche und suchte mit zittrigen Fingern nach einer Flugverbindung. Ein Flieger nach Bayern startete bereits in zwei Stunden von Catania aus. Das war knapp, aber ich könnte es schaffen. Wenn ich das überteuerte Ticket für den Flug buchte, konnte ich nicht mehr mit Leonardo sprechen. Wollte ich seine Erklärung überhaupt hören? Letztendlich änderte es nichts an der Situation.

Ich scrollte weiter. Ein weiterer Flug war erst am nächsten Tag möglich. Schließlich überwog die Aussicht, Italien so schnell wie möglich zu verlassen. Ich buchte das erste Ticket und es begann ein Wettlauf gegen die Zeit. Ich warf meinen Besitz in den Koffer und verließ stürmisch Leonardos Anwesen. Ich drängte mich mit meinem Gepäck durch die Menschenmenge auf der Piazza und der Fußgängerzone, die sich im Anschluss befand. Die Leute ahnten nicht, dass meine Welt eingestürzt war. Sie waren beschäftigt unter dem sternenverhangenen Nachthimmel schöne Urlaubserinnerungen zu sammeln.

Mein Blick blieb kurz an einem Pärchen hängen. Die beiden saßen sich auf der Terrasse von einem Restaurant am Tisch gegenüber. In der Mitte von ihnen dampfte ein Teller mit Spagetti und Tomatensoße. Beide beugten sich vor, als sie mit den Gabeln die langen Nudeln aufdrehten. Sie bemerkten zunächst nicht, dass sie eine gleiche Spagetti erwischt hatten. Während sie aßen, führte die Nudel langsam ihre Gesichter zusammen. Als sich ihre Nasenspitzen berührten, lachten sie. Schließlich endete die Szene in einem Kuss.

Ich hielt inne. So hätte mein Abend auch verlaufen sollen. Ein romantisches gemeinsames Essen mit Leonardo. Niemals hätte ich damit gerechnet, dass er mit einer Flucht aus dem Land enden würde.

Automatisch stiegen mir Tränen in die Augen. *Jetzt nicht*, ermahnte ich mich und zwang mich, weiterzugehen. Nach wenigen Schritten erreichte ich das historische Stadttor von Taormina. Ich ging durch und ließ nicht nur die Altstadt hinter mir, sondern auch mein Leben dort. Zum Glück hielt an der befahrenen Straße ein freies Taxi. Der freundliche Fahrer half mir beim Einladen meines Koffers und fuhr mich nach Catania zum Flughafen.

In allerletzter Minute hatte ich es wenig später geschafft und ließ mich keuchend auf meinem reservierten Sitzplatz im Flugzeug fallen. Als sich meine Atmung normalisierte und es in ein Schluchzen überging, befanden wir uns bereits in der Luft ...

***

Am Memminger Flughafen wartete ich mit den anderen Passagieren an der Kofferausgabe. Irgendwann war nur noch ich übrig. Tränen sammelten sich erneut in meinen Augen. Ein Mitarbeiter warf mir einen mitfühlenden Blick zu.

„Ihr Gepäck taucht bestimmt jeden Moment auf, keine Sorge."

Tatsächlich rollte der Koffer kurz drauf auf dem schwarzen Band an. Ich nahm ihn und ging zum Parkplatz. Dort erkannte mich der Mitarbeiter. Er eilte aus dem Häuschen und nahm einen tiefen Zug von seiner Zigarette, bevor er sie auf dem Boden mit dem Schuh ausdrückte.

„Ich habe Sie erst in zwei Wochen erwartet. Leider kann ich ihnen die Zeit nicht erstatten, weil ..."

Ich winkte ab. Meine Lippen bebten. „Kein Problem. Kann ich meinen Schlüssel haben?"

„Selbstverständlich. Ich hole ihn kurz mit der Rechnung und zeige Ihnen, wo der Wagen steht."

Als ich wenige Zeit später allein im Wagen saß, nahm ich mein Handy in die Hand und schaltete den Flugmodus aus. Überraschenderweise zeigte es ein duzend verpasster Anruf von Leonardo an und fast ebenso viele Nachrichten.

21:15 Uhr: Lena, wo bist du?

21:17 Bitte antworte mir, ich mache mir Sorgen um dich.

So ging es lange weiter. Inzwischen war es weit nach Mitternacht. Ich sah, dass Leonardo wieder online war.

*Ich sehe, dass meine Nachrichten endlich wieder zu
dir durchgekommen sind und du bist online. Bitte gib
mir ein Zeichen, dass es dir gut geht. Ich drehe gleich
durch. Die Polizei wartet noch die vorgegebene Zeit
und startet dann mit der Suche nach dir. Ich bin selbst
schon durch die ganze Stadt gelaufen.*

Ich stellte mir vor, wie Leonardo, nachdem er Isabella
ins Bett gebracht hatte, mein leeres Zimmer vorgefun-
den hatte. Was wohl in ihm vorging, als er feststellte,
dass ich nicht mehr da war? Seine Nachrichten klan-
gen jedenfalls verzweifelt. Auch wenn er seiner ersten
großen Liebe eine Chance gab, war es unfair, ihm meinen Aufenthaltsort zu verschweigen. Er machte sich
Sorgen und ich beschloss, dass ich auch nicht herausfinden wollte, ob der Teil mit der Polizei gelogen war.
Ich antwortete ihm kurz und knapp.

*Ich bin zurück in Deutschland. Melde dich bitte nie
wieder bei mir.*

Danach blockierte ich ihn.

23. Kapitel

Während der Fahrt nach Zugspitztal überlegte ich, wo ich die restliche Nacht verbringen könnte. Valentina übernachtete am Wochenende bei Maximilian oder er bei ihr, deshalb wollte ich sie nicht stören. Julia hingegen blieb nicht mehr viel Schlafenszeit, bevor ihr Wecker klingelte, die ich ihr nicht nehmen wollte. Wie gewohnt würde sie früh morgens den Konditoreibetrieb starten, damit am Nachmittag der Verkaufstresen bestückt werden konnte. Weil mir nichts Besseres einfiel, steuerte ich die Wohnung von Alex und mir an und beschloss, im Auto zu schlafen. Ich hoffte inständig, dass Alex schon schlief und es nicht mitbekam.

Als die Scheinwerfer die Einfahrt beleuchteten, traf mich fast der Schlag. Es sah aus wie in einer Müllhalde. Die Mülltonne quoll über und auf dem Pflaster türmten sich Getränkekästen und Abfall von Fast-Food-Restaurants. Bierflaschen, Einwegkaffeebecher und anderer Papiermüll lagen achtlos verteilt auf dem Boden.

„Was ist denn hier passiert?", flüsterte ich. So konnte ich unmöglich parken. Ich atmete hörbar aus und gab mir einen Ruck. Schließlich stieg ich aus dem Wagen und begann, den Müll zur Seite zu räumen. Als ich mit Fingerspitzen ein nach Motoröl riechendes T-Shirt hochhob, hörte ich, wie ein Schlüssel im Schloss umgedreht wurde.

„Lena?"

Ich hielt die Luft an. Das war Alex. Er sprach meinen Namen undeutlich aus, was höchstwahrscheinlich dem Konsum von Alkohol zuzuschreiben war.

„Lena, bist du das?"

Plötzlich klang er so nüchtern wie jemand, dem ein Eimer mit kaltem Wasser über den Kopf geschüttet worden war. Ich warf das T-Shirt auf den schmalen Rasenstreifen am Rand und wischte mir die Hände an der Hose ab.

„Ja, ich bin es."

Er trat in meine Nähe und ich wagte es, ihn anzusehen. Alle angestauten Emotionen brachen aus mir heraus, als sich unsere Blicke im Scheinwerferlicht trafen.

„Es tut mir leid", sagte ich mit bebender Stimme und wischte mir eine Träne aus den Augen. Ich rechnete mit sämtlichen Reaktionen, aber nicht mit dieser: Alex zog mich in seine Arme und umarmte mich mit festem Griff.

„Mir auch", flüsterte er irgendwann.

„Darf ich heute Nacht hier parken? Ich schlafe selbstverständlich auch im Auto und ..."

Er löste sich von mir. „Nein." Es klang entschieden.

„Okay, ich kann verstehen, dass du ..."

„Du schläfst selbstverständlich im Bett."

Überrascht blickte ich zu ihm auf. „Danke."

„Hat er dir wehgetan?"

Ich spürte, wie sich Tränen in meinen Augen sammelten.

„Komm, gehen wir rein und reden über alles, okay?"

Ich wusste, dass er damit auch ihn und mich meinte. Endlich war Alex wieder der Freund, den ich kannte.

Jener, der in unserer Beziehung nicht mehr existiert hatte. Er half mir mit dem Gepäck und wir gingen die vertraute Treppe hinauf in die Wohnung. Wir schnappten uns Decken und machten es uns auf bequemen Sesseln auf dem Balkon bequem. Grillen zirpten, ansonsten war es ungewohnt still. Hinter den Häuserdächern zeichnete sich die Gebirgskette am sternenübersäten Nachthimmel ab. Es war kein Vergleich zu dem hell erleuchteten Taormina, das in der Nacht genauso sehr lebte wie am Tag.

„Vermisst du Sizilien?"

„Ja, aber das spielt jetzt keine Rolle mehr."

„Magst du mir erzählen, was passiert ist?"

Ich fasste ihm die Geschehnisse zusammen, während er aufmerksam zuhörte.

„Ich sage es nur ungern, aber so, wie du Leonardo beschrieben hast, passt dieses Ende nicht zu ihm."

„Ich hätte es ihm auch niemals zugetraut. Vielleicht sind drei Monate doch zu wenig, um zu behaupten, dass man jemanden kennt. Bevor ich bei ihm eingezogen bin, hat er nachts immer andere Frauen zu sich eingeladen, was ist, wenn es einfach leichter für ihn war, dass ich da war?"

Ich wehrte mich dagegen zu glauben, dass ich für ihn nichts weiter als ein unbedeutender Zeitvertreib gewesen war. Leonardo hatte mir bei unserem ersten Streit eine Schauspielkarriere empfohlen, wenn er tatsächlich keine ernsten Absichten hatte, dann war er es, der eine anstreben sollte.

„Weißt du, wovor ich Angst hatte, als ich gelesen habe, dass Sarah sich ebenfalls in Bologna auf der

Messe aufhält? Dass die alten Gefühle mehr Macht haben als unsere die zwar intensiv sind ..." Ich hielt inne und verbessere mich. „... waren, aber noch keine Zeit hatten, sich zu stärken. Wahrscheinlich wurde Leonardo von ihnen übermannt."

„Das kann sein, aber warum hat er dir das nicht einfach gesagt?"

Ich zuckte mit den Schultern. „Das wird nur er selber beantworten können, aber es ist ändert nichts mehr. Für Isabella würde ich mir wünschen, dass Sarah die Vergangenheit bereut und sie eine Familie werden können ..."

Alex zog mir ein Taschentuch aus der Box, als bei dem Gedanken daran alle Tränendämme brachen.

„So, aber jetzt kommen wir zu dir. Warum hast du mich nicht aus der Einfahrt gejagt, sondern mich umarmt?", wollte ich wissen, als ich mich einigermaßen beruhigt hatte.

Er senkte den Blick. „Ich hatte Zeit nachzudenken und gebe dir recht. Das mit uns ist irgendwie schiefgelaufen. Ich habe gemerkt, dass ich dich viel zu wenig beachtet habe, und dafür möchte ich mich entschuldigen."

„Danke, das bedeutet mir viel."

„Können wir trotzdem befreundet bleiben? Ich halte es nicht aus, dich ganz zu verlieren."

„Das geht mir umgekehrt genauso."

„Wie geht es jetzt weiter?"

Ich seufzte. „Ich schlage vor, dass wir erst mal schlafen? Und dann werde ich mir eine Wohnung suchen."

„Du brauchst nicht sofort auszuziehen, okay?"

Alex bot mir an, bei ihm zu bleiben, bis ich eine passende Bleibe gefunden hatte.

„Du nimmst das Bett und ich schlafe auf der Couch. Ohne Widerrede", schob er hinterher, als ich protestieren wollte.

„In Ordnung. Schlaf gut, Alex."

„Du auch."

***

Gegen Mittag wurde ich wach und brauchte einen Augenblick, um zu begreifen, dass ich mich in Zugspitztal befand. Die schmerzlichen Bilder des vergangenen Abends tauchten vor meinem inneren Auge auf. Ich ließ sie kurz zu und schob dann die Bettdecke zurück. Ein kurzer Blick auf mein Handy verriet mir, dass es zwölf Uhr war. Außerdem zeigte das Display einige Nachrichten von Paola an, die ich ungelesen löschte. Es war unfair ihr gegenüber, aber ich war nicht bereit, erneut bestätigt zu bekommen, dass Leonardo und Sarah einen Neubeginn wagten. Gewiss würde sie mir das mitteilen wollen und sich verabschieden. Ich öffnete stattdessen den Chat mit meinen Freundinnen. Das Café öffnete in anderthalb Stunden, vielleicht konnten wir die Zeit zusammen nutzten.

Habt ihr in einer halben Stunde Zeit für ein persönliches Freundinnen-Treffen im Kaffee & Törtchen?

schrieb ich in unsere Gruppe.

Julia antwortete mit drei Fragezeichen und Valentina mit einem Smiley, der schockiert die Augen aufriss.

Du bist in Zugspitztal?

Ja, leider

antwortete ich und sie versicherten mir, zum vereinbarten Zeitpunkt dort zu sein.

Ich kommentierte es mit einem Daumen nach oben
und schlich mich ins Bad, um zu duschen. Während das
Wasser auf mich niederprasselte, fühlte ich mich mit
einem mal fremd in der Wohnung. Nicht nur dort. Als
ich wenige Zeit später durch die Kleinstadt radelte, do-
minierte das Gefühl ebenso. Ich vermisste die salzige
Brise und die verschiedenen Gerüche, die aus den Gas-
sen von Taorminas Altstadt strömten. Als wäre dort
mein zu Hause und nicht hier.

„Lena?"

Ich blickte mich um und entdeckte Susanne in einem
bunt bepflanzen Vorgarten auf einer Gartenliege. Sie
steckte ein selbstgebasteltes Lesezeichen in das Buch
und klappte es zu.

„Was machst du denn hier?", rief sie winkend und erhob sich umständlich aus der Liege. Ich lenkte das
Fahrrad in ihre Richtung. Als ich es am Zaun anlehnte,
atmete ich innerlich tief durch. Ab jetzt würde ich mich
den Bewohnern von Zugspitztal stellen müssen, bis
Gras über die Sache gewachsen war.

„Ich bin seit heute Nacht wieder da."

„Und ich dachte schon, du bleibst in Sizilien und ich
muss die Gipfelstürmer allein wuppen."

„Du kannst mit mir rechnen."

Sie trat zum Zaun und umarmte mich. „Wie geht es dir wirklich, meine Liebe?"

Ich wollte nicht wieder weinen, deshalb unterdrückte ich die Tränen mit aller Gewalt. „Momentan nicht gut. Du hast bestimmt mitbekommen, dass Alex und ich uns getrennt haben. Ich brauche eine Wohnung, kannst du mir Bescheid geben, wenn du etwas hörst?"

Sie strich mir großmütterlich über die Schultern. „Selbstverständlich. Ich werde ab morgen wieder im Kindergarten sein und Vorbereitungen für das neue Jahr treffen."

Ich war dankbar, dass sie keine bohrenden Fragen stellte.

„Darf ich dich unterstützen? Ablenkung kann ich gut gebrauchen."

„Ja, gerne, aber mute dir nicht zu viel zu."

„Mache ich. Wie geht es dir denn inzwischen? Hast du die Operation gut überstanden?"

Sie nickte. „Ja, ich hätte es schon viel früher machen sollen. Es geht mir eindeutig besser als zuvor."

„Das freut mich. Dann sehen wir uns morgen?"

„Ja, bis dann."

Sie winkte mir zu und ich beeilte mich, zu meinen Freundinnen zu gelangen. Sie saßen auf einem der zwei Außentische unter einem blau-weiß gestreiften Sonnenschirm. Beide sprangen auf, als sie mich erblickten. Ich stellte mein Fahrrad an einem Ständer ab und ging ihnen entgegen. Ohne etwas zu sagen, drückten sie mich an sich. Offenbar ahnten die beiden, dass es keinen schönen Grund für meine vorzeitige Abreise gab.

„Kommt, ich hole uns eine Schokoladen-Torte und dann erzählst du uns alles." Julia eilte in den Laden.

Valentina und ich nahmen derweil Platz. Unsere Freundin kehrte nach weniger Zeit zurück und platzierte vor jedem von uns einen Teller mit ihrer neuen Kreation. Die Torte bestand aus mehreren Schichten. Zwischen den Mokkaböden befanden sich Frischkäseschokoschichten. Eingestrichen war die Torte mit einer zartschmelzenden Vollmilchschokoladenganache.

Obendrauf hatte unsere Freundin ein filigranes Muster eingearbeitet, was wieder einmal ihr unglaubliches Talent zeigte.

„Du bist eine Künstlerin", staunte Valentina. Ich stach mir mit der Gabel ein Stück ab und stöhnte, als mir der Geschmack auf der Zunge zerging.

„Jedes Mal, wenn ich mir denke, noch köstlicher und schöner können die Torten nicht werden, servierst du uns eine neue."

„Danke, ihr seid die einzigen, für die ich meine Torten backen kann."

Es war unendlich schade, dass Julia ihre Werke nicht im *Kaffee & Törtchen* präsentieren durfte. Wir speisten schweigend. Anschließend brachte ich meine Freundinnen auf den neusten Stand. Sie starrten mich fassungslos an, als ich erzählte, dass ich Sarah und Leonardo in flagranti erwischte.

Julia schüttelte den Kopf. „Wie bitte? So habe ich ihn überhaupt nicht eingeschätzt. Trotzdem kann ich immer noch nicht glauben, dass diese Sarah ernste Absichten hat."

„Zur Messe ist sie gewiss nicht mit ernsten Absichten gefahren. Möglicherweise ist bewusst geworden, dass

Leonardo und ihre gemeinsame Tochter ihr etwas bedeutet, als sie ihn persönlich gesehen hat."

Valentina legte die Kuchengabel auf den leeren Teller. „Es tut mir unendlich leid, dass es so gekommen ist."

„Mir auch."

„Ich will versuchen, die Sache so schnell wie möglich zu vergessen", sagte ich abschließend. Wir wussten alle drei, dass das alles andere als schnell gehen würde.

„Wenigstens gehen Alex und ich im Guten auseinander. Trotzdem möchte ich so schnell es geht bei ihm ausziehen. Kann ich bei euch im Café und bei euch im Hofladen einen Aushang wegen meiner Wohnungssuche machen?"

„Selbstverständlich."

„Was für eine Frage."

24. Kapitel

Der Alltag hatte mich schneller wieder, als es mir lieb war. Nach zwei Wochen wurde ich als Zugspitztals Gesprächs-Thema Nummer eins von Maximilian abgelöst, der ein Jobangebot von der Münchner Universitätsklinik erhalten hatte. Er überlegte, ob er es annahm und somit die Landarzt-Praxis von seinem Vater vorerst nicht übernahm. Valentina betrachtete dieses Angebot mit gemischten Gefühlen. Sie fieberte seit Jahren dem Ende des Studiums entgegen, damit Maximilian nicht mehr zwischen München und Zugspitztal pendeln musste und sie auch unter der Woche zusammen sein konnten. Andererseits freute sie sich für ihn, weil er so eine Chance bekam. Erschwerend kam für sie hinzu, dass Frau Gravenreuth das Gerücht verbreitete, dass Valentina einen schlechten Einfluss auf ihren Sohn hatte und der Grund war, dass Maximilian es überhaupt in Erwägung zog, dieses Angebot anzunehmen. Bis auf ein paar der älteren einheimischen Damen glaubte den Unsinn selbstverständlich niemand. Ich wusste aus eigener Erfahrung, dass es nicht schön war, wenn man das Klatsch- und Tratschthema war, aber wenn es darauf ankam, konnte man sich auf den Zusammenhalt der Zugspitztaler verlassen. Diese Erkenntnis wurde mir deutlich bewusst, als am ersten offiziellen Kindergartentag Johanna abgeholt wurde.

„Bin ich zu spät dran?", fragte Frau Huber erschrocken, als sie bemerkte, dass sich kein anderes Kind mehr im Gruppenraum aufhielt.

Ich legte den Wochenplan zur Seite, auf dem ich die Aktivitäten des Tages dokumentierte. „Nein, nein. Sie sind pünktlich."

„Wo sind denn die anderen Kinder?"

Normalerweise herrschte um die Abholzeit um halb zwölf noch emsiges Treiben. An diesem Tag war es bis auf ein Hörspiel, das lief, ungewohnt ruhig.

„Die Vorschulkinder werden in der Garmischer Einrichtung bleiben. Es ist nur noch eine Woche bis zum Schulanfang, deshalb möchten die Eltern den Kindern verständlicherweise einen erneuten Wechsel ersparen. Und tatsächlich sind wir auch sonst noch weiter ausgedünnt. Manche Eltern haben sich durch die lange Schließzeit entschieden, die Betreuung ihrer Kinder grundsätzlich anders zu organisieren. Aber keine Angst, Johanna ist nicht die einzige Gipfelstürmerin. Ungefähr zehn andere Kinder sind zurück oder kommen nach dem Urlaub wieder her."

„Dann bin ich ja beruhigt. Darf ich kurz reinkommen?"

Ich machte eine einladende Geste. „Ja, klar."

Sie schlüpfte aus den Gummistiefeln und ließ sich umständlich auf einem der niedrigen Kinderstühle nieder. Johanna, die bereits am Tisch saß, war ganz vertieft, Bügelperlen auf eine Rehform zu stecken. Sie erinnerte mich dabei an Isabella, die auch stets hoch konzentriert ihren kreativen Beschäftigungen nachging. Bevor die Erinnerungen so schmerzhaft wurden, dass sie mir die Luft zum Atmen raubten, schob ich sie von mir fort.

„Was kann ich für Sie tun?", fragte ich Johannas Mutter.

„Vielleicht können wir vielmehr etwas für Sie tun", begann sie und ich blickte überrascht zu ihr auf.

„Wir haben beschlossen, Johannas Oma zu uns ins Austragshaus zu holen, damit wir sie besser mitversorgen können. Somit wäre bei uns auf dem Hof im Bauernhaus eine Wohnung frei. Bevor wir sie offiziell zur Miete ausschreiben, wollten wir Sie fragen, ob Sie Interesse haben?"

„Wirklich? Das ist sehr freundlich von Ihnen."

„Wir müssten noch ein paar Renovierungsarbeiten vornehmen. Wahrscheinlich können wir damit im Herbst beginnen. Spätestens im Winter, dann hat mein Mann mehr Zeit."

„Das wäre großartig. Vielen Dank."

Die Zeit konnte ich bei Alex überbrücken. Durch die wenigen Berührungspunkte im Alltag, wie auch noch während unserer Beziehung, funktionierte das Zusammenleben gut. Auf freundschaftlicher Ebene war es sogar deutlich entspannter als zuvor.

„Dann verbleiben wir so, dass ich mich bei Ihnen melde, sobald ich einschätzen kann, wann die Wohnung bezugsfertig ist?"

„Ja, super."

Als Johanna die Form vollgesteckt hatte, bügelte ich sie und überreichte ihr das Ergebnis. Danach begleitete ich sie und ihre Mama zum Ausgang. Ich umarmte das Mädchen zum Abschied und wünschte der Familie einen schönen restlichen Tag. Nachdem ich Johanna durch die Scheibe gewunken hatte, wandte ich mich um und stieß beinahe mit Susanne zusammen.

„Huch, Lena. Jetzt habe ich dich fast übersehen."

Sie verstaute den buchgroßen Kalender in ihrer Handtasche und schob sich die Lesebrille ins Haar.

„Ich mache heute schon Feierabend, weil ich einen Abschlusstermin wegen der Hüfte habe. Kommst du zurecht?"

„Alle Kinder wurden abgeholt. Ich mache jetzt auch Mittagspause und nutze dann den Nachmittag für Vorbereitungen."

„In Ordnung."

Ich hielt ihr die Tür auf und eine kühle Brise wehte uns Regentropfen entgegen. Susanne rieb sich die Hände.

„Das ist ja ein richtiges Herbstwetter heute. Hoffentlich bleibt es nicht so."

„Das hoffe ich auch", antwortete ich höflich, aber im Grunde genommen passte das Wetter ganz gut zu meiner Stimmung. Beinahe war ich froh drum, denn dann konnte ich mich nach dem Feierabend in der Wohnung verkriechen und brauchte keine Ausrede, warum ich nicht zum See fuhr.

„Soll ich dich nach Hause fahren?", bot Susanne an. „Ich habe gesehen, dass du mit dem Fahrrad gekommen bist."

„Ich habe eine Regenjacke dabei, für die kurze Strecke geht das schon."

„Na gut, dann bis morgen, und Kopf hoch."

Ich nickte. Nachdem sie fort war, sammelte ich selbst meine Tasche und Jacke zusammen. Ich fuhr mit dem

Rad nach Hause, so wie ich es unzählige Male zuvor getan hatte. Ich kam auch an dem Bauernhof der Familie Huber vorbei, der mein zukünftiges Zuhause sein sollte. Der Vorgarten bestand aus einem üppig bepflanzten Gemüsebeet. Vor einer eingezäunten, roten Hütte mit weißen Fensterrahmen tummelten sich Hühner. Das Anwesen sah aus, als wäre es für ein Bilderbuch illustriert. Bei der Aussicht auf den räumlichen Neubeginn stellte sich in mir Dankbarkeit ein, aber keine Freude. Es fühlte sich nicht richtig an, überhaupt fühlte sich seit meiner abrupten Rückkehr aus Sizilien nichts mehr richtig an. Susanne meinte, nachdem ich ihr in aller Ruhe von den Geschehnissen der vergangenen Wochen berichtet hatte, dass es Zeit bräuchte, aber ich war mir nicht sicher, ob sich das Gefühl jemals wieder verändern würde. Mein gebrochenes Herz war in Taormina geblieben, so viel stand fest.

Aus der Einfahrt von Alex' und meiner Wohnung bog der Postbote mit seinem Lieferwagen. Als er mich erkannte, bremste er und kurbelte das Fenster herunter.

„Guten Tag, Fräulein Sentlinger. Ich habe Ihnen einen Brief gebracht."

Ich stieg vom Rad. „Hallo Herr Becker, vielen Dank für die Info."

„Der Brief kommt aus Italien!", rief er mir hinterher.

Ich erstarrte. Ich hatte jeglichen Kontaktversuch von der Familie Visconti blockiert. Mit einem Brief hatte ich nicht gerechnet. Einerseits war ich erstaunt, dass sie mich unbedingt erreichen wollten und war neugierig auf den Inhalt, andererseits hatte ich beschlossen, mit Sizilien abzuschließen, und dran hielt ich mich fest. Es würde das berühmte Salz in die Wunde streuen, wenn ich ihn las. Ob ich Herrn Becker sagen sollte, dass ich zukünftig die Annahme verweigerte? Ich entschied mich dagegen. Mit Sicherheit würden sich die Briefe nicht so vervielfachen wie in der Anfangsszene von Harry Potter. Herr Becker fuhr zum nächsten Haus. Der Regen nahm an Stärke zu, deshalb beeilte ich mich, um unter das Vordach zu gelangen.

Alex trat mit verschmierten Händen aus der Werkstatt, in einer hielt er einen rosafarbenen Brief.

„Hier, der wurde gerade für dich abgegeben."

„Du kannst ihn wegwerfen."

Ich klappte mit dem Fuß den Fahrradständer raus und stellte das Rad an der Hausmauer ab.

„Du solltest ihn lesen", begann Alex ungewohnt sanft. Bevor ich protestieren konnte, fügte er ein entscheidendes Argument hinzu. „Isabella steht dort als Absenderin."

„Okay, dann gib ihn her."

Ich steckte den Brief mit dunklen Ölfleckenabdrücken von Alex in die Tasche.

***

In meiner Mittagspause saß ich also vor dem geschlossenen Umschlag. Ich schaffte es nicht, ihn zu öffnen und brachte keinen Bissen herunter.

Eine halbe Stunde später schüttete es wie aus Kübeln, deshalb fuhr ich mit dem Auto zur Arbeit. Dadurch, dass Susanne einen Termin hatte, befand ich mich ganz allein in dem Gebäude. Ich ging schnurstracks in den Gruppenraum und versuchte, mich mit der Wochenplanung abzulenken. Dienstags war vor der

Schließzeit immer unser Koch- und Backtag. Ich beschloss, diese Tradition fortzuführen und holte meinen Rezepteordner aus dem Regal, um Inspirationen zu sammeln. Ich setzte mich auf das breite Fensterbrett mit der Polsterauflage und begann zu blättern. Igelkekse, Apfelmuffins, Kürbissuppe, Joghurt-Brötchen, Bauernbrot ... Bei dem nächsten Rezept hielt ich inne. Es handelte sich um das Pizzarezept, das Julia von Leonardos Backbuch abgeschrieben hatte. Ich strich drüber und ließ den Trennungsschmerz zu. Würde es je aufhören so wehzutun?

Aus den Augenwinkeln nahm ich plötzlich eine Bewegung vor dem Fenster wahr. Ich wischte mir eine Träne aus den Augen. Durch meine verschwommene Sicht und dem Regen, der an die Scheibe prasselte, sah ich zunächst nur eine Gestalt, die auf dem Bürgersteig vor dem Zaun stand und mit beiden Händen winkte, um auf sich aufmerksam zu machen. Das war doch nicht ... War das wirklich ... Ich öffnete das Fenster und starrte ihn ungläubig an.

„Leonardo?"

„Darf ich reinkommen?"

„Eigentlich will ich dich nicht sehen."

Ich schloss schnell das Fenster und lehnte mich mit dem Rücken dagegen. Mein Herz klopfte dabei wild gegen meine Brust. Was machte Leonardo in Zugspitztal? Es war Montag. Er sollte in diesem Augenblick einen Pizzakurs geben. Die Hauptsaison neigte sich dem Ende zu, aber sie war noch nicht vorbei. Er ist meinetwegen gekommen, schoss es mir durch den Kopf, aber ich traute mich nicht, es zu glauben.

„Lass mich rein, bitte."

Ich zuckte zusammen, als er an die Scheibe klopfte.

„Bitte. Ich gehe erst fort, wenn du mir zugehört hast!",
rief er, um den Regen zu übertönen.

Ich atmete tief durch. Er versuchte, mich mit meinen
eigenen Waffen zu schlagen. Ich hatte ihn umgekehrt
ähnlich unter Druck gesetzt mir zuzuhören, als er mich
bat, bis zu Isabellas Geburtstag in Sizilien zu bleiben.

„Na gut, aber nur weil es regnet."

Ich öffnete das Fenster und er stieg zu mir in den
Gruppenraum. Er schloss das Fenster und stand triefend nass vor mir. Sein weißes Hemd klebte an seinem
muskulösen Oberkörper. Selbst in solchen Situationen
schaffte er es, unverschämt gut auszusehen. Ich versuchte, diese Tatsache zu ignorieren, und verschränkte
die Arme.

„Was willst du? Hat es mit Sarah nicht geklappt?
Brauchst du ein Trostpflaster?"

„Amore mia, eigentlich sollte ich beleidigt sein, weil
du so schlecht über mich denkst."

Ich blickte ihn aus zusammengekniffenen Augen an.
„Stimmt, ich bin nicht diejenige, die beleidigt sein
sollte. Ich wurde nur von dir weggeschickt, damit du
ungestört deine Exfreundin küssen konntest, als wir
verabredet waren."

„Wenn du eine Sekunde länger stehen geblieben
wärst, hättest du gesehen, dass ich Sarah sofort von mir
weggedrückt habe. Wir wurden beide von Sarah ge-
täuscht."

Ich schnaubte. „Ja, klar."

„So war es und jetzt hör mir bitte zu."

„Dann sprich jetzt, ich habe nicht ewig Zeit, weil ..."

„Weil du so viel zu tun hast?", bot er als Ergänzung an und ließ seinen Blick durch den leeren Gruppenraum wandern.

„Haha. Fang an, deine Zeit läuft."

„Sarah hat mich am Flughafen abgefangen, kurz bevor ich in Bologna in den Flieger stieg", begann er.

Also hatte ich recht. Sie war bei ihm am Flughafen. „Sie hat gesagt, dass sie es bereut, mich verlassen zu haben, und hat um eine zweite Chance gebeten. Ich habe ihr kein Wort geglaubt."

„Warum hast du mir das nicht erzählt?"

„Weil du die ganze Nacht wegen ihr nicht geschlafen hast und ich dich nicht weiter beunruhigen wollte. Das Gespräch mit ihr war nach einer Minute beendet."

„Offensichtlich war es das für sie nicht."

„Sarah ist daraufhin in den gleichen Flieger gestiegen wie ich. Das habe ich selbst auch erst im Nachhinein erfahren. Sie ist mir nach Taormina gefolgt und hat dich im Eiscafé belauscht, deshalb wusste sie von unserem geplanten Abendessen."

Dunkel erinnerte ich mich an die anderen Gäste. Plötzlich kam mir eine Dame in den Sinn. Die mit der großen Sonnenbrille und dem Schal, mit dem sie sich verdeckt hatte. Ich schluckte. Mein Hals war staubtrocken.

Leonardo fuhr fort. „Sie hat daraufhin einen eigenen Plan geschmiedet und sich in meinen Instagram-Account eingeloggt. Das Passwort mit Isabellas Geburtstag zu verbinden, war wohl nicht sonderlich schwer zu erraten."

„Sie hat mir diese Nachricht geschrieben und mich zu Adriano gelockt?"

Er nickte. „Und mich hat sie in der Pizzaschule mit einem Besuch überfallen. Ich wollte sie fortschicken, ehrlich, aber dann hat sie ihre Triumphkarte ausgespielt und Isabella ihre Identität verraten. Der Vorschlag, sich gemeinsam auf die Terrasse zu gehen, kam von ihr. Den Rest kennst du. Ich kann verstehen, dass du das Bild, das sich dir geboten hat, entsprechend interpretiert hast, aber ich schwöre dir bei Gott, so war es nicht", beteuerte er, während ich ihn ungläubig anstarrte.

„Und jetzt? Ich meine, was ist da gerade zwischen Sarah, dir und Isabella?"

„Nichts. Als du an dem Abend plötzlich verschwunden bist, habe ich mir große Sorgen gemacht. Sarah hat immer wieder versucht, mir einzureden, dass du es nicht wert bist und sie ja nun da wäre. Als ich ihr noch einmal deutlich gesagt habe, dass das zwischen ihr und mir nie wieder etwas sein wird, kam es zum Streit. Ich habe ihr angeboten, dass wir einen Weg finden, wenn sie mit Isabella Kontakt haben möchte."

„Und wie seid ihr verlieben? Das Interesse an ihrer Tochter war hoffentlich ernst gemeint."

„Natürlich nicht. Sie bleibt dabei, dass sie nichts von ihr wissen möchte."

Das arme Mädchen. Ich konnte mir vorstellen, was das für ein herber Schlag für sie gewesen war. Ich selbst war auch noch völlig fassungslos. Trotzdem setzten sich die Stücke von meinem gebrochenen Herzen bei der Geschichte heilend zusammen.

„Du bist extra hergeflogen, um mir das zu mitzuteilen?"

„Anders konnte ich dich nicht erreichen. Ich habe es keine Sekunde länger ohne dich ausgehalten."

„Und der Pizzakurs?"

„Fällt aus, bis ich wieder zurückkomme – mit dir."

Dann fielen wir uns endlich in die Arme. Als wir uns voneinander lösten, strich mir Leonardo eine Haarsträhne hinter das Ohr.

„Ich habe dich so vermisst."

„Und ich dich erst", flüsterte ich. Leonardo zog mich erneut an sich und küsste mich leidenschaftlich.

Epilog

Ein Jahr später

Nachdem Leonardo vor einem Jahr unerwartet in Zugspitztal vor dem Kindergarten gestanden hatte, verbrachten wir noch eine Woche in der beschaulichen Kleinstadt. Ich stellte ihn am selben Tag meinen Freundinnen und Alex vor. Wir klärten die Kusssituation in Sizilien auf und sie verziehen ihm ebenso wie ich. Alex hatte freundlicherweise bei seinem Freund Michi übernachtet, damit Leonardo und ich bis zur Abreise in der Wohnung bleiben konnten.

Gleich am nächsten Morgen berichtete ich Susanne von der überraschenden Versöhnung mit Leonardo und kündigte.

Der Bürgermeister und Susanne lösten meinen Arbeitsvertrag auf. Dadurch, dass nur so wenige Kinder für das laufende Jahr angemeldet waren, konnte Susanne am Vormittag im Gruppendienst arbeiten und am Nachmittag die Büroarbeit erledigen. Sie schrieben weiter die Stellen aus und hofften, dass sich für das kommende Kindergartenjahr Erzieher und Kinderpfleger bewerben würden. Außerdem nutzte ich die Zeit, um mit Leonardo meine Sachen aus der Wohnung zu räumen und für den Transport einzupacken. Alex hat ebenfalls mit angepackt und war sogar auf dem Abschiedsfest, mit dem uns Julia und Valentina über-raschten. Zunächst trafen Leonardo und ich uns am Ab-flugtag mit meinen Eltern im Kaffee & Törtchen. Ich wollte ihnen unbedingt von meinem romanreifen Sommer erzählen und ihnen meinen neuen Freund persönlich vorstellen. Meine Eltern und Leonardo wa-ren sich auf Anhieb sympathisch. Sie freuten sich, dass Alex und ich am Ende im Guten auseinander gegangen waren und unsere Freundschaft erhalten blieb.

„Hauptsache du bist glücklich", sagte meine Mama abschließend, und das war ich. So glücklich wie noch nie zuvor.

Eigentlich hatte ich mit meinen Freundinnen ausge-macht, dass wir uns ebenfalls im Café verabschiedeten. Valentina behauptete, dass sie von ihrer Arbeit im Fa-milienbetrieb keine Pause machen konnte. Julia, die uns dorthin locken wollte, schlug vor, dass wir einfach alle zu ihr kommen könnten. Als wir dort ankamen, war ich völlig überwältigt. Nicht nur Valentina und ihre Familie empfing uns dort, sondern gefühlt halb Zugspitztal. Das Gelände war mit Luftballons und Gir-landen in den italienischen Nationalfarben ge-schmückt. Julia hatte für das Kuchenbuffet gesorgt und sich damit wieder einmal selbst übertroffen. Die Krö-nung war eine Motivtorte die wie eine Pizza aussah. Außerdem gab es eine üppige Brotzeit, zu der alle An-wesenden etwas beigesteuert hatten. Valentina hat da-für verschiedene Brotsorten zur Verfügung gestellt, die sie mit dem Mehl aus der eigenen Produktion gebacken hatte.

Und dann ging auch schon unser Flug nach Sizilien. Dieses Mal saßen Leonardo und ich im Flugzeug nebeneinander und hoben in eine gemeinsame Zukunft ab.

„Amore mia, an was denkst du gerade?", wollte Leonardo wissen.

Jetzt gerade saßen wir nebeneinander auf der Terrasse der Villa und frühstückten Mandelgranita und frisch gebackene Brioche. Ich schob mir genüsslich den letzten Löffel der erfrischenden Süßspeise in den Mund und deutete mit dem Löffel auf die Granita.

„Dass ich neben deiner leckeren Pizza auch nie genug davon bekommen werde."

Als ich zu Leonardo aufsah, verhakte sich sein Blick mit meinem. Er wurde ernst. „Und ich werde für den Rest meines Lebens nie genug von dir bekommen."

Er legte einen Arm um mich und gab mir einen Kuss auf die Stirn. Ich lehnte mich an seine Schulter und sah auf das Meer, dessen spiegelglatte Oberfläche sich bis zum Horizont erstreckte.

„Ich kann mir ein Leben ohne dich auch nicht mehr vorstellen. Weißt du, wie mir die Zeit, in der ich überstürzt nach Deutschland geflogen bin, bis wir wieder vereint waren, im Nahhinein vorkommt? Als hätte ich erst wieder geatmet, als du bei mir warst. Unglaublich, dass seitdem schon ein Jahr vergangen ist, oder?"

Wir waren nach der Rückkehr in Taormina herzlich von Isabella und Camilla begrüßt worden. Isabella war zu dem Zeitpunkt aufgeregt gewesen, weil sie endlich ein Schulkind war. Ich fühlte mich, als wäre ich nie weggewesen, half in der Pizzaschule mit, bis Paola von der Reha zurückkehrte und selbst wieder einsatzfähig war. Sie war nicht nur die Schwester meines Partners, sondern auch meine Freundin geworden.

In der Winterzeit arbeitete ich, gemeinsam mit Leonardo, ein Konzept für die Kinderbackkurse mit Betreuung aus. Im Sommer setzte ich sie um und sie wurden ein voller Erfolg.

„Ja, es ist …" Leonardo wurde von dem Klingeln von meinem Handy unterbrochen. Auf dem Display leuchtete Antonias Name auf, der Mama von Isabellas Freundin Felicia.

Ich nahm den Anruf entgegen. „Ja, hallo?"

„Ciao Lena, darf ich dich mit einer Anfrage überfallen?"

„Na klar."

Ich vernahm ein Seufzen am anderen Ende der Leitung. „Felicia hat am Samstag Geburtstag. Ich wollte den Tag mit ihr verbringen, aber mein Chef hat mich für den Dienst eingeteilt. Er behauptet, dass ich den freien Tag nicht beantragt habe. Für die nächste Saison suche ich mir einen anderen Job, aber das ist ein anderes Thema. Ich wollte dich fragen, ob ich einen Kinderkurs für diesen Tag bei euch buchen kann. Ich weiß, das ist schon in vier Tagen, aber ihr seid meine letzte Hoffnung, um Felicias Geburtstag zu retten."

„O je, ich schaue sofort nach, ob wir es möglich machen können, und bespreche es mit Leonardo. Ich rufe dich in fünf Minuten zurück, okay?"

„Grazie mille. Du bist die Beste."

Nachdem ich aufgelegt hatte, wandte ich mich an Leonardo. „Hast du das mitbekommen?"

Er nickte. „Wenn ich es richtig im Kopf habe, findet am Samstagabend das Pizzabacken von der Gruppe aus

Österreich statt, deshalb ist es tagsüber möglich noch einen Kinderkurs zu geben."

„Das wäre großartig! Warte, ich habe meinen Kalender dabei. Ich prüfe es sicherheitshalber noch einmal bevor wir zusagen."

Ich kramte in meiner Handtasche, in der sich allerlei Kram angesammelt hatte. Ich schob die Sonnenbrille, mehrere Kugelschreiber, den Schlüsselbund, Sonnencreme und weitere Hygieneartikel zur Seite. Der Kalender befand sich ganz unten. Als ich nach ihm greifen wollte, sah ich ein Stück von einem rosafarbenen Umschlag darunter hervor blitzen. Ich hielt inne.

„Das ist der Brief, den mir Isabella geschrieben hat", hauchte ich und zog ihn hervor.

Leonardo wurde neugierig. „Wann hat Isabella dir einen Brief geschrieben?"

„Letztes Jahr. Der Postbote hat ihn an dem Tag gebracht, an dem du nach Zugspitztal gekommen bist. Ich habe ihn völlig vergessen."

Ich faltete das Papier auseinander und begann zum ersten Mal, den Brief zu lesen.

Liebe Lena,

ich bin traurig, weil du nicht mehr bei uns bist. Meinem Papa ist sogar eine Pizza verbrannt. Ich habe noch nie erlebt, dass ihm eine Pizza verbrannt ist. Das ist passiert, weil er dich auch sehr vermisst. Sarah hat uns allen nur etwas vorgespielt. Sie hat meinen Papa und mich nicht lieb und mag mich auch nicht kennenlernen.

Kannst du dich noch erinnern, dass ich dir gesagt habe, wenn ich eine Mama hätte, würde ich mir wünschen, dass sie so ist wie du? Das würde ich mir immer noch wünschen. Magst du meine Mama sein und zu mir und meinem Papa zurück nach Taormina kommen?

Deine Isabella

Ich blinzelte gegen die Tränen an. Isabellas Worte rührten mich zutiefst. Leonardo legte eine Hand auf meinen Oberschenkel, die einen warmen Abdruck hinterließ.

„Ist alles in Ordnung?"

„Ja."

„Dem großen Pizzabackmeister ist eine Pizza verbrannt?", fragte ich, um meine Ergriffenheit zu überspielen.

Er legte den Zeigefinger auf seine Lippen. „Psst. Das darfst du niemandem verraten."

Ich lachte. „Was ist dir meine Verschwiegenheit wert?"

„Wie wäre es mit lebenslangen Küssen von mir?", schlug er vor und beugte sich zu mir.

Ich legte einen Finger auf seinen Mund. „Warte. Küsse, Granita zum Frühstück und Pizza zum Abendessen. Für immer."